（修訂版）

香港故事：金庸小說的誕生

區肇龍　著

類型文學研究新收穫——
序
《香港故事：金庸小說的誕生》

張檸

　　上世紀九十年代初，我一度頻繁往來於上海廣州之間。綠皮火車，沿浙贛線西行，株洲轉京廣線一路南下，擁擠的硬座或者站票，36 小時漫漫長途，無聊到令人幾近發瘋。好在有盜版的金庸小說陪伴，《射雕英雄》、《神雕俠侶》、《天龍八部》，郭靖黃蓉，南帝北丐，凌波微步，東方不敗，難熬的長途似乎縮短了。直到進站的汽笛聲把我喚醒，從緊張的格鬥和寂靜的修行中回歸現實，依然有書頁難掩之感。

　　人的痛苦或者無聊，其實跟身心對時間的感受相關。「時間飛快」的感覺，是舒適和幸福的。儘管「洞中數日，世上千年」的時間感只有神仙才有，但人也很聰明，他們會用各種方式製造「時間飛快」的感受，比如看電視連續劇、讀通俗文學作品、談戀愛、打遊戲、喝酒，都能改寫人的時間感受，讓人產生「日月如梭」「白駒過隙」的感受。於是，那些讓人產生「時間飛逝感」的行為，就成了日常生活的有

機組成部份。至於做哲學沉思、讀高深的文學作品、悲憫眾生、感時傷逝，其實是「反常態」的，而不是「常態」的。這就是通俗類型文學「雅俗共賞」的原因。

二十世紀八九十年代，隨著通俗類型文學閱讀的合法化，大陸曾經刮起過一陣「金庸旋風」。最初是以地下的、盜版的形式，從民間刮到廟堂，從街巷刮到書齋，衝擊著刻板而又單調的文學格局。文學院的學生，在公開場合高談闊論托爾斯泰、巴爾扎克、「魯郭茅巴老曹」和「先鋒文學」，私下裡卻迷上了讀金庸、古龍、梁羽生的作品。這種閱讀方式，也帶有一點「地下」性質，倒不是有甚麼外部禁忌，而是自己給自己的禁忌。因為正統的文學觀念認為，那些武俠、言情、偵探之類的通俗類型文學，跟「鴛鴦蝴蝶派」，包天笑、范煙橋、張恨水等人的作品一樣，乃「引車賣漿之流」，難登大雅之堂，特別是缺少嚴肅高蹈的人生觀，缺少解放全人類的偉大理想。讀那些休閒遊戲之作，既不符合「文以載道」的老傳統，也不符合梁啟超推崇的「小說革命」的新傳統。但是同學們大家私下裡又都在讀，你一個人不讀有些跟不上趟似的，於是只好私下裡偷偷讀，一邊讀著「飛雪連天射白鹿，笑書神俠倚碧鴛」，一邊心負著「玩物喪志」的罪惡感。

二十世紀文學的主流敘事，都跟「啟蒙」和「革命」這些宏大敘事相關，離開這兩個關鍵字，都有可能被排斥在外（廢名、沈從文、施蟄存等人在文學史中地位的邊緣化就是例證）。因此，學生在校期間的閱讀、研究、畢業論文選題，都跟那些「宏大敘事」相關，甚至不敢越雷池一步。

新世紀以來，隨著社會變革在廣度和深度上的進一步開放，上述情形有了很大的改觀。高等學校閱讀書目的擴大，以及博士論文碩士論文選題的豐富多樣性，也間接地證實了這一點，閱讀研究範圍多種多樣，從精英文學到大眾文化，從詩歌文本到網路小說，乃至電視綜藝節目，無所不包。

　　來自香港的學生區肇龍，2012 年前後在北京師範大學文學院攻讀中國現當代文學專業的博士學位。他選擇金庸的小說為研究對象，也得到了導師組的支持。區肇龍的論文以「金庸小說的誕生」為主要論域，從「作者身世」、「香港社會史」、「香港文化思潮」、「武俠文學傳統」、「作家作品研究」五個角度，全面論述了香港作家金庸小說誕生的必然性。他將傳記研究、文化史闡釋、文學場域分析、文本精讀諸方法融為一體，並致力於通過史料的發掘，「親臨」五六十年代香港文學的現場，並試圖呈現當年香港文化界和傳媒界的歷史樣貌，顯得尤其可貴。論文對金庸小說誕生的三個文化特徵的分析：1）傳統文化和觀念的影響；2）西方文學技巧和心理分析的借鑒；3）「偶合家庭」（Случайное семейство）背景下的人物形象塑造和情節模式設置，更顯示出其文學專業的素養和能力，得到了答辯委員會的讚賞。

　　得知區肇龍博士的學術著作《香港故事：金庸小說的誕生》即將出版的消息，我為他感到高興。這也是類型文學研究領域的一個新收穫。該書是他在博士學位論文基礎上修訂而成的。作為區肇龍攻讀博士學位期間的授課導師和論文答辯委員會成員之一，為他的專著出版寫幾句話，也是義不容

辭的。如今，區肇龍已經進入香港的高等學校任教，我誠摯地祝願他，教學、科研、生活各方面都順利精進，並期待他更多科研成果的問世。

2021 年 6 月 8 日寫於北京西直門寓所

張檸教授

（北京師範大學文學院教授，博導，國家一級作家）

序

　　金庸武俠小說風行於二十世紀後半葉香港，擴及全球華人社會，膾炙人口，像彗星炳睒長天，如劍氣劃破虛空，洵為香港文壇與文化的瑰寶。武俠小說是一個奇特的文類，而「俠」在中國社會也是不尋常的流品。章太炎稱「俠者無書，不得附九流」（《訄書・儒俠》），因大俠視死如歸，蹈白刃而踐正義，其極致則殺身成仁，不以著書為務。從封建專制的角度看，「儒以文亂法，俠以武犯禁」（《韓非子・五蠹》），必然被權貴豪強所忌。但從庶民的角度看，「俠」卻能在法律以外彰顯大義，體證歷史、神話中的英雄主義（heroism）。中國武俠小說所寄託就是「俠」的精神，有虛有實——「虛」的是其烏托邦理想，滿足了在不公平的、弱肉強食的生存環境中，弱勢者對正義的跂盼；「實」的是其小說人物典型，常能在傳統社會及現實世界中找到對應的角色。金庸武俠小說，風潮席捲一時，研究著作亦大量湧現港、臺及海外各地。邇來區肇龍博士《香港故事：金庸小說的誕生》付梓，問序於我。我自少喜讀金庸作品，尤喜其穿穴歷史故實及文學作品，故樂意本於研究方法原理，分享一點讀後感想。

　　本書除緒論及結語外，概分五章，先從金庸個人成學與職業談起，進而考察歷史背景，包括五十年代香港的文化環境、生活型態、閱讀習慣、庶民日常等，以見大環境與金庸作品，存在一種循環呼吸、息息相關的聯繫。第四章將視野擴及同時期的武俠小說與作家，透過筆法、情節、人物的同異比較，轉入第五章回歸金庸作品文本的解讀。全書最後數十篇附錄，益見取材豐富，左右逢源。作者開宗明義宣示此書特色，是揭櫫發生學的觀點。發生學（phylogenetics）原本指涉自然物種的研究，認為物種演化，常息息相關，新物種的發生，與其他物種具有譜系的關係。由此考察，則能明瞭作者用意，以及本書特殊視角與貢獻所在。

　　歷來偉大文學作品的橫空出世，研究者著眼之處，大抵不出「必然性」與「偶然性」兩端。所謂「偶然性」，可借用陸游詩「文章本天成，妙手偶得之」二語說明，認為文學作品的成功，與客觀環境無關，純粹是作者偶開天眼，自抒胸臆，而有所撰述。或至作品完成後，亦將對作者宣告獨立，即解釋權亦非作者所能專有。至於「必然性」，即認為作者與作品之成功，必然得力於客觀背景與物質條件。故從作者成長背景、時代因素、文化氛圍等，皆可偵知其作品的文學表現原理。而作者與作品的各項可供分析的元素，源流皆可追溯，所有特性均有不得不然的糾纏關係。縱觀作者此書，主要取法後者，論述以「必然性」作為預設。書名提示「香港故事」，用意已呼之欲出，認為香港的歷史大場景，實促成金庸作品的誕生。作者循此而用力，以簡練的文筆，鋪陳豐贍的材料，益見脈絡條暢，富有思致，讓我十分

驚豔。開卷之初，實未預料作者對香港歷史掌故的嫻熟，對各地研究成果掌握的周延，對文獻回顧的深入，對其他武俠小說作家作品知識的豐富，一至於斯。全書既有小說文學技巧的勾稽分析，亦能處處呼應傳統知人論世的旨趣。其中雖不無可商榷之處，但精彩處處，亦已難能可貴。個人以為，喜讀金庸作品的讀者，如兼讀此書，必能對於作者、作品以及東方之珠的筆路艱難和光輝歲月，有更加立體的認識。

我與作者在香港教育大學曾有同事之誼，數年相識，知他治事認真，待人誠懇，酷愛武術，有尚武精神。如今刊佈此書，也是他修身治學、處世待人的拓展，為他感到驕傲，也就不避思出其位之譏，為這部堅實的著作說幾句未必專業卻也是實實在在的話，與讀者分享，與作者互勉。

鄭吉雄謹序

鄭吉雄教授（香港教育大學文學及文化學系文化歷史講座教授）

2021 年 6 月 21 日

概要

　　金庸小說的出現，對華人社會的影響很深，其創作期始於 1955 年，終於 1972 年。本書擬從金庸小說的創作發生入手，從發生學研究的角度對金庸小說進行研究。本書作者以香港學者的身份，嘗試從金庸本身、時代環境、香港 50 年代文壇、武俠小說類型、金庸小說本身五方面，分析金庸小說如何在當時複雜的香港社會當中完成了創作發生的過程。本書分作五章，再結合緒論及結語而成。第一章從金庸本人的學養和經歷，及其個人事業的發展和小說以外的創作，探討金庸武俠小說的創作發生。第二章從時代環境的角度，探討香港 50 年代的社會氛圍與金庸武俠小說創作發生的關係。第三章集中探討香港 50 年代文壇的狀況，說明當時普遍的閱讀模式及文壇刊物的出版狀況與金庸小說創作發生的關係。第四章通過新舊派武俠小說類型的比較，以及金庸小說在出版時期與後來多番修訂的情況，探討金庸小說的創作發生。第五章從金庸小說本身的表現手法，說明其獨特性及價值與創作發生的關係。

　　本書的主要觀點及創新有幾方面。第一，突破了海內外學界關於金庸小說的文本與版本研究的框限，而嘗試以發生

學為切入點，進而描繪出金庸小說的發生狀況。第二，以香港學者的身份，運用香港獨有的材料，探討金庸小說的發生及流行過程。第三，認為香港 50 年代文壇的狀況與金庸小說的發生有莫大關係。當時南來作家是文壇的最大力量，他們都分別為「左右」陣營服務。因此，武俠小說的出現，令文壇注入了新的元素，引起了讀者的高度關注。第四，認為金庸小說的發生與流行，很大程度取決於其表現手法。當中所呈現的「江湖」與「烏托邦」意象，是香港人在困迫生活下所追尋的虛擬空間。

本書通過對金庸小說創作發生的理論化分析，進而為研究香港文學發展進程，提出發展性的參考。

目錄

後記

緒論

　　中國文學歷史悠久，源遠流長。文學的體裁多樣，詩歌、散文、小說、戲劇，每一樣體裁在歷史中，有不同的角色與地位。而小說一向被認為是「不入流」的「雕蟲小技」，徒具娛樂大眾的目的。從無意為小說的六朝志人志怪類到有意為小說的唐傳奇，發展到宋話本、明清章回小說、「五四」時期的新小說，小說的意識才越見濃厚，地位也相對提高。在 1922 年胡適發表〈略講文學革命的歷史和新文學的大概〉之前，早於 1902 年梁啟超就已經發表了〈論小說與群治的關係〉，先確立小說是新文學中，具有極高影響力和地位的體裁。小說是否受到重視，可以基於很多不同的因素。歷史事件的契合、社會環境的氛圍、作者的意圖、讀者的期望等，都可以令小說有不同的面貌和評價。如果不是晚清國勢頹唐、列強覬覦；如果不是域外小說翻譯盛行、民族改革意識強烈，便不會有新文學出現的契機。新文學的出現不單令小說成為傳播思想的主要工具，也令表達的文字從文言走向白話化。「小說界革命」發展到今天，回顧細看，又可分為現代文學和當代文學，雖然一般以 1949 年為界線，但它們在本質上其實有頗明顯的分別，這些都是應歷史環境變化而產生的結果。

　　香港文學是中國文學的一支，發展的時間很短，一般以 1874 年王韜創辦《循環日報》開始算起。直到 50 年代，大陸作家的湧入、「左右」陣營刊物的盛行、殖民社會的壓迫等因素結合，才發展出新的文學面貌，特別是小說一類。1949 年新中國成立，對大陸的文學發展有相應的影響，而對於鄰近的香港來說，基於地域與政治等不同因素，其影響是較為間接的。然而，從文學發生學的角度來看，當我們談論香港文學的發生與發展時，似乎又與大陸連上一定的關係，特別是 50 年代湧入的作家群和報人。他們是香港文壇的新力軍，借鑒了在大陸的寫作和辦報經驗，在香港就業謀生。香港 50 年代的文壇發展條件，跟 20 世紀初新文學勃興的發展條件，可以作某方面的對照。晚清大量報紙副刊和文藝刊物的出現、現代稿費的制度、知識份子的投入、西方思想的傳入、列強覬覦等情況，是新文學得以發揚的重要因素。這些情況同樣在 50 年代的香港社會出現，令文壇添上了不少活力，創造了有利的條件，孕育了金庸這一類的作家。

　　金庸小說的創造發生，影響很多華人讀者。金庸小說是香港小說，發生於香港，而流行於香港，進而影響全世界。筆者以香港學者的身份，運用香港獨有的材料，來認真而嚴肅地對金庸小說作分析研究。希望對金庸小說的發生經過，以及香港 50 年代的社會狀況作出有系統的梳理。過去，學界有關研究金庸小說的論文雖多，在很多範疇上都有相應的討論，諸如金庸小說的哲學、金庸小說的愛情觀、金庸小說的政治觀、金庸小說的版本源流等，林林總總，目不暇給。但是，細心發現，過去金庸小說的研究都局限於文本與版本的大框架底下，未嘗

有學者從發生學的宏觀角度，探討金庸小說與香港的關係。如果沒有香港的複雜背景，便沒有香港文學的發生，也沒有金庸小說的誕生。因此，當我們瞭解香港 50 年代的社會面貌，便很容易知道金庸小說在香港發生的情況。

研究動機及目的

本書將以金庸 15 部（12 部長篇；3 部短篇）膾炙人口的武俠小說[1] 為研究對象，探討其創造發生的過程及原因。研究動機及目的有兩方面：

第一、具有研究價值。小說在中國文學的源流中，一向不受到重視。班固「九流十家」之說，把小說家放至最後。直到 20 世紀初，小說才開始受到青睞，因得力於梁啟超等新文學推動者對之的推許，如魯迅寫有《中國小說史略》。然而，通俗小說仍被研究者置於邊緣位置，縱使受眾極多的金庸小說亦如是。及至 1995 年，大陸學者嚴家炎回應廈門大學學者鄭朝宗提出的「金學」一詞，在北京大學開設金庸小說研究課，把金庸小說與《紅樓夢》研究的「紅學」相提並論，以學術的角度探析過去大眾視為通俗的武俠小說。從而掀起研究金庸小說的熱潮，喚起對大眾文學的關注。陳墨著有《孤

1　15 部小說分別是《書劍恩仇錄》、《碧血劍》、《射雕英雄傳》、《神雕俠侶》、《雪山飛狐》、《飛狐外傳》、《倚天屠龍記》、《鴛鴦刀》、《白馬嘯西風》、《連城訣》、《天龍八部》、《笑傲江湖》、《俠客行》、《鹿鼎記》、《越女劍》。

獨之俠——金庸小說論》一書，他把金庸小說研究分作 17 個領域，[2] 過去學界對各領域都作出了不少貢獻，但都集中放在人物、情節、文化等單一課題之上。本書從發生學的研究入手，涉及多個研究領域，如「金庸小說與電影」、「金庸小說與香港文化」、「金庸小說與中國傳統文化」，由此宏觀地探討金庸小說在香港誕生與勃興的種種前因後果。希望填補過去金庸小說研究中的一個空白。

　　第二、個人喜好。筆者自 90 年代中開始，便沉迷閱讀武俠小說，當中主要是新派武俠小說，例如金庸、古龍、梁羽生等等。當時除了香港，中國大陸也旋風式的湧起一股金庸小說的熱潮。不單學界有關金庸小說的討論相當熱烈，有關金庸小說的改編作品，也成為各大媒介的主要商品，如電視劇和電影。當時從各方面的途徑，都能接觸得到金庸小說的改編作品，這更讓筆者投入金庸小說其中。投身社會以後，重讀武俠小說，另有一番感受，更覺武俠小說的情節構建、人物塑造等，都與人生體會可互為參照。比對中外雅俗文學，發覺武俠小說有其獨特文學價值和意義。以個人多年閱讀金

2　17 個領域分別是：1. 金庸小說與 20 世紀中國文學、2. 金庸小說與世界文學、3. 金庸小說與電影、4. 金庸小說與香港文化、5. 金庸小說與現代大眾文化、6. 金庸小說與中國傳統文化、7. 金庸小說與中國傳統文化的現代化、8. 金庸小說與中國歷史、9. 金庸小說與近代武俠小說、10. 金庸小說的創作道路、11. 金庸小說的想像方式及其敘事藝術、12. 金庸小說的語言藝術、13. 重要作品文本研究、14.《鹿鼎記》研究、15. 韋小寶研究、16. 金庸小說版本研究、17. 金庸小說作者研究。（陳墨：《孤獨之俠——金庸小說論》，上海：上海三聯書店 1999 年版，第 4-11 頁。）

庸小說的經驗，結合理論化的分析，相信能對發生學與金庸
小說提出獨到的見解。

現有研究述評

　　研究金庸小說的專書論文星羅棋佈，然而不難梳理，種
類可區分為專書、畢業論文、單篇論文三大類，而單篇論文
又可分為發表在學術期刊和研討會的；地域則可分為大陸、
臺灣、香港三地。

　　過去 30 年學術界對金庸小說作出不少研究，早在 1987
年，已有武俠小說的學術研討會論文談論到金庸小說，至
90 年代也有不少相關的學術研討會，如臺灣淡江大學中文
系、東吳大學中文系、漢學研究中心合辦的「中國武俠小
說國際學術研討會」。其實回顧 90 年代，不難發現兩岸三
地形成一股金庸小說熱，有關金庸小說的學術研討會相繼舉
行，例如 1998 年遠在美國科羅拉多州舉行的「金庸小說與
二十世紀中國文學國際學術研討會」，同年在臺灣的有「金
庸小說國際學術研討會」，在大陸的有「98 金學論壇」。
至 2000 年，在北京有「2000 北京金庸小說研討會」。近年
的有 2011 年澳門大學舉行的「金庸與漢語新文學國際學術
研討會」。過去多次研討會有多篇極具份量的論文，如柳存
仁的〈《脫卜赤顏》‧全真教和《射雕英雄傳》〉、林保淳
的〈通俗小說的類型整合──試論金庸小說的武俠與歷史〉
都從歷史角度闡析金庸小說與歷史的關係，劉紹銘的〈《鹿
鼎記》英譯漫談〉探討《鹿鼎記》的寫作技巧和英譯的種種

困難，嚴家炎的〈文學的雅俗對峙與金庸的歷史地位〉、陳平原的〈金庸的意義：超越精英與大眾〉、朱壽桐的〈在與精英文學的比照中——再論金庸文學的通俗品性〉都在討論近年備受關注的金庸小說雅俗定位。針對金庸小說的學術研討會近年相繼舉行，意味著學院派已接受和肯定金庸小說在文學範疇中，不論是雅或是俗方面，都佔有重要的位置。

　　除了學術研討會，近年以金庸小說為題的碩博論文也不少。

　　雖然大陸在這方面的博士學位論文不多，但都具有啟發性，比較式的如馬琳的《性別文化視域中的張恨水與金庸比較研究》，專論式的如楊倫的《金庸的「江湖」研究》，以及以西方文學理論作探析基礎的，如邱健恩的《金庸小說敘事研究》、陳淑貞的《金庸小說人物研究》。不難發現，這些論文的研究面向都主要集中在文本分析之上，而且是以全部金庸小說作綜論式的研究。

　　大陸在這方面的碩士學位論文較多。從敘事結構角度分析的有黎文的〈金庸武俠小說的復仇敘事研究〉、張玉的〈金庸小說中的師徒倫理敘事〉，這些論文綜觀地對金庸小說的結構情節作了有系統的梳理和分析。從武俠原型切入的有王巍的〈金庸武俠劇中「大俠」形象分析——以《射雕英雄傳》為例〉、李為小的〈後金庸時代的俠義「江湖」〉，都以傳統方法闡析金庸小說的武俠特質，屬比較主流而傳統的研究方向。因為金庸小說翻譯本的誕生，導致有潘維娜的〈閔福德的金庸小說《鹿鼎記》英譯本的文化變異研究〉（以英語撰寫）、魏天霞的〈金庸武俠小說中武功描寫的英譯〉等

論文出產，屬近年新興的研究方向。而有關金庸小說的承傳與影響，則有宋倩倩的〈論金庸武俠小說對還珠樓主的承繼與發展〉、張偉的〈論金庸對武俠小說的現代化改造〉，都在探論金庸小說對傳統武俠小說的承繼與轉化，以及對各媒介的影響，包括影視與漫畫範疇，受眾層面廣泛。而針對金庸進行作家論研究的，有莫楊冰的〈報人金庸的社評建樹研究〉、刁軍的〈百年一金庸〉，分別從金庸的社評看其人對文藝圈的貢獻以及專門針對其人其作進行研究。從文化角度切入的有肖穎的〈淺析金庸小說的文化內涵〉、唐傑的〈金庸筆下黃蓉形象的文化解讀〉，因為文化層面廣闊，此類論文大多只從談論式或分享式的方法來呈現金庸小說的價值。從語言或文體角度的有宋沁潞的〈金庸小說語言研究〉、王開銀的〈金庸、古龍武俠小說語言風格比較研究〉，都為武俠小說的文體框架提出頗有建設性的看法。

臺灣的博士學位論文不多，有賴玉釵的《讀者理解與文本結構之交流過程——以閱讀金庸武俠小說之「美感體驗」為例》、羅賢淑的《金庸武俠小說研究》，都是從宏觀的角度來審視金庸小說。

臺灣的碩士學位論文較多，大多就單一小說或連續體小說作研究，如以《射雕英雄傳》或「射雕三部曲」作研究對象的，已超過 10 篇，如何明哲的〈金庸小說於小學六年級閱讀教學之研究——以《射雕英雄傳》為例〉、簡志雄的〈金庸武俠小說中的愛情研究——以「射雕三部曲」為中心〉。而單一研究《天龍八部》的則更多，如江玉英的〈金庸《天龍八部》之女性書寫研究〉、塗明淮的〈金庸《天龍八部》

版本研究〉、楊瑩薇的〈金庸《天龍八部》研究〉等。

　　香港未見有研究金庸小說的博士論文。碩士論文則有劉真途的〈從童話功能考察金庸武俠小說的敘事特色〉、陳碩的〈經典製造：金庸研究的文化政治〉、以及個別小說研究如陳勵德的〈金庸的厭女情結——「射雕三部曲」及《天龍八部》的原型分析〉、區皓的〈金庸「三部曲」中的僧道研究〉，都離不開上文對敘事結構、「射雕三部曲」等研究的分類，未見有突破。

　　另外，研究金庸小說的單篇文章繁多，不能一一列出，具較高參考價值的有劉忠的〈「俠」中乾坤大：金庸小說主題再認識〉、韓穎琦的〈金庸武俠小說對吳文化的繼承與反思〉、羅賢淑的〈再探金庸小說初版之情節修訂〉，這些的篇幅相對學位論文較短，但都能一針見血說明觀點。

　　專書方面，除了以下分三地檢視專家學者所撰寫的專書以外，其他專書如冷夏的《金庸傳》、傅國湧的《金庸傳》都是較詳細記錄金庸發跡經過的專書，甚至有評論者說前者尤如金庸的官書。孔慶東的《金庸評傳》、費勇與鐘曉毅的《金庸傳奇》、楊興安的《金庸小說與文學》，都從多角度分析金庸小說，均系值得參考的專書。

　　大陸研究金庸小說的學者眾多，最著名的莫如陳墨，他對金庸小說研究的專書的數量和種類都是最多的，他本來從事電影研究，後來受《通俗文學評論》雜誌約稿，寫了第一篇評論金庸小說的文章——〈「金學」引論〉，繼而寫了差

不多 3、40 萬字的大大小小金庸小說研究文章。[3] 陳墨所寫有關金庸小說的專書較多，如《形象金庸》、《美學金庸》、《藝術金庸》等。另一位同樣重要的學者是馮其庸，他是享有盛名的「紅學」專家，近年關注金庸小說的研究發展，1998 年在北京的文化藝術出版社出版了評點本的《書劍恩仇錄》和《笑傲江湖》，足見其影響力。而且在好幾次的金庸小說研討會發表文章，如 1998 年在臺灣舉行的「金庸小說國際學術研討會」發表了〈《笑傲江湖》總論〉，細析小說中所展現的人物性格、情節結構以及行文流水的筆法，為金庸小說研究提供不少參考材料。而率先提出以嚴肅文學來看待金庸小說的其中一位學者是嚴家炎，他是北京大學中文系教授，主力研究現代文學。於 1995 年在北京大學開設「金庸小說研究」課程，後據講稿輯錄成書，名為《金庸小說論稿》，內容主要以嚴肅的角度審視金庸小說的文學價值，並以現代文學和西方文學作比較，眼光獨到，可以說是中外第一位引金庸小說入大學殿堂的學者，並於 1994 年以「一場靜悄悄的文學革命」來形容金庸小說，得到廣泛認同。[4] 另一位同具份量的北大學者是陳平原，著有《千古文人俠客夢：武俠小說類型研究》一書，影響不少後學，書中從武與俠的角度切入，剖析中國幾千年來俠士與中國文化的關著

3　陳墨：《孤獨之俠──金庸小說論・自序》，上海：三聯書店 1999 年版，第 2 頁。

4　嚴家炎：〈一場靜悄悄的文學革命〉，《明報月刊》，香港：明報出版社有限公司，1994 年 12 月，第 18-20 頁。

有《金庸評傳》；後者以金庸小說研究為北京大學博士論文題目，並著有《從娛樂行為到烏托邦衝動：金庸小說再解讀》，從文化、歷史、政治角色闡析金庸小說。

　　臺灣的林保淳所寫的《解構金庸》，從小說角色、武功名稱、金庸小說論爭、文化社會、版本等多角度作探析，見解精僻、觀察縝密，尤其是當中的第 7 章「金庸小說版本查考」，對研究金庸小說舊版與新版之比較提供重要的參考資料。林保淳是近年專門研究武俠小說的學者之一，早年在臺灣淡江大學中文系任職，開設武俠小說課以及「武俠研究室」，專門教授及研究武俠小說，對金庸小說研究頗有貢獻。

　　先說明一個較為有趣的現象，就是金庸小說研究在香港未有受到很大程度的重視。金庸小說與香港關係密切，不論寫作和發表地點，都與香港不可分割，偏偏在香港鮮有學者研究金庸小說。嚴格來說，香港並沒有專門研究金庸小說的學者。雖然有以研究金庸小說為博士論文的學者，他們分別是在 2003 年和 2004 年於蘇州大學畢業的陳淑貞和邱健恩，但畢業後已沒有相關論文發表。其他最多只能說水滸專家馬幼垣、翻譯及散文大家劉紹銘曾在有關金庸小說的學術研討會上，發表過相關評論而已。其餘屬非學院派學者所寫的專書，最早評論金庸小說的專書是金庸好友倪匡的《我看金庸小說》，寫於 80 年代，其後陸續出版同類專書，較具參考價值。原因有三，第一、倪匡屬金庸同期主流通俗文學作家，對作家與作品有一定程度的批判能力；第二、倪匡是金庸的好朋友，志趣相投，不難理解金庸創作小說的心路歷程；第三、倪匡是金庸小說的部份作者，《天龍八部》的其

中部份，就是金庸游歐時請倪匡代筆的，因此倪匡對金庸小說知之甚詳。其他的如潘國森的《總論金庸》、《雜論金庸》、《解析笑傲江湖》、《解析金庸小說》，又有陳鎮輝的《武俠小說逍遙談》、《金庸小說版本追昔》。前者對新派武俠小說作了頗為全面的觀察和審視；後者則以嚴謹認真的態度回顧金庸小說從 50 年代發表出版至今的不同版本，甚至能匡正前人有關金庸小說發表年份的錯誤，同樣值得參考。

　　海外專家學者研究金庸小說的，可謂鳳毛麟角，大多只是以單篇文章形式發表的評論，如旅澳華籍學者柳存仁於 1998 年的「金庸小說國際學術研討會」中發表了〈《脫卜赤顏》‧全真教和《射雕英雄傳》〉一文。而專為研究金庸小說的國外學者有美國學者 John Christopher Hamm 韓倚松，他是研究金庸小說的專家。其於 1999 年完成研究金庸小說的博士論文（該文於 2005 年由夏威夷大學出版社出版），[5] 曾在《明報月刊》發表〈淺談金庸早期小說與五十年代的香港〉一文，還在 1998 年的「金庸小說國際學術研討會」中發表過有關《碧血劍》的論文，算是外國少見的專門研究金庸小說的學者，現時於美國華盛頓大學任副教授，負責教授通俗小說課。

　　參看以上近 30 年的金庸小說研究文獻，發現研究者從多種角度研究金庸小說，有單一小說研究，也有綜合金庸 15

5　陳素雯、馮志弘：〈《笑傲江湖》的政治諷喻與《明報》的轉型（1962-1969）〉，《興大中文學報》2007 年 12 月，第 97-124 頁。

部小說的研究，而有很多的碩士論文，都集中在武俠和愛情兩方面探討。有部份研究者借西方文學理論來進行分析，這是近年的研究趨向。有部份研究者以跨文本的角度來進行分析，如把金庸小說與改編的電視劇或電影作比較研究、把小說提到的宗教和派別與歷史和文化作比對研究。可見研究方向多樣，金庸小說確有其研究價值。起初有關金庸小說的評論，可以說是漫談式的、印象式的，未見有較嚴謹的論述。發展到 90 年代左右，開始有較為學術的討論，例如在 1987 年香港中文大學舉行了「國際中國武俠小說研討會」，後輯成論文集《武俠小說論卷》，收錄論文 25 篇，其中 4 篇是研究金庸小說的。[6] 及至 1994 年，王一川、張同道主編的《二十世紀中國文學大師文庫‧小說卷》節錄了《射雕英雄傳》，更把金庸排在中國作家中的第 4 位，依次是魯迅、沈從文、巴金、金庸、老舍、郁達夫、王蒙、張愛玲、賈平凹。一反過去魯（迅）、郭（沫若）、茅（盾）、巴（金）、老（舍）的排名，不單令金庸小說成為熱話，也引來不少論爭，例如鄢烈山同年在《南方週末》發表了〈拒絕金庸〉一文，說武俠小說如鴉片毒藥，不應登上嚴肅文學主流。直至 1995 年，北京大學中文系教授嚴家炎在一片喧鬧聲中毅

6　劉紹銘、陳永明主編：《武俠小說論卷》（上下卷），香港：明河社出版有限公司 1998 年版。該 4 篇論文分別是梁燕城的〈從哲學角度解析金庸作品的思想結構〉、劉紹銘的〈金庸小說與僑教〉、方瑜的〈金庸武俠中的正與邪〉、黃維樑的〈童蒙可讀此而學文──金庸武俠小說語言的抽樣分析〉。

然於校內開設「金庸小說研究課」，引來不少批評，把論爭推至高峰。以後幾年金庸小說的支持與反對者在學術界各走極端。1998 至 2000 年在美國、大陸、臺灣，都分別舉行了好幾場大型的金庸小說研討會。而反對者繼續以文章質疑金庸小說的價值與地位，最著名的當推 1999 年在《中國青年報》刊出的一篇文章——王朔的〈我看金庸〉，內容都是以非嚴謹的角度與漫罵性質的口吻來批評金庸小說。直到 2000 年至今這十幾年，過去有關金庸小說的價值的論爭已出現一面倒的情況。現實情況是，研究金庸小說的學位論文、研討會、文章、專書等的內容開始變得認真而嚴謹，更令人覺得金庸小說是近代的一門顯學。

研究方法及步驟

金庸小說版本多樣，研究版本方面以金庸 15 部小說為基礎，版本涉及 1980 年修訂前所出版的「舊版」、1980 年前後出版的「新版」。而主要集中在「新版」的研究之上，原因是此版本流傳最廣，影響最深（以此刻而言）。而香港 50 年代的其他報章副刊文字也是採集對象之一，即所謂自 1955 年自報刊連載至 1972 年的報紙本的「舊版」，因為可瞭解當時讀者群的閱讀喜好和習慣，例如是開始連載《神雕俠侶》的《明報》。筆者將先細讀金庸 15 部武俠小說，然後閱讀相關評論、其人傳記、其人作品，如散文、政論等。以及閱讀香港 50 年代較重要的報章副刊、具代表性的純文學和通俗文學。最後比對香港 50 年代文壇及各因素與金庸

小說的發生的互涉關係。

　　武俠小說一向被認為是通俗文學，而通俗文學是否具文學價值，一直以來都是學界的討論重點。所謂通俗文學，首要條件是易讀，須為大眾所接受，擁有眾多的普羅大眾讀者，他們只需具基礎的閱讀能力；其次是具娛樂性，有消閒作用，讀來興味十足。金庸小說是近年頗為值得研究的課題，原因是它既屬通俗文學，又有很多合乎純文學的條件，性質特別。金庸在香港為報章每天撰寫連續的武俠小說，所需時間極短，然而效果極佳，情節結構緊密，人物構想生動，到底撰寫的過程是怎樣的呢？他是在怎樣的環境和氛圍下完成作品的呢？這些問題都希望在本書中得到答案。香港50年代是一個十分特殊的時期，在香港文壇中出現不少中國大陸南下的文人，他們對香港文壇產生不少影響，出產了不少優良作品，培育出不少有素質和要求的讀者，這些都間接促成金庸小說誕生。另一方面，50年代在香港出現了一股武俠熱，原因是1954年（不少學者誤記為1952年）的一次比武事件。當時白鶴派掌門陳克夫與太極派掌門吳公儀發生決鬥事件，事件吸引大批市民觀戰，華文報章爭相報導，當然少不了繪影繪聲的加插武俠式的描寫。這促成金庸在《新晚報》的同事梁羽生開始第一部武俠小說《龍虎鬥京華》的寫作，又間接讓金庸後來動筆撰寫《書劍恩仇錄》，成為一代新派武俠小說宗師。本書主要從香港50年代的背景切入，瞭解當時的文藝氛圍，探析金庸小說的創作發生過程與時代背景的相互關係。當然，金庸15部武俠小說的情節內容、人物角色、人生主題等，都與50年代香港讀者群的閱讀期

望和閱讀需要息息相關。香港 50 年代大眾讀者對金庸武俠
小說的接受程度，意味當時大眾極之需要這種連載於報章的
通俗小說來作為消閒之用。我們需要瞭解當時讀者群的閱讀
習慣，甚至乎生活習慣，以便清楚知道為甚麼金庸武俠小說
會在香港 50 年代迅速崛起。

　　金庸小說版本繁多，「舊版」尤難為一見，加上與「新
版」在意識與內容框架上分別不大，筆者將集中以「新版」
為引，探討金庸小說的創作發生與其他不同因素的關係。
又，「新修版」對金庸小說的故事情節、人物角色等都有不
少的改動，但都屬於小改動，金庸在「新修版」的最後一
部小說《鹿鼎記》中，有「新修」後記一則，說：「我的
十五部武俠小說，到了廿一世紀初又再修改，至二〇〇六年
七月完畢，主要是文字的修訂，情節並沒有大改動。」[7] 雖
則在 80 年代中，金庸已有撰寫「新修版」的念頭，然而與
香港 50 年代文壇及社會的關係比起「新版」薄弱得多，因
此只能從中取捨，擇「新版」為主要研究對象。

　　另外，金庸小說從報紙發表至今，其小說曾在兩岸三地
不同的大大小小出版社出版，尤其是 50 年代，版權意識薄
弱，盜版風氣盛行，坊間有各種各樣的版本出現，甚至把名
稱改頭換面，試圖避過耳目。據林保淳的考證，香港的盜本
（沒有授權出版的版本）只是刪了小標題，內容改動不大。
臺灣的盜本則改動較大，主要在作者、書名、章回三方面

7　金庸：《鹿鼎記》，香港：明河社出版有限公司1981年版，第2200頁。

之上。[8] 由於此文的方向並非研究金庸小說的版本問題，因此只能撇除種種資料，集中以廣泛流傳的香港明河社出版的「新版」金庸小說為研究對象。

　　本書共分五章，另加緒論及結語。第一章從金庸本人看金庸小說的發生，作者的家庭背景及個人經歷，都是要針對的研究重點。特別是金庸本人來港及留港的情況，這意味作家與社會所產生的互動關係，是構成金庸小說發生的其中一個重要因素。另外，金庸本人的寫作習慣和興趣，也是構成金庸小說出現的因素，這些都能從他的辦報經歷和散文等創作找到答案。第二章從時代環境看金庸小說的創作發生，以香港 50 年代的社會狀況，說明金庸小說的出現與發生，並不是偶然的事。當時香港人崇尚武打，他們又對中國文化極為渴求，加上對現實生活不滿，很自然從金庸小說中尋找心靈的滿足。第三章從香港 50 年代的文壇狀況，看金庸小說的發生過程。所謂的文壇，意義包括報紙副刊的連載情況、流通出版物的種類、主流作家的寫作風格傾向。這些都跟金庸小說的發生創作有極大的關係。第四章集中分析金庸小說與新舊派武俠小說的借鑒、吸收、差異，同時從微觀的角度審視金庸小說的出版與修訂的意義，以此說明金庸小說的發生與流行的過程。第五章從金庸小說本身作考察，探討其表

8　林保淳：《解構金庸》，臺北：遠流出版社 2000 年版，第 202-203 頁。林保淳更以附表形式列出臺灣的盜本情況，為研究金庸小說版本，提供頗具參考價值的資料。詳見林保淳：《解構金庸》，臺北：遠流出版社 2000 年版，第 204-205 頁。

現手法和所創造的情節與角色，是構成金庸小說發生創作的
重要因素。

第一章

從作者看金庸小說的創作發生

金庸小說的創作發生，跟作者金庸關係最大。沒有金庸，便沒有金庸小說。

裴斐在《文學原理》肯定了作家對作品的產生起著重大意義：「文學作品的出現都帶有偶然的和不可重複的性質，這種偶然性並不取決於生活而是取決於作家的出現。」[1]作家是作品的創造者，是作品的靈魂。如果從羅蘭・巴特的「作者已死」論來說，作者與作品皆各自是獨立的個體，然而這種說法較適合用於文本批評之上，免於以「知人論世」的方法，把作者的背景滲進文本之中，影響對文本的獨立分析與批評。但如果從發生學的角度來說，作者的角色便顯得十分重要了，因為他是文本創作發生的最重要因素。

---

1 裴斐：《文學原理》，北京：中央民族學院出版社1990年版，第129頁。

第一節　金庸本人的學養和經歷

金庸自幼好讀書，中外文學都愛讀。他又愛下棋和閱讀古典詩詞。這些，都令他有了撰寫武俠小說的基礎。作家在創作的過程中，必須有一定的充分條件，才能完成作品。知識、時間、環境、表達、興趣，通通都是構成作家完成作品的因素。作家在創作的過程中會遇到很多的考驗，因此他必須具備很多的條件，才能克服困難，完成作品。金庸寫了17年武俠小說，而且每部作品都十分精彩，這個情況十分難得，也是一個傳奇。蘇聯著名作家法捷耶夫認為作家的創作過程可以分作三個階段：「一、積聚素材時期；二、構思或者『醞釀』作品時期以及三、寫作時期。」[2] 金庸在17年的寫作生涯中，可以把三個創作階段反復進行，甚至在兩個作品之間進行。他的成功取決於先天的培養，以及後天的際遇。前者令他對讀書感興趣，可以從中增長知識。後者令他走上寫作之路。金庸從1955年開始寫武俠小說，至1972年封筆，17年的時間，他從31歲，寫至48歲，當中經歷了辦報、離婚、結婚、寫武俠小說等人生大事。可以說，金庸寫武俠小說的17年間，是他人生中的重要階段，他的人生與武俠小說是一同成長發展的。再者，對金庸小說來說，它經歷了創造與修改的過程，直到2000年，最新版的金庸小說相繼

2　【蘇】法捷耶夫：〈和初學寫作者談我的文學經驗〉，山東師範學院等編：《外國作家談創作經驗》（下冊），濟南：山東人民出版社1982年版，第47頁。

出版面世，金庸已經年近 80 歲。金庸小說一改再改，意味他經歷再創造的過程。作家修改自己作品的原因，是由於內在情感與外在形式不一致，金庸小說在 80 年代和 2000 年的兩次大修改的面世，反映金庸對作品的執著態度。金庸與金庸小說一同成長、變化，非一般作家與作品的關係可比擬。他的人生與金庸小說的創作發生，可以用唇齒相依來形容。

一、顯赫的查氏家族

金庸本名查良鏞，筆名是從本名拆開而成的。查氏在中國歷代有都十分有名。金庸出生於浙江海寧袁花鎮的富裕家庭。浙江杭州一帶，歷來盛產狀元，文化氣息濃厚。唐代孟郊、宋代陸遊，都生於浙江。查家先祖很多在中國歷朝歷代都當官，冷夏的《金庸傳》說：「查氏家族的名人，五代時南唐有工部尚書查文徽、宋代有殿中侍郎史查元方、明末有史學家查伊璜、清代有畫家查士標等。」[3] 眾所周知，祖籍浙江海寧的查家自明代以來已是名門望族，出產士人尤多，如明崇禎時的查繼佐、清康熙時的查慎行，都是有名的士人。而到金庸的祖父查文清和父親查樞卿兩代，查氏家族仍是名門望族，富裕人家。浙江的文化傳統、家族的讀書氛圍，令金庸自小受到薰陶。祖先輩的品行和讀書的習慣，都深深影響金庸的思想和行為。因為祖父查文清曾捲入「丹

3　冷夏：《金庸傳》，臺北：遠景出版事業公司 1995 年，第 17 頁。

陽教案」[4]的關係，使金庸深深明白到兩點：一、外國人欺
負中國人；二、要多讀書。[5]筆者認為，查文清對金庸的影
響，最大在於他的高尚情操，為金庸植入一種俠義的思想，
為其將來撰寫武俠小說建立了良好的基石。一直以來，作家
都有仿古或擬古的傾向，對文壇前輩或先祖都抱有追隨的心
態。如丁玲曾說：「我追隨我的長輩，魯迅、瞿秋白、茅
盾，……為人生，為民族的解放，為國家的獨立，為人民的
民主，為社會的進步而從事文學寫作。」[6]因為前人的作風
與行為，使後來的作家都受到不同程度的影響，而通過寫作
表達意向。金庸於 1947 年來港後，閱讀習慣仍不斷，對於
西方文學有更多的接觸。香港的地理位置造就香港文壇可中
外兼收，西方文學的引介在 50 年代前後是文壇的重要力量。
不難想像，金庸閱讀過大量的西方小說，有意或無意地把情
節或角色滲入於自己的小說之中。因此，以中國傳統小說為
骨幹的金庸小說都有受到西方現代主義的影響。金庸自小喜
歡閱讀外國文學，例如閱讀海明威（Ernest Hemingway）、
威廉·福克納（William Faulkner）、詹姆斯·凱恩（James M.

4　「丹陽教案」發生在晚清時期，當時中國有很多外國傳教士，他們
　　依仗自身國家的威望而到處欺負中國人。在江蘇丹陽，就有中國人
　　為了報復，把他們的教堂燒了。金庸的祖父查文清是江蘇丹陽的知
　　縣，為了處理此案，左右為難，最後只好辭官回鄉，其實是為了放
　　過燒教堂的中國人。

5　冷夏：《金庸傳》，臺北：遠景出版事業公司 1995 年版，第 20 頁。

6　林辰等編：《世界 100 位作家談寫作》，上海：上海文化出版社 1987
　　年版。

Cain）的作品。在 1956 年與梁羽生、百劍堂主輪流合寫專欄「三劍樓隨筆」時，就有不少文章提到自己的小說裡，有很多挪用了西方現代小說的表現手法，例如《倚天屠龍記》中的人物角色「謝遜」就是受到西方小說人物角色「無比敵」的啟發而創作，可見西方文學對金庸小說創作的影響。[7] 除此以外，筆者發現金庸小說中的情節有不少都是參考西方故事的，例如《天龍八部》中虛竹與西夏公主相認的一幕。兩人在冰窖中相好，只分別稱對方為「夢郎」和「夢姑」，不知對方容貌。直到西夏公主廣發帖招駙馬，才透過三個問題分辨出何人是「夢郎」。[8] 這種相認過程跟西方故事「灰姑娘」（「Cinderella」）十分相似，第一、男女身份懸殊，其中一個出身貴族，另一個出身寒微；第二、相遇相知後其中顯貴的一方認不出對方，靠獨特方法來辨別對方身份，最後有情人終成眷屬。[9] 閱讀除了豐富了金庸的知識，還令他從不同

7　馬幼垣：〈《從三劍樓隨筆》看金庸、梁羽生、百劍堂主在五十年代中期的旨趣〉，王秋桂編：《金庸小說國際學術研討會論文集》，臺北：遠流出版事業股份有限公司 1999 年版，第 393 頁。

8　金庸：《天龍八部》，香港：明河社出版有限公司 1978 年版，第 1960 頁。

9　當然，有論者說「灰姑娘」故事實際源於中國小說──唐段成式的《酉陽雜俎》中的《葉限》，內容講述女主角葉限受後母及繼姊的苛待，後來得到魔法（把神聖的魚骨藏起）的幫助，穿上華麗的服裝赴宴，但被繼姊發現，而急急離開，遺下一隻金色鞋子，最後被國王尋得並相認。但國王跟常人一樣貪婪，渴望得到無數珠寶，最後失去魚骨（富於傳統中國小說的寓言色彩）。但西方的「灰姑娘」故事最後描寫兩情相悅，真誠相待，跟《天龍八部》的結局更接近。

小說中作出借鑒和吸收。這些都是由於查氏家族多年的文化
背景所薰陶得來的。一個作家，在創作的過程中，會經歷很
多考驗，這些考驗都會使作家在創作的路上停下了腳步。歷
代有不少大作家，在一段時間後，便沒有佳作出產。唐代的
白居易和杜甫，都是實例，他們在晚期已少有佳作。作家減
少產量或停產的原因很多，可以是因生活環境改善了，以前
悲天憫人的情懷和靈感都消失了，也可以是生活環境變差，
在三餐不繼的情況下，再沒有時間和精神進行創作了。金庸
於 1948 年開始到香港工作，在《大公報》任編輯，薪水不
高，但仍能溫飽，也能照顧隨他而行的太太。後來轉到《新
晚報》工作，同屬《大公報》集團，工作性質不變，當副
刊編輯，薪水跟以前相差不遠。但對比在海寧故鄉的生活質
素，香港的情況是比不上去的。因此金庸在來港初期，對香
港不存好感，甚至覺得比大陸上海等大城市更落後。因此，
在經濟條件方面，金庸來港後，便沒有受惠於他查氏家族的
背景。他只能靠工餘時間寫電影劇本來賺取更多的酬勞。查
氏家族的背景，沒有為他提供優厚的條件從事寫作，只能說
是對他自小培養了閱讀的興趣和建立了做人應有的價值觀作
出影響。

二、南來香港工作的原因

　　香港這個地方，成就了金庸小說的創作發生。1955 年
時任《大公報》副刊主編的羅孚，亦即獨具慧眼催生梁羽生
和金庸先後在《大公報》連載武俠小說的柳蘇（筆名），

曾撰文說：「如果沒有香港，金庸就只有在上海度過四十年代的末日而進入五十年代的日子」[10] 當然，一件事情的發生，是建基於多種複雜的因素的。如果沒有香港，是否就沒有金庸？這是一個假設性的問題，相信世上沒有一個人可以回答。但我們可以看到香港對於金庸的影響程度是相當之大的，可以說是一個特殊的平臺或可稱為寫作空間。50 年代的香港基於政治經濟地理等因素，而間接造就金庸武俠小說的出現和盛行，而這些因素同時跟香港的地理位置相關，因為如果不是香港位處中國大陸邊陲，鴉片戰爭時期的英國人義律便不會覬覦香港這個當時只是小漁村的地方，以用作吞佔中國的入口。再者，如果不是香港位處中國大陸邊陲，50 年代不可能一下子有成千上萬的中國人南移到香港，豐富了當時的香港文壇以及讀者群。

　　金庸 1924 年生於浙江海寧，1947 年考入上海《大公報》，1948 年被派往香港工作，參加《大公報》香港版的籌辦工作。[11]1948 年，因應《大公報》在香港復刊，報社於是從上海調派金庸南下，參與在港的復報工作。南來後金庸一直擔任《大公報》的編輯、翻譯等工作，直到《大公報》另創《新晚報》後，1952 年金庸轉到《新晚報》工作，工作性質大抵相同。如果不是因為香港文壇「左右」陣營對壘，急

10　柳蘇：〈話說金庸〉，柳蘇編：《香港的人和事》，瀋陽：遼寧教育
　　出版社 2001 年版，第 303-304 頁。

11　張圭陽：《金庸與報業》，香港：明報出版社有限公司 2000 年版，
　　第 33 頁。

需人材往《大公報》工作；又如果香港的地理位置非依附中國大陸的話，《大公報》未必會派金庸南下鄰近的香港，或是金庸未必願意到其他遠離中國的地方去。起初他是在半推半就的情況被派去香港的，當時他的同事張契尼因太太需要產子，來港的崗位就交給了金庸了。開始的時候，金庸跟其他南來作家一樣，不太喜歡香港，更遑論是感情了。他曾形容剛到香港時的感受：「有點到了鄉下地方的感覺。」但很快就有了改觀：「不過一般香港人坦誠直爽、重視信心、說話可靠，我很快就喜歡了他們。」[12] 跟其他南來作家不同的是，金庸很快便已經喜歡上香港了。嚴格來說，金庸喜歡在香港發展他的事業。1950 年以前，金庸仍是抱著從小立志當外交家的理想，但自從進京與時任外交部政策委員會副主任喬冠華以後，他開始改變了。因為他知道能擔任外交官的希望十分渺茫（原因很多，其中之一是父親屬「地主」成分）。[13] 金庸喜歡留港發展事業的另一個例子，是他一段失敗的婚姻。金庸第一任妻子有感香港鬱悶，提議離開，但金庸因事業剛上軌道，兩人意見不合，因而分開，可見金庸的事業心是多麼的強。公司當初派遣金庸到港工作，到後來金庸喜歡上香港這個地方，決定長久居住發展其終身事業。香港對金庸的成功扮演著極其重要的角色。

12　金庸、池田大作：《探求一個燦爛的世紀》，香港：明河社出版有限公司 1998 年版，第 114 頁。

13　傅國湧：《金庸傳》，北京：北京十月文藝出版社 2003 年版，第 113 頁。

　　其實，金庸在 50 年代留守香港工作，他的內心應當是充滿野心的。當外交官的夢幻滅了後，他並不甘於只當《新晚報》副刊的一個編輯，因此除了閒時閱讀以增廣見聞，也為電影撰寫劇本和影評，除了為了賺取收入，最重要是能多結交不同背景的人，以及多累積人生經驗。當時金庸對於自身的工作是滿意的，但不甘心，因此他要成名，以及希望得到一個發揮的機會。蘇軾有名句：「詩人例窮苦，天意遣奔逃」，意思是作家必有所犧牲，要有人生慘痛的經歷，才能創造出好的作品。金庸的情況是，在開始寫武俠小說時的1955 年，他只有 31 歲，沒有很多的人生經歷，但是失卻當外交官的夢，令他立志在事業上必須闖出一片天地。

　　金庸要不是撰寫武俠小說，頂多只能算是一個南來報人。經過 1955 年開始至 1972 年的漫長寫作生涯，金庸不單成為極具影響力的「南來作家」，而且對武俠小說的轉型起到了關鍵作用。過去從沒人稱金庸為南來作家，原因是：金庸的作品一向被人視為不入流的通俗小說，這些小說根本不會引起學者們的正視。再者，「南來作家」大都指向「左右」陣營的作家群。幸好，當時香港的特殊環境等因素，令金庸寫下武俠小說。前《新晚報》主編，梁羽生和金庸的伯樂羅孚曾以柳蘇的筆名說，俠客是香港的特產，只有香港才有，同時香港的獨特生態產生了金庸和其新派武俠小說。[14] 如果

14　柳蘇：〈話說金庸〉，《香港的人和事》，瀋陽：遼寧教育出版社
　　2001 年版，第 301-308 頁。

不是香港的話，金庸不可能有這個自由去寫出武俠小說來；
如果不是香港的話，金庸的武俠小說也不會受到當時讀者的
熱烈歡迎。我們不能說沒有金庸就沒有香港文學，但可以肯
定的是，如果沒有香港這片土地，金庸的武俠小說出現的機
會十分渺茫。縱使曾出現發生，也只是過眼雲煙，絕不會像
現在一樣，受到很高的評價。如被北大的嚴家炎認定是現代
的嚴肅文學，並開設了金學研究課（1994 年），被北師大
的王一川把他排在現代小說名家的第四名，甚至排在老舍和
茅盾之前。

第二節　金庸本人的事業和創作

　　金庸小說的創作發生，與金庸的個人事業和他的其他創
作有一定的關連。金庸 1948 年來港工作，後到《新晚報》
當副刊編輯，直到 1959 年創辦《明報》，這些對其事業影
響極大的事件，都跟金庸小說的創作發生有很大關係。另
外，從 1955 年至 1972 年金庸小說發表期間，金庸仍有散文
創作，但數量不多，參考價值亦不高。我們可以看金庸小說
的發表初期的其他創作，如 1955 年前後的電影劇本，以及
散文。從中窺探兩者與金庸小說的關係。不同作家有不同的
長處，有的擅長小說創作、有的擅長散文創作、有的擅長詩
詞創作，鮮有幾種兼擅的。過去研究金庸小說者，未嘗留
意金庸的電影劇本與散文創作，跟金庸小說發生的關係。當
然，金庸並不是為金庸小說的創作發生，而在之前刻意尋找
靈感和嘗試的機會，而是由於之前的經驗，我們更容易瞭解

和解釋，金庸小說的創作發生。正如歌德所說：「我從來沒有為了要寫詩而去觀察自然。」[15] 不止金庸，世上沒有一個人，在當時能夠預料金庸小說在 1955 年誕生，因為它的出現，是基於很多不同因素，以及社會的種種巧合而成的。

一、關心社會與辦報

金庸於 1959 年與沈寶新創立《明報》，起初銷量平平，只有每天幾千份的賣紙量。後來著重宣傳每日副刊連載的《神雕俠侶》小說，得到讀者的關注，才不致夭折。[16] 可見副刊對一份報紙的影響力是相當之大的。報紙是最能即時反映社會現況的媒介，新聞專論不消說，我們光看副刊的價值，已從中可見大眾閱讀的口味、社會流行的產品等等。它最能直接反映每個時代社會大眾的生活習慣和意識形態。再者，報紙副刊是傳播意識形態最好的工具，例如 40-50 年代，「左右」陣營借報紙園地發表對政治的不同意見，已是常態。當時的活躍份子黃藥眠、茅盾等，經常借報紙作為傳聲筒，表達政見。例如黃藥眠在 1946 年 1 月已在香港的《華

15　朱光潛等編：《歌德談話錄》，北京：人民文學出版社 1978 年版，第 108 頁。

16　據說，金庸與沈寶新起初每人各自拿 3 萬和 2 萬合辦《明報》，幾個月後已出現資不抵債的情況，於是金庸再多拿積蓄 5 萬元以解決燃眉之急。又找新合夥人郭煒文注資，解決財務危機。（張圭陽：《金庸與報業》，香港：明報出版社有限公司 2000 年版，第 50-52，66-67頁。）

商報》發表〈文藝工作者當前的幾個問題〉，鞏固香港左翼文學界的思想。[17] 所以又有這樣的一種說法：「報紙一般都有社論（初時只有文章或標『論說』），由主筆（或總編輯）主理。社論、文章的政治思想水準和道義力量，就成為報紙的靈魂，最為讀者所關心。」[18] 這裡說明了兩點：一、報紙對社會政治的取向取決於老闆；二、讀者關心一份報紙的社論以及其他文章（當然包括副刊的各類文字如專欄和連載小說）的思想取向。因此，《明報》從辦報的第一天，已鄭重而明確地申述其宗旨是公正而善良，政治立場不偏不倚，絕對中立。[19] 從金庸在 1959 年創立《明報》開始，已在此連載小說《神雕俠侶》，此亦為賣點之一。之前連載的小說主要發表於《新晚報》，如《書劍恩仇錄》和《雪山飛狐》，其餘的則分別在《商報》（《碧血劍》）和《香港商報》（《射雕英雄傳》）。[20] 抱著「肥水不流外人田」的心態，以增加讀者人數，維持和增加報紙收入，金庸其後的小

17　陳智德：〈左翼共名與青年文藝──1947 至 1951 年的《華僑日報》「學生週刊」〉，《政大中文學報》，2013 年 12 月，第 246 頁。

18　陳鳴：《香港報業史稿》，香港：華光報業有限公司 2005 年版，第 66 頁。

19　張圭陽：《金庸與報業》，香港：明報出版社有限公司 2000 年版，第 53-54 頁。

20　宋偉傑：《從娛樂行為到烏托邦衝動──金庸小說再解讀》，南京：江蘇人民出版社 1999 年版，第 32 頁。

說都主要連載於《明報》。[21] 可以說，《明報》是金庸武俠
小說的主要發表平臺，《明報》從開始的日賣幾千份到日賣
幾萬份，反映其在社會的影響力慢慢增加。由於受眾眾多，
我們容易透過金庸小說來比對當時的社會現況。當然，《明
報》在當時得以繼續經營，除了武俠小說吸引讀者外，還有
其他的因素，例如加入政治社評、加入馬經、報導香港市民
關心的中國大陸難民潮、經常嘗試改變副刊甚至整份報紙的
風格（大字標題報導風化案、加推豔情通俗小說）等。其他
因素，如過了創報幾年時間，漸漸在報界站得住腳的時候，
《明報》與香港五份左派報紙（例如《文匯報》和《大公報》）
進行筆戰，令讀者人數急升，「論爭之前，《明報》每日銷
量 62,075 份（1964 年 9 月每日平均銷量）；1964 年 12 月 10
日的銷量達到 70,516 份；1965 年 1 月《明報》平均每日銷
量達 73,254 份。」[22] 以當時香港人口只有 300 萬來計算，[23] 這
個比例是相當之大的。雖然這也是當時讀者捧讀《明報》的
因素之一，但筆者深信，武俠小說的連載，是當時《明報》
的續命丸，也是其最主要的命脈。老報人羅孚曾說：「《明

21　宋偉傑：《從娛樂行為到烏托邦衝動——金庸小說再解讀》，南京：
　　江蘇人民出版社 1999 年版，第 32 頁。

22　張圭陽：《金庸與報業》，香港：明報出版社有限公司 2000 年版，
　　第 132 頁。

23　1950 年的香港人口是 236 萬人，其後一直增加，1961 年的香港人口
　　是 3,129,648 人，其中男性 1,607,779 人，女性 1,521,869 人。（元邦建：
　　《香港史略》，香港：中流出版社有限公司 1988 年版，第 11 頁。）

報》的誕生，是先有了『金庸』，才有《明報》。」[24]可見《明報》的立據點。曾在《明報》工作的張圭陽更說：「1960年8月31日《明報》的一段啟事，很明確地把《明報》企圖以金庸為中心築構一個武俠小說世界的野心，表露無遺。『本報武俠小說之佳，眾所共知，而本報讀者，亦十之六七為武俠小說愛好者。近數月來本報銷數激增，為酬答讀者諸君愛護雅意，又以重金禮聘得三位名家撰寫武俠新作，於本個月內陸續推出。此三篇小說均經金庸先生親自審閱，評為佳構，實非泛泛者可比。本報武俠小說水準甚高，若非名家力作，不予刊載。讀者諸君只須連閱三日，即難放手，此可先行保證者也。』」[25]這段說明說明了三點：第一、武俠小說在當時十分流行，廣受市民大眾捧場；第二、連載武俠小說是各報紙副刊的文化，甚至有激烈競爭的情況；第三、金庸在《明報》甚至讀者眼中，已經成為武俠小說大家，他的武俠小說具很大程度的影響力。報紙既是大眾讀物，所運用的文字自然比較通俗易懂，好讓社會各階層都可讀得通。在50年代的香港社會，教育雖未普及和完善，但對於近乎文言的白話體武俠小說而言，讀者是有能力應付的。縱使讀得一些艱澀難明的地方（例如詩詞），讀者大多跳過不讀，對瞭解小說內容影響不大。因此劉紹銘在回憶50年代讀武俠

小說的經過時說：「我五十年代初看武俠小說時的正規教育水準是初中程度。即使加上自修得來的心得，充其量也不過是高中生。」[26] 可見武俠小說的影響所及，不論讀書多少，只要有初中教育程度，閱讀武俠小說應該不成問題，已經足夠瞭解情節，至於深意又是另一回事。這反映武俠小說的受眾性不會受教育程度影響很大。雖然說部份讀者看不懂武俠小說的微言大義或分析好壞，但仍起著潛移物化的作用，因為追看連載小說是每天的習慣，裡邊的意識形態很容易植根讀者腦海中，或是讀者潛意識渴望得到的東西，可以從武俠小說中尋得慰藉。

　　張圭陽曾總結《明報》創刊時的作風，現擇錄三點如下：

　　「1. 主打金庸的武俠小說：例如從第三號開始，一連四天，都在頭版落簽，強調連載『金庸武俠小說』。2. 主打名牌效應：《明報》創刊時財力薄弱，但仍是很努力的尋找名牌作家加盟助陣。3. 加強報導演藝界的消息，爭取演藝界的讀者及電影廣告。」[27]

　　以上段落可反映幾點：一、副刊對 50 年代報刊的重要性，很多讀者都因為報紙的副刊而選擇閱讀；二、《神雕俠侶》以至金庸小說都是《明報》最大的賣點，金庸如有新小

26　劉紹銘：〈金庸小說與僑教〉，劉紹銘、陳永明編：《武俠小說論卷》（下），香港：明河社出版有限公司 1998 年版，第 436 頁。

27　張圭陽：《金庸與報業》，香港：明報出版社有限公司 2000 年版，第 67-68 頁。

說連載，必定在頭版以大字標題的方式作預告；三、文學與電影以至電臺廣播等娛樂媒介息息相關，報紙連載小說，以及廣播劇廣播小說，成為當時的主流媒介；四、大眾口味除了在於副刊小說，還推而至電影、電臺廣播等娛樂媒介，聲音的演繹雖然比文字少了幻想空間，但較為傳神。對於閱讀能力較低的讀者，廣播劇提供多了一個選擇。最重要是，金庸創辦《明報》，令金庸小說能夠在「穩定」的平臺出版，報紙的作風或思路方針，都可在金庸的能力範圍下得到控制。因此，金庸為了《明報》有更好的銷量，更會用心經營每日連載的金庸小說，以吸引讀者追看。金庸為了辦好《明報》，而以武俠小說為賣點，同時重金聘請名作家撰稿，以吸引讀者。這亦是相輔相承的現象，《明報》受讀者歡迎，連載的武俠小說自然順應有更多讀者追看。

二、小說以外的寫作

　　1954 年，最先獲邀撰寫武俠小說的，是梁羽生，並非金庸，他們雖同於《新晚報》工作，然而對功夫武術只略懂一二；[28] 金庸於 1955 年獲邀後創作武俠小說時，只抱著和梁

28　梁羽生在其散文中只說，撰寫武俠小說前，只學過三個月的太極拳。（梁羽生：〈與武俠小說的不解緣〉，《梁羽生散文》，臺北：遠流出版事業股份有限公司 2008 年版，第 260 頁。）金庸更是一點也不懂。（潘亞暾、汪義生：《香港文學史》，廈門：鷺江出版社 1997年版，第 344 頁。）也許不懂正是打破思想限制的一種因素，小說中的武打場面，以至跟武功連帶的所有內容，都能天馬行空地創作。

羽生同樣的「短期任務」的心態去看待每日寫一則的武俠小說。梁羽生一寫就是 30 年，從 1954 年至 1984 年；金庸則花了 17 年，從 1955 年至 1972 年，時間上差不多只及梁羽生的一半，前者寫了 35 部武俠小說，後者則寫了 15 部，可是論小說的廣泛影響和作品的藝術成就，都是金庸勝於梁羽生的。冷夏的《金庸傳》說：「正式寫武俠小說之前，查良鏞寫東西並不很多。」[29] 其實金庸對撰寫武俠小說實際上是毫無經驗的。但可以證實的是，他有寫作的天份，以及喜歡寫作。

金庸小說出現前，金庸寫了很多影評，這反映他看了不少電影，當中有很多是西方電影。電影的鏡頭、人物設計、情節佈局等，都對金庸往後創作小說的道路，產生很大的正面影響。金庸也有參與電影劇本的創作，他從 1953 年開始，就以林歡為筆名，為長城電影公司編寫多部電影劇本，一直到 1959 年才終止。終止撰寫電影劇本的原因，相信跟同年創立《明報》有關，因無暇分身，只好停筆。而把精神和時間，投放在《明報》和武俠小說之上。從 1953 年到 1959 年的七年間，金庸共寫了 7 部電影的劇本，幾乎每年 1 部。他們是《絕代佳人》（1953 年）、《不要離開我》（1955 年）、《三戀》（1956 年）、《小鴿子姑娘》（1957 年）、《蘭花花》（1958 年）、《有女懷春》（1958 年）、《午夜琴聲》（1959 年），不難發現，這七年間的劇本數量，

29　冷夏：《金庸傳》，臺北：遠景出版事業公司 1995 年版，第 64 頁。

是有遞增的趨勢的。如果不是金庸要兼顧《明報》，他的電影劇本產量和這方面的成就應不止於此。這些電影劇本的創作，對於金庸小說的創作起了不少作用。我們可以看到，金庸所編的幾部電影劇本，都是以愛情為主題的（除了《午夜琴聲》）。這對當時長城電影公司的傳統風格來說，是一個衝擊與突破。這種創新性，得到了觀眾的接受與欣賞。最重要是，這幾部電影劇本的主題和內容情節，對於將來金庸小說的創作，起了先鋒的作用。蒲鋒在《從林歡到金庸——查良鏞由電影劇本到小說的寫作軌跡》說明了金庸小說對其早期劇本創作的借鑒意義。例如《書劍恩仇錄》的乾隆、陳家洛、香香公主的三角關係，跟《絕代佳人》中的信陵君、魏王、如兒的三角關係，實是一脈相承。[30] 文中還對幾部金庸小說與金庸所創作的電影劇本作比較分析，以說明金庸的思想價值在電影中早有所呈現。筆者同意這個觀點，作家的核心價值不難在不同形式的作品中找到。正如我們不論在魯迅的小說抑或是雜文中，很容易就找到當中的批判精神。但筆者認為更值得注意的是，第一、50年代電影與文學互相連繫的情況，算是當時的主流風格。1949年1月19日，旅港文藝工作者和電影工作者舉辦過一個有關電影劇本的座談會，認為要改進粵語電影，首要從劇本入手，要方言文學的創作者來創作電影的文學劇本，希望文學與電影界有緊密的

30　蒲鋒：〈從林歡到金庸——查良鏞由電影劇本到小說的寫作軌跡〉，「一九五〇年代的香港文學與文化國際學術研討會」，香港：嶺南大學，2013年5月21-23日。

合作。[31] 當時電影公司會僱用作家來創作劇本。金庸屬一顯例；第二、電影的成功，是金庸小說得以創作發生的其中一個原因。電影的成功，加強了金庸創作小說的信心。

除了電影劇本的創作，金庸在散文方面也有不少產量。1956年，金庸與梁羽生、百劍堂主於《大公報》的副刊開設「三劍樓隨筆」專欄，每人每天輪流寫一千字題材不限的散文。金庸多數寫的是西方電影評論以及與中國文化有關的文章，如棋藝、詩詞等。可是由於各人各有其他工作，專欄寫了一年左右便無疾而終。現存的《金庸散文》由香港明河社於2007年出版，內收金庸自1955年至1976年，在《大公報》和《明報》發表的文章。綜觀來說，金庸發表的散文可以分作三大類：一、西方文學評論；二、西方電影評論；三、中國文化。這三個領域都可分映出金庸的興趣和長處，這對於金庸小說的創作，有很大程度的影響。金庸發現，自己創作的小說比散文受歡迎得多，因此往後更專注於小說創作。

電影劇本與散文的創作，對金庸小說的醞釀，起了很大的作用。金庸在1955年開始小說創作，但相信之前有過一段時間不短的醞釀期。作家的興趣與讀者的反應，是影響作家創作的兩大因素。我們從散文看到金庸的個人興趣；我們從電影劇本，看到讀者對金庸構思的內容情節的反應。這些都是金庸小說創作發生的原動力。

31　蔡楚生：〈「珠江淚」和華南電影〉，《珠江淚》特刊，香港：南國影業有限公司1950年版，無頁碼。

第二章
從時代環境看金庸小說的
創作發生

　　時代環境形成一種氛圍，影響文學的創作發生。50 年代的香港，受殖民管治，社會落後，普羅大眾生活在困苦之中。香港的治安惡劣，遂流行習武的風氣。再者，當時不少人從大陸來港，為了生活而離鄉別井，很容易產生思鄉情意結。加上受到英國人的管治關係，他們希望通過廉價的娛樂而得到心靈上的滿足。研究文本的發生，少不免從社會文化方面入手，社會文化的形成，對文本種類的需求與流通，有相當大的影響。因此，童慶炳說：「文學是一種社會性的話語行為……這種話語活動是社會的產物；它或隱或顯地代表著超個人的階層、階級、民族、人民或時代的利益。」[1] 文學是社會的反映，文學的生成，社會的角色不可或缺。社會包括任何存在在內的東西，因此讀者也是社會的一環。讀者

1　童慶炳：《文學理論要略》，北京：人民文學出版社 1995 年版，第54 頁。

的閱讀期望也是對文學的一種影響因素。可以說，香港50年代的時代環境令金庸小說可以創作發生。同時，它的流行與往後的持續創作，都建基於社會大眾對它的需求。

第一節　香港50年代的尚武風氣

　　1950年代的香港，流行崇尚武打的風氣。當時不少報紙，經常提及「英雄」，間接鼓吹武力與俠義，因為成為「英雄」必須具備俠義之心和一定的能力（一般指武力），例如1954年1月8日的《星島晚報》第八版，便有關於「英雄剿匪戰」的電影通訊，簡介當時該電影的故事內容，內容主題圍繞警匪衝突之上。又如1954年1月17日的《星島日報》第十一版，有一欄目，名叫「英雄與美人」，作者為「座客」，文字借幾則社會熱話來解釋何謂「英雄」與「美人」，熱話包括「吳公儀對陳克夫」的武鬥事件、當時十分流行的「香車美人」比賽、石峽尾白田村火災的救人者與被救者。可見大眾對「英雄」與「武」的關注。另外，大眾於街頭巷里時常圍繞討論有關武打的話題。他們不單對中國傳統功夫感興趣，對於西洋、東洋武術也感到好奇，對武打產生濃厚的興趣。因此，不論是太極拳、詠春、蔡李佛、虎鶴雙形拳，還是西洋拳擊、空手道、跆拳道等，都深深吸引大眾關注。如1953年11月24日的《大公報》便有「中西拳手好手，修頓球場較技」為題的報導。他們娛樂消遣的途徑不多，很多時候只有借助學拳來發洩精力。大眾到拳館學習是一種當時的文化，幾乎每個男性都曾學拳，只差在時間的長

短而已。那時候,「踢館」的風氣相當流行,不同派別的「師父」,都互不相讓。他們很多時候會派出自己的弟子,到其他拳館作出挑戰,希望以自家派別的功夫取勝,以震聲威。這種做法會吸引更多學生跟隨自己學拳,增加收入。這種派別間的傳統,承襲自廣東佛山。佛山功夫風氣流行已久,從晚清至民初,都秉承這種文化。及至 20 世紀 30 年代,因戰亂的關係,很多廣東佛山的武館紛紛移至香港,在彌敦道一帶,繼續設館授徒。

　　當時香港的傳播媒介,不僅反映大眾的尚武傾向,同時有助金庸小說的出現。香港廣播業以 1949 年麗的呼聲開臺為起始點,分銀色臺和藍色臺,前者以粵語廣播,後者以英語廣播。主要廣播天空小說和廣播劇,主要廣播員有李我、鐘偉明、鄧寄塵等。廣播劇的出現,對金庸武俠小說給予了推動的作用。而 50 年代的電影業,同樣與小說息息相關,特別是武俠小說,因為 50 年代武俠電影發展得相當蓬勃。當時富有「武俠」元素的電影作品可以大體分成兩類:神怪類和英雄類。據蒲鋒的研究,前者發展得比較早,代表作有《蜀山劍俠》、《七劍十三俠》、《原子飛劍俠》等;後者是後繼的,跟前者相距不遠,都勃興於 50 年代,代表作有《黃飛鴻傳(上集)》、《黃飛鴻鞭風滅燭》等。[2] 這反映受眾對「武俠」的喜好,還體現當時香港娛樂媒介的共通

2　蒲鋒:〈五〇年代武俠片及其小說淵源〉,梁秉鈞、黃淑嫻編:《痛苦中有歡樂的時代——五〇年代香港文化》,香港:中華書局 2013 年版,第 15-35 頁。

點，就是都以「武俠」為主導。金庸自己曾在文章〈「香港文藝」的民主性〉中說：「香港大多數讀者只喜歡兩種小說：一、愛情故事為主的現代小說，二、採用中國傳統形式和古代背景的武俠小說。」[3] 這如實反映香港讀者的閱讀喜好跟民族意識和中國傳統文化的關連。直到 60 年代，即金庸小說連載期間，《明報》很多時在頭版有關於功夫的報導，如 1961 年 11 月 2 日、3 日、5 日、6 日的《明報》頭版，以「講手」、「詠春」、「少林」等字眼來吸引讀者，這除了反映大眾尚武的風氣，也說明《明報》借相關報導來刺激讀者，吸引他們追看金庸小說。

一、香港治安惡劣

　　金庸小說的緣起實乃源自 1954 年 1 月 17 日的一場武鬥。這場武鬥屬當時香港和澳門的熱話，多份報紙在比賽前後，皆有大篇幅的報導。筆者現存的 1954 年 1 月 16 日的《星島日報》第十版，已事先為武鬥事件作出宣傳，以「打擂臺與水上擂臺」為題，介紹是次在澳門舉行武鬥的擂臺特色，是在泳池中間搭建的，旋即引起關注和熱話。文章也順帶敘述方世玉打擂臺的故事，以及西洋拳打擂臺的方式。武鬥當天，即 1954 年 1 月 17 日，多份報紙都有相關報導，如《文

3　轉引自汪亞曦、汪義生：《香港文學史》，廈門：鷺江出版社 1997 年版，第 258 頁。

匯報》、《大公報》,《星島晚報》更以頭版來報導事件,
圖文並茂,並以大篇幅報導。其後 1954 年 1 月 18 日的《星
島晚報》、《文匯報》、19 日的《星島日報》仍有不少賽
後報導、批評、檢討,甚至有人作〈拳師比武賦〉來紀念
事件。而早在事件發生前的 1954 年 1 月 10 日的《星島日報》
第九版、16 日的《大公報》第四版已對事件作詳細介紹,
原來「吳陳比武」原先舉行的目的,是為石硤尾白田村火災
的居民籌款,可見當時中國人團結之心,亦可見事件已在社
會醞釀了一段頗長的時間,並成為當時一大熱話。故此武鬥
過後,《新晚報》總編羅孚建議陳文統(即梁羽生)回應廣
大讀者的需要,開始每天撰寫武俠小說,因此在 1954 年 1
月 20 日開始撰寫《龍虎鬥京華》。[4] 後來由於梁羽生無暇分
身,羅孚遂邀查良鏞(即金庸)加入,於 1955 年開始撰寫
《書劍恩仇錄》。從當事人梁羽生的散文中,對此事有更詳
細的說明:「當年是一九五四年(舒文誤記為一九五二年),
『某報主編』是香港《新晚報》當時的總編輯羅孚。『吳陳

---

4 不少學者誤記為 1952 年。陳鎮輝在《武俠小說逍遙談》中指出:
「梁羽生創作《龍虎鬥京華》的年份,許多武俠小說評論者誤記為
一九五二年。個中原委,與首部梁學專著《梁羽生及其武俠小說》,
似乎有莫大關係。此書初版收錄了五篇文章(再版加了個附錄),
當中三篇文章有提及《龍虎鬥京華》的創作年份,卻全部誤記為
一九五二年。」(陳鎮輝:《武俠小說逍遙談》,香港:匯智出版有
限公司 2000 年版,第 110 頁。)梁羽生在其散文中,也提到很多人
把他開始撰寫武俠小說的年份誤記為 1952 年,實為 1954 年。(梁羽
生:〈與武俠小說的不解緣〉,《梁羽生散文》,臺北:遠流出版事
業股份有限公司 2008 年版,第 258 頁。)

比武事件」發生於香港，比武的地點則在澳門。」[5]看過當事人以上清楚的敘述，我們很容易弄清楚梁羽生開始撰寫武俠小說的原因。這同時解釋了新派武俠小說的誕生與民間社會武鬥事件的關連，武鬥事件其實反映大眾對武打的興趣，這亦是武俠小說可以流行的重大因素。

太極和白鶴兩派都屬於功夫國粹，源遠流長。50 年代的香港，街上有不少武館，有不少市民習武，都熱忱於中國功夫，而又以南方的蔡李佛和詠春最受歡迎。有關香港 50 年代的武館狀況資料不多，所謂「文人不武，武人不文」，有關武術史的記載少之又少，我們只能找到零星的片段。其實，香港開埠初期在民間已有不少武術活動，例如醒獅。清末民初更有大量廣東拳師南移香港設館授徒，他們開的是醫館，主要是看病為主，授掌為副。廣東拳師南下來港開館授徒，是 50 年代的風尚，比較著名的有黃飛鴻徒弟林世榮於中環設館，主要教授「虎鶴雙形」拳。另外就是霍元甲徒弟陳公哲等，於 1919 年在港開設的「香港精武會」。[6]可見，在戰前的香港，武術的氛圍是十分濃厚的，直至二次大戰後的 50 年代，北上的廣東武師紛紛回流南下，繼續設館授徒。原因之一，是香港治安惡劣，盜賊橫行，市民都得習武以自衛。加上黑社會橫行，光靠警察維持治安，對當時的香

5　梁羽生：〈與武俠小說的不解緣〉，《梁羽生散文》，臺北：遠流出版事業股份有限公司 2008 年版，第 258-259 頁。

6　魯言：《香港掌故》（第 11 集），香港：廣角鏡出版社有限公司 1987 年版，第 11-16 頁。

港來說，簡直是天方夜譚。當時的警察實際上跟黑社會沒有多大分別，貪污、賭博、嫖娼都是警察給予市民的形象。直到 1974 年，英國政府設立廉政公署，並派遣曾當過英軍的姬達掌管，所有事務直接向香港的最高領導人港督彙報。自此，香港警察的內部風氣和外在形象漸漸扭轉，香港的治安環境，也隨著 80 年代的經濟起飛、生活質素向上，而得以大大改善。

其實在清末民初，已有大量拳館武師從北南移，先紮根廣東佛山，再轉入香港。因此，歷年間，佛山和香港都是中國南派武術發展的重要地。比較有名的門派例如蔡李佛、詠春，都是透過拳師從佛山南移至香港，而得以在香港把本身武學發揚光大。蔡李佛拳始創人陳亨，本是清末林則徐的拳師，創此拳的目的乃「反清復明」，因此傳至徒弟張炎（又名張鴻勝）便開設「鴻勝館」，取明朝年號「洪武得勝」之諧音。後來張炎開設的「鴻勝館」在 1900 年遭人告密、查封。張炎和陳盛秘密逃至香港，發揚蔡李佛。另外，詠春拳由葉問於 50 年代從佛山帶入香港，發揚光大，至 1971 年徒弟李小龍主演電影《唐山大兄》，把中國武術推向高峰，全世界無人不識。而廣東佛山著名拳師黃飛鴻的得力徒弟林世榮，早於 20 年代初已在香港設館授徒。原因是當時在廣東佛山被清朝通緝所致。在 1933 年跟徒弟朱愚齋出版小說書籍《黃飛鴻別傳》。這間接促使後來 1944 年唐滌生以黃飛鴻人物事蹟來編撰粵劇《黃飛鴻傳》，1949 年關德興主演了一系列以黃飛鴻為主題的電視劇，甚至 50 年代發展為電臺

空中小說中的重要人物。[7]由此種種，從清末民初至50年代，香港人普遍對中國武術產生濃厚的興趣，甚至有不少香港人皆有習武的習慣。香港人習武普遍的原因實跟以前廣東佛山相似，都是以自衛為目的，因清末佛山沒駐兵，居民都習武自保。從不少談及香港掌故的書籍中可見，香港自1842年開埠以來，其治安至20世紀中才有改善的跡象。魯言等著的《生活縱覽——反貪、時裝、食住行》提到：「其實，當時（按：19世紀中葉）的治安，依賴警察的力量實在微乎其微，主要維持治安的責任，仍然落在居民身上。當時稍具規模的商行，都僱用大批懂得武術的看更人負責防盜。有些坊眾，則聯合僱用看更人，以打更巡夜的方式，維持一定範圍內的治安。」[8]可見當時大眾習武防身的實際需要。更誇張的是，當時的警察只有28人，更不肯當夜班，怕遭報復，[9]當時治安之劣可見一斑。發展到20世紀中，社會情況已有改善，但治安仍惡劣。筆者現存的香港50年代報紙中，時有關於治安惡劣的報導，如1953年12月1日的《大公報》第四版有標題「青山道四匪劫途人，警探追捕發生肉搏」、1953年12月6日第四版的《大公報》有標題「嘉林邊道黑

7　《根蹤香港》（武術篇）（上、中、下）（亞洲電視本港臺製作，2002年3月2、9、16日）。

8　魯言等：《生活縱覽——反貪、時裝、食住行》，深圳：海天出版社，1996年版，第28頁。

9　魯言等：《生活縱覽——反貪、時裝、食住行》，深圳：海天出版社，1996年版，第27頁。

夜槍聲，一個男子中彈倒地」、1954 年 1 月 18 日的《星島晚報》第二版的標題是「本港犯罪紀錄上升，去年案件廿六萬宗」、1961 年 4 月 30 日的《明報》頭版，標題是「學生被刺十餘刀，疑遭黑人物迫害」、又如1961 年 7 月 4 日的《明報》頭版，標題是「龍華酒店兇殺案，母子被亂刀重傷」、又如 1954 年 1 月 20 日的《星島日報》第六版，在本港新聞的版頁內，有「現役華警貪污」和「兩的士司機被劫，劫賊是洋兵」兩則報導，後者更反映外國人對社會治安的破壞，間接令中國人對之仇視。

　　50 年代的一場武鬥所引起的武俠小說熱潮，可追溯至清末民初的香港，當時的大眾已有習武的意識，也對武術產生興趣。平江不肖生在 1922 年開始撰寫的《近代俠義英雄傳》等以真實歷史人物（如霍元甲）作為重要角色的武俠小說，也為民間的武術熱潮推波助瀾。回看 1954 年的武鬥事件，太極和白鶴兩派雖是名門大派，但在當時香港社會中，絕對給詠春、洪拳、蔡李佛等比下去。武鬥的吸引之處和反響之大，相信與當時社會熱潮關連較大，跟太極和白鶴兩派或吳公儀和陳克夫的名聲無關。武鬥的出現，間接令香港武俠小說大放異彩數十年，實功不可沒。可以說，武鬥是一個觸發點，觸發《新晚報》主編羅孚有連載武俠小說的念頭，當然，其他林林總總的因素也屬令金庸武俠小說風靡海外的原因，但我們不能抹殺 1954 年的武鬥對香港武俠小說發展的意義。

　　治安風氣惡劣，令人想到習武傍身，亦叫人將武俠情結產生無限幻想。大眾心目中，都渴望有可以鋤強扶弱的英雄

人物出現，救他們於水深火熱之中，為不平的社會作出一點兒的調整。因此，金庸小說的出現，立刻迎合了他們對英雄的索求。他們也相信，「武」可以主持公道，保家衞國。金庸小說的出現，填補了他們的無限憧憬。

二、抵禦外侮的思想

50 年代處於二次大戰（1941-1945 年）後不久，二次大戰令日本大挫，中國人因勝利而吐了一口烏氣。身處香港的中國人，一是出生於香港 30 年代的一群，二是戰時或戰後從大陸移遷香港的一群。他們同樣抱著同仇敵愾的心態，對外敵恨之入骨，可是無處宣洩。1954 年的一場武鬥，就是為社會大眾宣洩或作為彌補心中「邪不能勝正」的心理缺失的一種心靈慰藉的開端，例如 50 年代興起的一系列「黃飛鴻」電影，都有著「正邪不兩立」、「正能勝邪」等強烈主題，一直延至 60-70 年代，可視為白熱期。又如香港人對李小龍電影的追捧狀況，亦可作為此時期現象的反映，直到 80 年代隨社會轉型而式微。同樣，中國人本身具備喜歡武鬥或喜歡觀看武鬥的基因，如古籍中不難發現武鬥的記載，[10]「五四」時，魯迅又語帶諷刺地以「看客」來描寫中國人喜歡看「熱鬧」的特質。[11] 至於太極和白鶴兩派，在當時的香

---

10 從《燕丹子》、《史記》中的不同列傳、唐傳奇，以至明清章回小說，都記載或書寫著大大小小不同形式的武鬥故事。

11 「看客」很多時被形容為中國人的固有形象。

港也算是頗為流行的功夫派別。凡此種種，都是令50年代大眾對武術極感興趣的原因，又因為1954年的武鬥，令社會對「武」的渴求大大提升，從而間接促使當時《新晚報》的總編羅孚令梁羽生在副刊撰寫第一篇連載武俠小說《龍虎鬥京華》，間接令一年後（1955年）金庸有機會開始撰寫《書劍恩仇錄》，成為武俠小說宗師。

　　20世紀初的新文學運動，在一片抵抗外強的呼聲中冒出頭來，由於改革民族思想的需要，「文學革命」很快地傳播開去，並流行起來。社會政治的動盪，令文學在形式和思想上，很容易產生一定的衝擊。晚清政局的不明朗，與列強對中國的攻擊與破壞，都是文學變革的原因，也是當時文學主流思想的泉源。當時文學作品的主流是「救國救亡」，希望借文學來刺激同胞的思維。50年代的香港社會情況，雖跟「五四」時期的不盡相同，但略有可以值得比較的地方。50年代的香港大眾，與「五四」時期的大眾，都受到外國人無形或有形的威脅，情況未至於嚴重到是生命上的威脅，因為這種威脅可以是文化上的。文化的侵略和威脅，對人的壓迫，未必就比真槍實彈來得輕。50年代香港受英人管治，社會各方面的上流位置都由英人充當，特別是政府要職，當時的中國人假如可以進入政府工作，可以算是三生有幸的事。但可悲的是，他們都反而自恃進入了政府工作，竟以英人之勢多欺負中國人。老一輩的香港人當對此強烈感受。

　　另外，當時貪污成風，警察與黑社會沒有分別，「收片」的習慣比比皆是。所謂「收片」，是指以威嚇手段收取利益，此詞語緣自街頭拍攝電影的電影人被黑社會恫嚇而收取

利益的情況。當時香港人受到英人的極端歧視，金庸小說的出現，令中國人能夠埋首於字裡行間，不理會現實。同時對於武俠小說中的中國團結與統一，來抵抗外族等的思想與行為，予以認同。

再者，當時 50 年代在香港生活的，大多是 1937 年前後和 1949 年前後南來香港的中國人。他們痛恨戰爭，也痛恨外國人（包括曾侵華的日本人），因此習武與尚武，可以為他們填補在心靈上的空虛，也自我感覺多了一份安全感。雖然中國在戰事中取勝，但對於曾毀我國家園的外國人，他們仍是義憤填膺。在 20 世紀初，民間已流行武打一類的小說，故事主題離不開圍繞懂得功夫的中國英雄，以武力打敗洋人或日本人。如以晚清為背景的一系列「黃飛鴻」和「霍元甲」的小說，便是把真實人物改寫，加入功夫與外國人的元素，發展成可以消解大眾不滿心理的小說。金庸小說的出現，和 20 世紀初武打小說的出現一樣，用以滿足大眾的期望。大眾面對 50 年代英國人的專橫行為，以及二次大戰後的傷痛，很自然地會把民族情緒推向高峰，亦把「武」看得極重。這是金庸小說得以創作發生的原因。

1842 年，香港島因《南京條約》而歸英國政府管治，1860 年九龍半島因《北京條約》而也一併歸入英國政府手中，1898 年，新界因《中英展拓香港界址專條》而租借予英國政府 99 年。香港在 150 多年的殖民管治下，大眾一直得不到公平的待遇。王慧麟曾在《閱讀殖民地》中引述英方 1974 年的機密檔，揭示當時的香港布政司羅弼時，曾撰寫一封信給英國外交部，說明基於國家安全考慮，政府要員必

須由英國人出任，中國人出任頗重要的職位時，部份重要檔
會被抽走。[12] 對於殖民者而言，不讓被殖民者出任要職的原
因，很明顯跟利益有關，亦是國際間的慣常做法。然而，見
微知著，香港人在當時跟英國人的對立狀態是顯而易見的，
當時報紙經常有關於英國人或印度人所當的警察，如何欺負
香港人的報導。香港人不滿英國人的情緒，可以借 1967 年
暴動的爆發予以證明。自此以後，進入 70 年代，麥理浩為
首的政府，才開始建立官民關係，施行一系列措施以達到目
的，如興建居屋、製作《獅子山下》系列電視劇、舉辦「香
港節」等。當然，有關殖民者對被殖民者的態度與手段，
都不能一言以蔽之，但基調都難不開齊亞烏丁‧薩達爾在
《東方主義》中所言：「東方主義者建構的東方是一個被動
的（passive）、如孩子般（childlike）的實體，可以被愛、
被虐，可以被塑造、被遏制、被管理、以及被消滅。」[13] 一
樣，香港被視為可以任意操控的地方，香港人在當時屬二等
公民。香港人面對英國人的種種壓迫，只好習武宣洩情緒及
保護自己。

12　王慧麟：《閱讀殖民地》，香港：TOM（CUP Magazine）Publishing
　　Limited 2005 年版，第 68-75 頁。

13　【英】齊亞烏丁‧薩達爾：《東方主義》，馬雪峰、蘇敏譯，長春：
　　吉林人民出版社 2005 年版，第 9 頁。

第二節　香港人對中國文化的渴求

　　香港 50 年代的社會環境，不論語言還是教育，跟中國文化有關的部份很少。家庭倫理固然保留三綱五常的傳統儒家思想，但面對英國殖民的香港社會環境，香港人可以接觸中國文化的機會其實是很少的。原因有二，一是香港雖鄰近大陸，但一河之隔，產生不同文化的割裂；二是英國人刻意淡化中國文化，這促使離鄉別井的香港人，更有意在文化上尋根。文化的欠缺與追尋，令金庸小說的出現，成了香港人的即時補充品。一方面消解了思鄉的愁緒，一方面淡化身處殖民地的種種身份矛盾。

　　中國文化源遠流長，「武俠」的觀念更是根深柢固，張恨水曾說：「我向來有一種觀念，中國人民有幾項不必灌輸，而自然相傳的道德信仰，第一個字是孝，第二個字是俠。……俠之一字，卻流行於下層階級，他們每每幻想著有俠客來和他打抱不平，而自己也願作這樣一個人。」[14] 陳墨的《金庸小說與中國文化》一書曾引述多位學者的話，包括北京大學的陳平原、北京師範大學的王一川、人民大學的冷成金，用以說明金庸通俗小說與中國文化的關係，並認為對中國文化感到陌生的讀者，可先從金庸小說出發，以瞭解中國文字以及中國文化，例如佛教，所得到的效果是明顯

14　張恨水：《中原豪俠傳・自序》，山西：北岳文藝出版社 1993 年版，
　　第 4 頁。

的。[15] 金庸的武俠小說用以傳播中國文化的功能似是不必懷疑的了。中國文化博大精深，廣義來說凡涉及中國特色物事都可歸入文化之中。因此我們必須歸納出幾點，進行深入的討論。這幾點必須具代表性及在小說反復出現。例如文學與歷史，除了「武」以外，金庸小說中的文學和歷史的元素很多，成了建構小說的關鍵部份。

一、殖民地對中國文化的淡化

　　從前，香港只有一所大學，那是在 1911 年成立的香港大學，它強調和重視英文教育，畢業生都被稱作「天之驕子」，畢業後不愁生計，甚至可以很容易在社會「出人頭地」。然而，香港政府於 1963 年批准了香港中文大學成立，意味一所強調和重視中文教育的大學的誕生，與香港大學分庭抗禮。這看似是對中國語文作出支持和鼓勵的舉動。再者，根據 1956 年香港教育司署頒佈的《中學國文課程標準》，香港中文中學和英文中學的中國語文課程，都加深了程度，為的是跟大學入學試的要求貼近，並強調文言文的培養。[16] 然而，兩項看似強化中文的措施，並無對中國文化的教育和推廣起到重大作用。香港中文大學一直都像是香港大

15　陳墨：《金庸小說與中國文化》，南昌：百花洲文藝出版社 1995 年版，第 9-10 頁。

16　陳德錦：〈香港文學和語文教學——從五十年代說起〉，《香江文壇》，2005 年 12 月，第 63-66 頁。

學的次選，幾經努力，也不能躍身成為香港的最高學府。不論是中文中學或英文中學的中文教材，國情或歷史文化都沒有佔據很大的篇幅。再者，從 1949 年 10 月 1 日開始，香港教育司署甚至禁止採用國內出版社編印的語文課本，香港中小學的語文課本，一律需由香港出版社重新編印。[17] 這個舉動，更見當時香港政府為了政治分割與文化斷裂而作出的手段。加上，當時政府對於英文中學和中文中學的資助，也採取不同的態度。1954 年 1 月 8 日的《星島晚報》便有以「維護華文教育，爭取地位平等」為題的報導，內文報導「星中華總商會」成立特別小組，與政府商討爭取中文學校應有與英文學校同等的資助。他們反對早前在立法會通過的「白皮書」，認為條文對中文學校不公。其中內文「如此立法，無怪華人認為政府歧視華文教育。」更可反映政府對中文教育所採取的一貫輕視態度。

當然，深入來看，港英政府對香港的語文政策是十分特殊的。雖然「重英輕中」，努力養成所謂「精英文化」，這是政府的一大語文方針。然而，港英政府有的時候並不否定或抹殺中文的存在價值，反而看似是採取一種放任的態度，讓社會的中文刊物得到正常的發展。香港人一方面對英文十分嚮往，希望可以出人頭地，因為在香港取得社會地位的，無非是當專業人士或政務官，而這些統統都必須有一定的英

17　陳德錦：〈香港文學和語文教學——從五十年代說起〉，《香江文壇》，2005 年 12 月，第 63-66 頁。

文水準要求；同時，香港人對本身所操語言（當時除了粵語，還有很多外省人操上海話和客家話）十分重視，不單可與同鄉「同聲同氣」，又可透過語言產生自身中國人身份的價值認同。在香港華洋雜處，重英輕中的複雜環境底下，香港人漸漸養成一種糾結矛盾心態，既渴望透過學好英文來改善生活條件，又對自身語言，包括文化，產生很大程度的依戀。除了工作和學業所需，大眾市民對中文的需求是十分殷切的，因為中文是他們的母語，因此，閱報、聽歌、看戲，這些娛樂消費項目都以中文為主導。50 年代香港報紙以中文為主，《星島日報》、《文匯報》、《大公報》都是主流報紙，當中的副刊更是文人集結書寫的一個重要平臺。50 年代前，粵曲和粵劇是那時大眾主要的娛樂，進入 50 年代，自上海傳入的國語時代曲開始流行，如〈夜上海〉、〈瘋狂世界〉、〈漁光曲〉等。[18] 電影則以關德興主演，極具中國文化色彩的「黃飛鴻」電影作主導。可見自 50 年代起，港人對中文以至中國文化的重視。港英政府在語文政策上，未有以很明顯的手段打壓中文及至中國文化，然而在殖民社會下，民生決策或文化推廣都在不經意之中，產生了殖民文化影響。如「重英輕中」的政策或意識形態。葉維廉曾在一篇論述香港殖民主義的論文中語重心長地指出：「殖民行為的骨幹是對

18　黃霑：〈流行曲與香港文化〉，冼玉儀編：《香港文化與社會》，香港：香港大學出版社 1995 年版，第 160-161 頁。

原住民勞工的剝削。」[19]英殖政府在經濟手段上獲利不消說，亦是貫徹殖民地政府的一貫方針與做法。然而在種族歧視的問題上，跟其他殖民地（如新加坡）一樣，當時處身香港的中國人，受到英國人不同形式的欺侮。富有中國文化色彩的金庸小說在這期間出現，正好滿足了中國人在社會現實中，難以達到的願望。

　　當時香港政府沒有刻意培養大眾中國文化的意識，只是從社會身份和教育政策兩方面，間接對他們灌輸「崇洋」心理。因為只有英國人或是極少數深諳英語的華人才能在社會上身居要職，這導致大眾對英國人與英語產生優越感，間接抵消自身中國文化與中國語文的社會功用和價值。從文化理論的角度來看，在外來文化管治底下，中國人更容易對自己傳統文化產生好感和依戀。何況有不少論者早已指出，金庸小說中的民族意識是十分強烈的，當中包括著對異族的接受和抗拒。某種程度上，不論是 50 年代前已來港定居或是 50 年代後從中國大陸南來的香港人，對他們來說，香港以至英國殖民政府，都被視為比較負面的一個符號。在他們眼中，香港是荒蕪之地，加上香港受著英國人管治，情況就如去到一個異族，非自己家國的地方，這促使他們心底下的民族主義情緒的萌生和爆發，對於中國傳統文化的書籍、電影、音樂，都產生了強大的興趣。因為身處殖民地的香港，大眾無

19　葉維廉：〈殖民主義・文化工業與消費欲望〉，張京媛主編：《後殖民理論與文化批評》，北京：北京大學出版社 1999 年版，第 369 頁。

可避免地會受到殖民政府管治策略的影響，縱使表面上香港
政府沒有採取過份積極的手段來把香港變成如其他英國殖民
地一樣的地方。有論者曾說：「殖民開發的歷史，以及後殖
民世代全球秩序的重組，實質上充滿著多向度的文化衝擊經
驗。奴役、遷徙、移居、歧視，通通都包含統治與反抗互相
交纏的經驗。」[20] 大部份香港人都從中國大陸南來，只視香
港為暫居地，但值得留意的是，他們長居香港期間，難免會
觸發對家國或民族傳統文化的思念，因此流行的消費品應運
而生，例如 50 年代風行一時的粵劇、粵語電影都可作為佐
證，他們都可借助閱讀含中國文化的消費品來消解對身處殖
民地的複雜心理。金庸小說完全能體現這種功能，它既是消
費品，又極富中國傳統文化元素，同時帶有武俠的「反抗」
元素，對當時大眾來說，是一種有填補、修復功能的讀物。
加上配合當時的讀報習慣，每日大約一千字連載於副刊的金
庸小說，很自然風行起來。

二、中國人的尋根熱忱

當時的讀者不單對武俠小說情有獨鍾，而且對所涉及的
中國文化抱有深厚感情。中國文化博大精深，儒釋道不消
說，琴棋書畫、醫相星卜必然有之，這些元素統統都在武俠

20　羅永生：〈後殖民評論與文化統治〉，陳清僑編：《文化想像與意識
　　形態——當代香港文化政治論評》，香港：牛津大學出版社 1997 年
　　版，第 16 頁。

小說中，尤其是在金庸小說中尋找得到。因此當時讀者在閱讀金庸小說的時候，除了受到武俠主題吸引，還得以從中感受傳統中國文化，在香港這個殖民社會是難能可貴的，更顯武俠小說的吸引之處。當時讀者的喜好，我們可以從 1956年由梁羽生、金庸、百劍堂主輪流合寫的《大公報》副刊欄目「三劍樓隨筆」可知一二。因為從現行《三劍樓隨筆》的合訂本得知，當時連載的文章，除了提到有關梁羽生、金庸正在連載的武俠小說情節背景和人物角色構建的內容外，還有不少文章是談及棋、畫、音樂、詩詞的，可見當時讀者的口味。[21] 可以說，當時普遍讀者的閱讀偏好，乃是與中國傳統文化有關的東西。我們可進一步從當時的流行讀物得到印證。當時流行的報紙主要有《文匯報》、《大公報》、《新晚報》、《香港商報》等。

　　金庸小說裡的中國文化元素，可以說是十分多元化的，詩詞、宗教、武藝、五行、道術、書畫，無一不是傳遞中國文化的重要工具，亦是傳統中國武俠小說的重要元素，非金庸小說獨佔鰲頭，只是金庸表達得比較自然流暢和合情合理，特別是文學知識和歷史事件的鋪陳。《射雕英雄傳》的

21　談及武俠小說的文章有〈〈相思曲〉與小說〉、〈淩未風‧易蘭蛛‧牛虻〉、〈納蘭容若的武藝〉、〈「無比敵」有什麼意義？〉、〈「無比敵」有什麼好處？〉等等；談及中國傳統文化的有〈才華絕代納蘭詞〉、〈閒話怪聯〉、〈圍棋雜談〉、〈吟詩作對之類〉、〈歷史性的一局棋〉、〈也談對聯〉等等。梁羽生、金庸、百劍堂主：《三劍樓隨筆》，上海：學林出版社 1997 年版，第 3-5，6-8，40-42，98-100，104-106頁；第 14-15，25-27，37-39，110-112，113-115，116-118 頁。

東邪黃藥師是一個深諳中國文化精萃的人物，琴棋書畫醫相
星卜，無一不精無一不曉，奇門術數文學武功更不在話下。
小說常借其女兒黃蓉來證明其父的過人之處，最重要是娓娓
道來不覺刻意，例如寫郭靖黃蓉二人剛到陸家莊時，黃蓉對
書房壁上的畫作和題詞有所抒發，小說描寫黃蓉解釋岳武穆
〈小重山〉詞的精妙之處，說得頭頭是道。與其說這是為
了表現黃蓉的學識，不如說是作者借黃蓉之口來表現黃藥師
及自己的才學。這段提及岳飛的內容亦切合小說南宋抗金的
時代背景及中心思想。又如另一回，黃蓉和郭靖在西湖一家
酒家的所見所聞，都值得玩味。小說寫二人見屏風上有〈風
入松〉詩句，而又巧遇幾位文人雅士，因此二人各向文士請
教，文士竟大讚宋高宗，激得郭靖大怒。金庸借用周密的
《武林舊事》上載的故事入文，來帶出國族之間的矛盾，同
時傳達了宋朝的歷史知識，宋高宗向金人的屈從，導致 30
年的短暫太平，卻令一眾士大夫以至朝廷上下都處於安逸之
中，無意反抗。郭靖的「恃強凌弱」在小說中罕見，突顯
國家大義是《射雕英雄傳》中的重要題旨。當然在《射雕英
雄傳》中，金庸經常借黃蓉之口來闡釋中國詩詞和歷史，用
意明顯，對中國文化的傳播起著正面作用，但手法看來比較
單調和外露。

　　武俠小說世界本身已經是一個原始世界的重構，令讀者
回歸古舊傳統中國社會，不論是語言、情節、人物、背景，
都從傳統歷史中汲取養份，重新建構。不難想像，小說角色
的一言一行，場景的一磚一瓦，都滲透著中國文化的元素。
由於香港和臺灣分別受英國和日本管治，在殖民地，武俠小

說較易流行起來。殖民地的群眾在殖民地的統治之下，很容
易產生一種遺民心理，所謂遺民心理，是指江山易主後，忠
於前朝的一眾產生國破家亡的負面心理。王德威曾說：「作
為一種政治身份，遺民的傳統由來已久。」[22] 王德威引用伯
夷叔齊的故事，說明遺民的處境。在中國的歷朝歷代都不難
找到這種遺民意識，每逢有識之士在兵荒馬亂，朝代更易之
時，都會產生這種意識。金庸小說的歷史背景，都建構在這
種國家興亡與民族矛盾的處境之中。《書劍恩仇錄》借乾隆
來凸顯滿漢衝突、《碧血劍》和《鹿鼎記》所表現的晚明
遺民之風、《天龍八部》中的金、遼、宋、大理的多元家
國民族矛盾，如此種種，都強調一種遺民意識。香港和臺灣
的讀者在閱讀小說的過程中，必然引起共鳴。在接受另一國
家和民族的管治下，豈能盡興？難免有國破家亡，寄人籬下
之感，亦帶有一種遺民自卑感。因此對故國的中國文化產生
濃烈的渴求，對富有中國文化意涵的武俠小說產生好感。50
年代香港生活境況低下，大部份香港人都過著極其貧困的生
活。[23] 除了少部份在港的英國人，他們都位高權重，身居要
職，不是銀行大班，就是政府高官，過著奢華生活；還有佔
少部份的，是從上海來港的大亨，他們來港後仍可以過著以
往舒適的生活。普羅大眾對港英政府並無好感，雖然政府對

22　王德威：〈後遺民寫作〉，《如此繁華》，香港：天地圖書有限公司
　　2005 年版，第 308 頁。

23　雖然那時沒有「香港人」的叫法，而只有中國人的叫法，這是基於
　　當時的南來大眾，都抱有賺滿錢，回歸北上的想法。

香港民生教育等，都採取較為不干預的政策，但香港人對認祖歸宗的觀念仍是根深蒂固的。這就是所謂中國文化的根，這亦是 50 年代香港新派武俠小說得以迅速傳播的原因。沈恩登和林保淳都說武俠小說是「成人童話」，此話不錯，讀者捧讀武俠小說時，正有忘卻現實的好處，對現實生活帶來的壓力，起了紓減的作用。因為讀者既可從武俠小說中的詩詞歌賦、錦繡山河，暫時緩解對於中國文化的相思之苦，又可借小說角色的奇遇，來暫時忘卻現實的生活苦況。

何巽權在《論本土小說中的香港社會》中提到：「由於五十年代湧進香港的中國人，都有著一份難民心態，所以主動性、靈活性和創造力都比較強，一般都能勤力工作，毫不放鬆。」[24] 香港人就是有著一種勇往直前的拼勁，越是面對危難，越是迎難而上；這同樣是中國人故有的特質。這些都能透過金庸筆下的武俠小說的主角來反映。另一點是，當時香港到處都是機遇，只要努力工作求學，出人頭地的機會多的是，所以香港人對前景是充滿希望的，正如武俠小說中的主角，只要勇往直前，迎難而上，難關總是能渡過的。香港有所謂「獅子山下精神」，意謂香港人 70-80 年代向上拼搏，不怕艱辛打拼的精神。香港著名歌手羅文主唱的粵語流行曲〈獅子山下〉膾炙人口，是對香港人以及香港過去數十年成長和發展的最佳印證。50 年代南來的港人中，除了大

---

24 何巽權：《論本土小說中的香港社會》，香港：明報出版社有限公司 2009 年版，第 56 頁。

部份是低收入的工人外，還有小部份是從上海而來的中上流階層，他們對於上海文化（包括飲食及娛樂兩方面）的引入起著重要的作用。那麼娛樂方面對小說有甚麼影響呢？香港的娛樂事業與其經濟發展是相連的，自 50 年代不單香港的經濟開始抬頭，連帶娛樂方面（包括流行曲、電影、流行讀物）也迅速發展。香港著名填詞人黃霑撰寫的博士論文就以 20 世紀香港的流行曲為研究對象，反映香港在此方面繼承著內地的「夜上海」文化，例如 40 年代流行以國語為主要語言的流行曲，以及對娛樂事業的重視；及至 70 年代才有許冠傑、黎彼得等人創作的本地粵語流行曲出現，除了是本土文化的呈現，也是香港人對娛樂文化重視的最佳寫照。香港人對前景抱有希望、愛打拼、不怕挑戰、對娛樂文化高度重視的特徵都能在金庸小說中反映。

　　金庸小說與舊派武俠小說有著不同的寫作特色，使兩者與讀者有著截然不同的關係。民國時期的武俠小說是與讀者距離遠之又遠的，金庸小說對 50 年代的香港大眾來說是十分親切的，甚至小說中的意識形態或是某些人物都對香港人有著特殊的象徵意義。50 年代南移香港的中國人大都有對中國文化的熱烈渴求，有論者曾說：「許多非黨派的華人團體諸如雜誌社、劇社、畫會、舞團、樂團，以至備受批評的一些『美元文化』刊物（如《大學生活》、《中國學生周

報》）也對本地中國人的民族意識起過積極的作用。」[25] 可見，港人對中國文化渴求的一面，刊物所傳載的中國文化對帶動港人對此方面渴求起重要作用。金庸小說中的歷史、詩詞、儒道佛的哲學思想等，都對中國文化的傳播起著重要作用，金庸嘗試把距離大眾較遠的知識，融入通俗的武俠小說之中。可以說，金庸武俠小說與民國武俠小說既作了承傳，也作了創新。承傳是在武俠的傳統上，把「俠」的形象強化，「俠」不單在意「個人」層面上的利益，或是「江湖」層面上的抱打不平，而推而及之，發展至「國家」的層面上去。江湖中「抱不平」是傳統俠義文化的一種，如《天龍八部》的喬峰，在聚賢莊被群雄圍剿，卻因相救阿朱而差點丟了性命。小說寫道：「阿朱只不過是道上邂逅相逢的一個小丫頭，跟她說不上有甚麼交情，出力相救，還是尋常的俠義之行，但要以自己性命去換她一命，可說不過去了，……喬峰眼見群雄不講公道，竟群相欺侮阿朱這奄奄一息的弱女子，激發了高傲倔強之氣。」[26] 以上文字說明了三點，第一、金庸把喬峰寫成能體現俠義的人物之餘，同時表現出極具人性的一面，因為喬峰在心理上起了變化，起初是心裡盤算為阿朱捨命是否值得，後來見她將死於別人手下，而不及

25　林原：〈港人治港，誰是「港人」？試談「港人」的文化身份〉，吳俊雄、張志偉編：《閱讀香港 普及文化 1970-2000》，香港：牛津大學出版社 2002 年版，第 695-702 頁。

26　金庸：《天龍八部》，香港：明河社出版有限公司 1978 年版，第838-839 頁。

細想，出於自然反應以營救，就像孟子「見孺子將入於井，皆有怵惕惻隱之心」所指。第二、金庸以慣用的反襯手法突顯喬峰的正義和貶低所謂仁義之師的群雄，兩者的差距對俠形象的確立起了積極而正面的作用。第三、喬峰起初考慮阿朱是否有恩於己而決定是否捨命相救，是中國「報」文化的表現。中國文化有報恩、報仇的兩大文化支流，傳統俠士視之如命。《史記·豫讓傳》中，豫讓用盡方法欲殺趙襄子為智伯報仇，最後未能如願，只能靠「拔劍三躍而擊之（趙襄子之衣）」來代替報仇，之後「伏劍自殺」。由此反映智伯死後，俠士豫讓的生存意義就剩下「報仇」了。著名的「鑄劍」故事，出現在曹丕的《列異傳》和干寶的《搜神記》，後被魯迅以故事新編的形式改寫成〈鑄劍〉，內容同樣以俠士復仇捨命為基調，說明俠士視承諾或公義比生命重要得多。《史記·淮陰侯列傳》中，韓信饑餓潦倒，無所投靠，幸得一老婦贈以米飯，後來韓信成為楚王後，以千金相贈報答。另一方面，國家層面如《射鵰英雄傳》中郭靖在國家與兒女私情上之取捨，因此小說重複強調「為國為民，俠之大者」，從而建立了從《射鵰英語傳》到《神鵰俠侶》的「大俠」形象的延伸。創新方面，糅合了西方現代主義的寫作技巧，令小說變得多元化，例如人物的心理描寫、故事的多線並行等。加上對於中國傳統文化的重視，金庸小說完全展現著何謂有深度的通俗武俠小說。當然，時代背景對兩種武俠小說的產生與影響起著關鍵作用。50 年代的香港的讀者群大多對中國傳統文化產生強大的欲望，北望神州，靠的是每天報紙連載的一小段富載中國意識的武俠小說來消磨歲月，身

在英國殖民地的香港，如此低消費的精神食糧，對金庸武俠小說的推動起了積極作用。加上，金庸武俠小說的固有模式是：遇難、機遇、回報，而回報比之前失去的要好得多。這種模式與西方眾多學者對神話英雄人物所經歷的分析有著異曲同工之妙，他們把神話中的英雄人物的故事模式作了多方面的研究，得出這些故事其實有規範的模式存在。[27] 最重要是大眾從小說角色中找到自己的影子，有希望、勤力、靈活，都為當時大眾帶來正面資訊，在機遇與厄困並存的香港社會，產生了有趣的化學作用。金庸武俠小說中的民族意識的強調，與當時香港受到英國管轄的情況可謂關連甚大。在諸多記錄香港 1949 年前後的檔所載，英國對香港在政治和軍事上的控制是極大的，同時引起了當時港人的強烈反感。劉蜀永在《簡明香港史》中說：「英國政府對依靠自己的力量保持其在香港的統治地位信心不足。1949 年 5 月 26 日的內閣會議要求聯邦事務大臣和外交大臣就香港局勢的發展和增派援軍的決定，通知美國政府和英聯邦其他國家政府，並弄清這些政府『是否願意支持保衛香港、防止共軍從大陸發動侵略的政策，並在需要時在適當時期發表公開聲明支持這一政策』。」[28] 可見，當時英國政府對香港的控制以及防止

27　【俄】普洛普：《民間故事形態學》，賈放譯，北京：中華書局 2006 年版；【美】坎伯：《千面英雄》，朱侃如譯，臺北：立緒文化事業有限公司 1997 年版。

28　劉蜀永：《簡明香港史》，香港：三聯書店有限公司 1998 年版，第 246 頁。

中國對香港的影響的程度是很大的。這對當時生活於英殖地的港人來說，民族意識變得強烈是很自然的事。

第三節　香港人對「江湖」和 「烏托邦」的嚮往

　　都市人都有逃避現實的思想傾向，他們對於都市的急速節奏以及營營役役的機械般的生活，都顯得十分疲累。從而探求一種可以調息的空間，因此娛樂事業才得以在都市中成長。這是城市資本化的一個過程，從建立到實踐，從零到建立了所謂社會和經濟體系，繼而便會發展出林林總總的娛樂消費模式與行為。早在 1908 年，精神學家弗洛依德已在其文章〈創作家與白日夢〉中，提到「藝術家的創作是兒童遊戲的繼續。孩子最喜愛、最熱心的事情是他的玩耍或遊戲，因為在遊戲時他創造了一個屬於他自己的世界。」[29] 這種說法同時可以延伸至讀者身上，因為作者與讀者一般都身處同一時空之中。他們都有同樣的「理想」。因此，文學作品中，有所謂永恆的主題——生命與愛情。這兩種主題在古今文學作品中反復出現，因為這兩樣東西，是人類不可與之割離的。所謂不可與之割離，除了指人與這兩種主題的關聯，還指人對它們的嚮往與追求。所以，縱使人在其生命中

29　錢谷融、魯樞元主編：《文學心理學教程》，上海：華東師範大學出版社 1987 年版，第 115 頁。

得不到愛情，但基於動物的本能反應，他們對愛情仍然是嚮
往的，所以謂之不可與之割離。而生命這個主題，我們更容
易理解它為甚麼與我們密不可分，因為生活上或生命上的種
種，都跟它有關聯，而人類往往感到人生短暫，而只能借
助文學創作來排遣愁緒，或者是通過閱讀文學中的「理想境
界」，來把生活中的煩惱短暫消忘。裴斐在《文學原理》
說：「宇宙的永恆與人生的短暫，乃是任何人都必然面臨而
又始終無法克服的矛盾。」[30] 通過閱讀言情小說，大眾可得
到愛情的滿足；通過閱讀武俠小說，大眾可得到短暫的「理
想」，而這種「理想」，是現實中永不難實現的東西。例如
不用憂慮工作、家庭、生命等每人都必須面對的生活事情。
在小說故事中，男女主人公都不用對生活苦惱，言情小說苦
惱的是愛情，武俠小說苦惱的是主人公的成長經歷。小說
中要苦惱的地方，是作者從生活中抽取出來而加以發揮的部
份。小說故事涵蓋的，只是現實生活中的一小部份。再者，
小說中的這一點兒苦惱，到故事最後一般都有方法化解。言
情小說能達到的是有情人終成眷屬或曾經跟心愛的人一起的
「理想」，武俠小說的能達到的是抱得美人歸、學得絕世武
功，受萬人景仰的「理想」。臺灣瓊瑤的言情小說，自 60
年代起風靡萬千少男少女，原因是小說中建構了「理想」，
代表作《窗外》、《煙雨濛濛》、《幾度夕陽紅》都是顯

30　裴斐：《文學原理》，北京：中央民族學院出版社 1990 年版，第 187
　　頁。

例。雖然很多故事的結局都是以男女主人公分開作結，但故事過程中，男女主人公的相戀或是思慕，已滿足了讀者心中對愛情憧憬的「理想」。臺灣 60 年代開始流行古龍的武俠小說，結果也一樣，很多時男主人公都達不到傳統武俠小說的目的，如《多情劍客無情劍》的李尋歡、《流星·蝴蝶·劍》的孟星魂、《蕭十一郎》的蕭十一郎，但過程中的「快意恩仇」，已教讀者進入「理想」。關於小說中所塑造的「理想」，梁啟超早有提及：「凡讀小說者，必常若自化其身焉，入於書中，而為其書之主人翁。」[31] 讀者化身故事主人公，投入其中，以求忘我的快感。

一、「江湖」對現實生活的作用

香港 50 年代的城市生態是十分特殊而罕有的。張檸在《敘事的智慧》中說：「城市的興起，是近代以來世界文明史的象徵。可是，它不但浸透了許多市民建設者的血汗，同時也埋葬了他們的靈魂。」[32] 這說明資本主義制度下的城市發展，對市民大眾的思想影響。大眾漸漸受商品化的商業社會模式影響，缺少對社會的個人批判精神。他接著指出：「都市既是罪惡的深淵，又是產生作家的搖籃，它總是成為藝術革命的前沿。作為文化中心的城市，自然是作家誕生和

31　梁啟超：《中國美學史資料選編》，北京：中華書局 1981 年版，第419頁。

32　張檸：《敘事的智慧》，山東：山東友誼出版社1997年版，第159頁。

居住的地方；但他們的天性就厭惡城市，總是想方設法地要從中逃離。」[33] 作家在城市的生活，是自然產生矛盾衝突的。金庸嘗試透過書寫「通俗」的武俠小說來「進入」城市，引起關注。同時在小說內以「退卻」的方式來帶領市民「進入」武俠小說世界的「烏托邦世界」。這種小說的表現正是大眾內心深處的反映投射，尤其對中國人而言，例如每部小說都以男性為中心，以男性為本位，反映中國傳統男性主導的典型心態與風氣。在這些小說的主要基調中，我們不難發現故事結尾都以主人公退隱江湖作結。似乎江湖與歸隱有著必然過渡的傾向，例如《碧血劍》的袁承志、《神雕俠侶》的楊過、《笑傲江湖》的令狐沖、《倚天屠龍記》的張無忌，他們都有共同點：第一、有情人終成眷屬，與心中所愛回歸自然；第二、對江湖的你爭我奪生厭。某程度而言，這種結局類型都是典型文人追逐的生活模式，抱得美人歸以及身懷絕技在江湖有所歷練後而選擇退隱，以顯出自身的不凡與孤高，可以算是一種典型的反復模式。由進入江湖，到退隱江湖，中間所經過的歷練則正是武俠小說的骨幹內容，包括遇到紅顏，習得絕藝，手刃仇人等。要注意的是，江湖與歸隱並非簡單的二元對立的關係，很多人求隱而不得，或求出而不得。所謂的「江湖」，最早出現於《莊子》的〈大宗師〉：「相濡以沫，不如相忘於江湖」，[34] 然而武俠小說自民國以

33　張檸：《敘事的智慧》，山東：山東友誼出版社1997年版，第159頁。

34　陳鼓應注譯：《莊子今注今譯》，北京：中華書局1983年版，第178頁。

來對「江湖」的意涵作了更豐富的詮釋。「江湖」不單是在
地理範圍上的所指，亦非單純與「朝廷」或「官府」作二元
對立的所指，而是包含有俠骨柔情、恩怨情仇、成長歷練、
儒道佛文化等不同意義的所指。因此與明清章回小說如《水
滸傳》所指的「江湖」有所不同，其所指只限於富有暴力
血腥的粗獷男性中心的「綠林」而已。這正是吸引 50 年代
香港年輕讀者以至知識階層追捧的原因，因為金庸小說中的
「江湖」的意涵已跨越以上所指，陳平原曾指出「江湖」的
兩大類型：「一為現實存在的與朝廷對立的『人世間』或『秘
密社會』……一為近乎烏托邦的與王法相對的理想社會。」[35]
陳平原對「江湖」的意義看得比之前的評論者要深刻得多，
「江湖」的空間不單指涉綠林好漢的生存和殺戮的空間，甚
至是文人雅士逃避政治迫害的烏托邦。值得留意的是，武俠
小說中的「江湖」，有著雙重的烏托邦意義：第一、從宏
觀的角度來看，「江湖」實際是讀者的烏托邦想像，置身主
角與周邊角色之間，展開探險的歷程，是逃避現實的一種方
法；第二、從微觀的角度來看，「江湖」之中亦有不少紛擾，
當中又有不少英雄俠士在小說最後選擇離開「江湖」，因
此「江湖」又在很多時候被視為是非之地。如果再仔細地
分析，在此角度下的「江湖」實際上是武俠小說建構的其中
一個元素，當中涉及的還有與之處於對立關係的「朝廷」。

35　陳平原：《千古文人俠客夢──武俠小說類型研究》，臺北：麥田出
　　版有限公司 1995 年版，第 108 頁。

從古典俠義小說以來，「朝廷」人士與「江湖」俠士已處於對立關係，如《水滸傳》的梁山好漢與朝廷的矛盾、《兒女英雄傳》的十三妹為報父仇與朝中權貴紀獻唐的角力等，但更多的是江湖人士與朝廷官府出現複雜的互涉關係，如《忠烈俠義傳》的包拯是官府中人，卻為官清廉，很多時候都聯合江湖俠士來對抗朝廷的權貴，又如《施公案》的施世綸，審案多從官府利益作考慮，對百姓嚴刑逼供，與小說中的江湖俠士黃天霸對著幹，但後來說降了黃天霸，並為己所用，令其誅殺江湖人士。可見，古典俠義小說中的「朝廷」與「江湖」並非涇渭分明的。新派武俠小說的「朝廷」與「江湖」的對立則較為明顯，金庸的《書劍恩仇錄》以清乾隆時期為背景，描述與江湖組織紅花會的對決與矛盾，其中武當派的張召重與陸菲青都各有走向，前者投效朝廷，後者協助紅花會；《碧血劍》則以明末為背景，講述江湖俠士包括主角袁承志連同闖王李自成等，推翻明崇禎皇帝，以及引清兵入關的故事；梁羽生的《七劍下天山》以清初為背景，講述卓一航、練霓裳、晦明禪師的七個弟子如何與朝廷糾纏不清的故事。其中以天山五劍為故事開首——楚昭南、飛紅巾、楊雲驄、辛龍子、凌未風，當中楚昭南投效朝廷，與其餘各人產生矛盾，後來發展為天山七劍——凌未風、飛紅巾、桂仲明、冒浣蓮、易蘭珠、張華昭、武瓊瑤各人對抗的故事。可見在新派武俠小說中的「江湖」與「朝廷」有著不可分割的關係，但當中的對立面是清晰可見的。

「江湖」被視為英雄俠士逃避「朝廷」的烏托邦，不管在官場遇到甚麼問題，都可通過歸隱「江湖」而得到解脫，

可惜這多是當事人的自我想像和期望，故事發展多是被官府追殺而展開逃亡的旅程。金庸的《鴛鴦刀》圍繞武林寶物「鴛鴦刀」而展開，主角蕭中慧、袁冠南從任飛燕、林玉龍身上學得夫妻刀法，對抗協助護送「鴛鴦刀」上京的大內高手卓天雄。此小說的重點不在武功之上，而在於人的感情。小說中的至高武功——夫妻刀法，必須一男一女兩情相悅，互相維護，才能發揮強大功力。因此小說中的蕭中慧和袁冠南得以揮灑自如，力退卓天雄及其他大內高手。小說中蕭中慧的父親蕭半和，實乃朝中太監，本名蕭義，混入宮中的目的是刺殺皇帝，可是得知袁冠南和蕭中慧（應該是楊中慧）的父親被皇帝囚禁，便以身犯險，將其救出，隱於江湖，因羨慕鄭和下西洋之壯舉故給自己取名。此亦釋除了袁蕭二人之兄妹關係，二人終可一起。由此再次印證，江湖是朝廷的避難所，不滿朝廷或被朝廷追殺的，都不得不逃入江湖的旋渦之中。

《書劍恩仇錄》的武當派陸菲青，為逃避江湖恩怨而反潛入杭州總兵李可秀家，當其女李沅芷的私塾老師。後成為李沅芷的師父，並重出江湖協助紅花會對抗朝廷。可見小說人物不容易從「朝廷」走向「江湖」而得到歸隱和解脫，相反，很多時候因為「江湖」的紛爭而被迫繼續與「朝廷」對抗。當然，有的時候因為主人公堅定不移的決心，在小說最後一回多以退出「江湖」以交代主人公的去向，而這樣的結局才屬於真正的進入烏托邦。但這同時是一種輕視生活及不合乎現實生活的方式，因為小說再無需要交代角色如何解決生活所需，只寫隱逸於山林之間，寄生於沒有煩惱的國

度。例如《倚天屠龍記》最後一回，張無忌知道朱元璋想當皇帝的意圖，朱元璋又用計令張無忌誤信被徐達及常遇春出賣，感到心灰意冷，便決心離開是非不絕的「江湖」，帶著趙敏等女伴歸隱，不去爭奪名與利。小說中的烏托邦想像反映了一種怎樣的社會現象呢？陳平原說：「像其他通俗文學形式一樣，武俠小說除了體現流行的審美趣味外，更重要的是體現了大眾文化精神，故特別適合於從思想文化史角度進行透視。一個時代一個社會的主流意識形態，我們可以從官方檔案和報紙雜誌的時事述評乃至各種宣傳文章中獲悉；但對於體現潛在的大眾文化心理，十篇嚴謹的政治論文或許還不如一部成功的通俗文學來得直接和深刻。」[36] 此話正好說明金庸小說與 50 年代香港大眾讀者的關係。身處香港這個急速發展的大都會，港人在英人政府的管治之下，因工種有限以及自身能力不足，只有埋首工作謀生，閒時的娛樂消遣都集中在消費較低廉的小說之上，而金庸小說中的家國想像，正是可以為港人對鄉土情結產生某程度的滿足。金庸小說中的「江湖」，雖在文本之中經常被描繪成腥風血雨，但畢竟俠客身在其中擁有絕對的自由度，可以不受家庭、官府等規束，能夠任意闖蕩，而未知將來的歷程同時可以帶來無比的刺激和新鮮感。對於文壇 50 年代左右陣營的對決，不少讀者都感到厭倦，寧可另闢溪徑，尋找武俠小說作為消閒

36　陳平原：《千古文人俠客夢——武俠小說類型研究》，臺北：麥田出版有限公司 1995 年版，第 276 頁。

娛樂的讀物。這同時能夠滿足讀者的武俠情結以及中國文化
的思鄉情結。在不少有關後殖民主義的論述之中，都提及被
殖民者往往想辦法建立本身的民族文化以作為抗衡殖民文化
的據點。[37] 這可再次解釋為甚麼 50 年代後，在文化人南下、
二次大戰結束等客觀環境之下，香港對中國文化尤其是武俠
文化出現熱衷甚至是迷戀的現象。不難發現，多部金庸小說
都帶出家國問題，其實是一種文化或家國情結的表現。

　　《書劍恩仇錄》是根據金庸故鄉海寧流傳已久的「海寧
陳家」故事而撰寫的。小說寫乾隆帝發現自己漢人的身份，
而需要面對滿漢矛盾及血族等問題。小說的最大反清聯盟
「紅花會」的首領，正是其弟陳家洛。可以說，小說寫乾隆
帝同時捲入親情與國情的矛盾之中，變得不知所措。《碧血
劍》的袁承志是抗清名將袁崇煥的後人，與江湖人士協助闖
王李自成推翻明帝崇禎，卻發現闖王之荒淫無道，最後選擇
離開避世。《天龍八部》的蕭峰發現自己原來是遼人，丐幫
及江湖人士等漢人的寄望，頓時變成十分沉重的包袱，最終
走上自殺的道路。《鹿鼎記》的韋小寶是典型的小滑頭，周
旋於天地會、康熙、神龍教之間，但書中強調此人的智慧在
於其缺乏使命感，不貪強好勝，不願出風頭，不願當皇帝，
屬不理會政治的一類人。《笑傲江湖》的令狐沖天性愛自
由，不受管束，他最喜歡的是跟小師妹相處，喝酒聊天，對

37　朱耀偉、陳英凱、朱振威：《文化研究 60 詞》，香港：匯智出版有
　　限公司 2010 年版，第 18 頁。

江湖之事毫無野心，卻意外地跟華山派名宿風清揚習得獨孤
九劍，登上恆山派掌門之位，可是最後選擇跟任盈盈絕跡江
湖。再者，從日月神教分別贈送真武劍、太極拳譜真跡及梵
文金剛經予武當少林一事得悉，他看淡名利物欲的程度，甚
至比武當派掌門沖虛道長及少林派方丈方證大師更高。有趣
的是，當令狐沖發現「江湖」中的日月神教，在任我行重新
執掌之後，其「一人獨大，權力掌控階級」的作風竟與「朝
廷」無異時，感到無比噁心，立即抽身離開。金庸在此花了
不少筆墨，小說寫道：「令狐沖這時已退到殿口，與教主的
座位相距已遠，燈光又暗，遠遠望去，任我行的容貌已頗為
朦朧，心下忽想：『坐在這位子上的，是任我行還是東方不
敗，卻有甚麼分別？』」[38] 可見，不論「朝廷」抑或「江湖」
的場所，權力和階級都會存在，只在乎人的取決。金庸借令
狐沖之口，來表達淡泊名利，與世無爭的思想。上述引文又
利用電影鏡頭般的描寫，把殿內的「權力」與殿外的「非權
力」對立起來，東方不敗的死，即時令令狐沖與任我行從並
置轉為對立的關係之上，令狐沖正處身任盈盈與任我行的是
與非之矛盾之中，讀者估計令狐沖與任我行的矛盾終有處理
的一天，金庸巧妙地寫任我行的自然死亡，來化解了令狐沖
的危機，避免再陷入胡斐式的矛盾之中。這種權力轉移的現
象就如宋偉傑所指的「反烏托邦」的情況，「江湖」被指成

38　金庸：《笑傲江湖》，香港：明河社出版有限公司1980年版，第
　　1296頁。

「烏托邦」的場所，一切都有別於「朝廷」的明爭暗鬥，文人俠士豪客都能在此自由生活，可是「江湖」實際上是「反烏托邦」的場所，因為「江湖」的是非不斷，當中的明爭暗鬥甚至比「朝廷」的更激烈，因此主角在故事結尾都寧可選擇退出「江湖」。[39]

　　由此可見，金庸小說有一種逃避政治或逃避是非的傾向，值得注意的是，這樣的結果除了是小說主角的性格所致，還由於外在的環境因素。所有的主角幾乎清一色「被迫」離開江湖，這裡所指的「被迫」並非指武力方面，而是一種軟性的手法，如言語、計謀、心理等，間接令主角感到心灰意冷而離開。他們沒有獲「邀請」繼續在江湖發施號令，又發現現世非自己所想一般，寧可選擇自己喜歡的生活方式。《倚天屠龍記》是很好的明證，朱元璋設計令張無忌誤以為被好朋友徐達和常遇春出賣，試看以下段落：「只聽得朱元璋道：『此人背叛我教，投降元朝，證據確鑿，更無可疑，令人痛心之至。兩位兄弟，你們看怎麼辦？』……只聽徐達道：『朱大哥，成大事者不拘小節，斬草除根，莫留後患。』」[40]金庸把明太祖朱元璋寫成是一個老謀深算的人，設計氣走張無忌，而張無忌一向魯鈍的性格自然很容易上

39　宋偉傑：《從娛樂行為到烏托邦衝動——金庸小說再解讀》，南京：江蘇人民出版社 1999 年版，第 68 頁。《碧血劍》的袁承志、《神雕俠侶》的楊過、《笑傲江湖》的令狐沖、《鹿鼎記》的韋小寶等，在小說的最後，都選擇離開「江湖」作結。

40　金庸：《倚天屠龍記》，香港，明河社出版有限公司 1976 年版，第 1658-1659 頁。

當。在張無忌心灰意冷的情況下選擇退隱，過與世無爭的生活。金庸以練達的筆法，把三人的對話，及張無忌偷聽的情節，寫得精彩萬分，也算是合情合理。很多時候，主人公都難於面對政治考驗，他們往往在政治議題上顯得無能為力。在小說的最後部份，當政權被推翻了後，主人公很多時候都選擇退出，對於社會的重建問題，都不會積極參與。這樣的結局，切合武俠小說的風格與理路。如果小說繼續延伸，則會變得離題，以及打破了讀者對武俠小說的一貫幻想。

二、「烏托邦」對香港人的意義

50 年代香港人生活艱苦，經濟尚未起飛，但已漸漸走向發展的道路。從開埠以來，一百多年來只是作為英國的對外貿易轉口港，大多香港人都只是從事低下階層的工作，例如當苦力。1950 年韓戰爆發，英國實施對華禁運措施，令香港的貿易額大跌，轉而發展工業。50 年代從中國大陸湧入大量勞工，為香港的工業發展得到勞動力的補給。據數字顯示，1947 年香港僅有工廠 961 家，僱用人員 4.7 萬多人；1959 年工廠增加到 4541 家，僱用人員 17 萬多人。[41] 而從 1947 年至 1950 年短短幾年間，已有 200 萬人經深圳進入香港。[42] 當時

41　劉蜀永：《香港史話》，北京：社會科學文獻出版社 2000 年版，第104 頁。

42　周子峰：《圖解香港史（一九四九至二〇一二年）》，香港：中華書局 2012 年版，第 28 頁。

香港低下階層的人數最多，加上入息不多，工作困苦，工餘
時候很自然需要娛樂產品來消遣。可是普羅大眾財政上較為
緊絀，一般只有單靠閱報來消閒。較有經濟能力的，會到電
影院去。據 1962 年的《香港年鑒》顯示，當時香港一年的
影片出產量大約是 270 部，戲院有 68 家，每日平均入場人
次約為 17 萬至 20 萬人，市民每天花費在電影院的數字為 30
萬元。[43] 值得留意的是，50 年代除了流行小說以武俠為主題
外，電影圈同樣有此種情況。其中一個原因是大多武俠電影
都取材或改編自武俠小說，這同時對武俠小說起了推廣的作
用。另外，1967 年開臺的無線電視，所製作的改編武俠電
視劇，都對武俠小說起到極大的推廣作用，連從未接觸過武
俠小說的人都對原作中的情節和人物角色留下深刻的印象，
例如鄭少秋主演的《書劍恩仇錄》（1976 年）、劉德華主
演的《神鵰俠侶》（1984 年）、黃日華主演的《碧血劍》
（1985 年），但時間上距離小說連載的 1955 年至 1972 年仍
有一段頗長的距離，所以只能說是對小說後期起到連帶的消
閒和推廣作用。如果要瞭解 50 年代跟小說連帶的娛樂媒介，
則必然是以電影為主。50 年代電影業十分熾熱，除了以都市
為主題，藉以表述小市民生活狀況的如《慈母頌》、《人海
萬花筒》等，其餘則主要是以武打為主，例如黃飛鴻系列、
少林寺系列等。可見武俠、武打都是普羅大眾喜歡的娛樂元
素，早在民國的時候，著名作家張恨水曾說：「中國下層社

43　《香港年鑒》，香港：華僑日報 1962 年版，第 93 頁。

會，對於章回小說，能感到興趣的，第一是武俠小說。」[44]
張恨水自己也曾寫武俠小說，可惜不屑去寫，更鄙視武俠小
說，並認為是低俗的東西。武俠小說受大眾歡迎的情況不囿
於 50 年代，其實由來已久，挪用陳平原的說法，「唐宋豪
俠小說」與「清代俠義小說」其實都屬通俗之物，章回小說
《水滸傳》更不消說。金庸曾說：「武俠小說雖然也有一點
文學的意味，基本上還是娛樂性的讀物。」[45] 反映武俠小說
與大眾心理需求的關係，武俠小說其中之一的功能是滿足大
眾的心理期望。社會大眾的心理是相當複雜的，但我們不能
忽略其與文學作品的關係。西方文藝理論早就指出作品、社
會、作者、讀者之四大關係，環環緊扣，是所謂美國現代學
者艾布拉布斯（M. H. Abrams）所提出的文學四要素。[46] 他認
為以上四者不可分割，又是研究文學生態的重要組成部份，
互為影響。其實過去不少心理學家都曾探討文學與大眾心理
的關係，甚至有所謂「共感心理」和「好奇心理」。[47] 指的
分別是作品受歡迎與否，除了作品本身的內容以外，還涉及
大眾的看法。因為每個人都是社會的組成部份，而又不能排
除於社會以外，作品的價值高低，每一個讀者都很容易受到

44　張恨水：〈武俠小說在下層社會〉，《週報》，1945 年 11 月。

45　金庸：〈金庸訪問記〉，羅龍治等：《諸子百家看金庸》（三），臺北：
　　遠流出版事業股份有限公司 1987 年版，第 44 頁。

46　童慶炳：《童慶炳談文學觀念》，開封：河南大學出版社 2008 年版，
　　第 5 頁。

47　李叢中：《文學與社會心理》，開封：雲南教育出版社 1990 年版，
　　第 10-11 頁。

社會裡其他讀者的影響而改變自身的看法；以及讀者對作品內容的好奇心，作品內容是否新鮮，以及該類作品是否讓讀者期望已久而突然湧現，都是導致作品是否受歡迎和得到好評的因素。陳平原曾說：「俠客形象之得以形成及發展，與讀者大眾的心理需求大有關係。」[48]此說明社會大眾對俠客的出現兼解救困境的期望是相當高的。當然現實社會中，俠客在法律的制約下不可能對犯惡者「一刀殺之而後快」，更不可能撇除人與人的脈絡圈而隱身於山林或獨行於江湖，最重要的是需要顧及生活所需，上班謀食。因此，俠客在現代社會中是不可能出現的，大眾只能把心理的期望投射於小說之中，從而得到精神上的快慰，此亦是文學在發揮洗滌心靈的作用。50年代香港人生活貧困，同時面對社會諸多的不公，例如受殖民政府的不公平對待（只有白人才有機會晉身上流社會）、執法人員偏私和貪腐等，加上流徙於他鄉，遠離中國大陸的大中原地帶，身處由英人管治的香港，都是形成大眾對社會不滿的情緒的因素。武俠小說的出現，俠客形象為江湖抱打不平的做法，都或多或少能消解普羅大眾心中的怨憤。武俠小說的出現，每天在報紙副刊連載，除了是繼20-30年代中國大陸舊派武俠小說的承繼，同時也是滿足大眾對久未出現的武俠小說的一種心理填補。加上副刊影響廣泛，武俠小說成為社會風潮，在大眾共同心理的影響之下，

48　陳平原：《千古文人俠客夢——武俠小說類型研究》，臺北：麥田出版有限公司出版社 1995 年版，第 27 頁。

閱讀武俠小說很自然成為一種潮流。大眾同時借助這種閱讀風氣，而得以在朋輩圈找到共同的話題和喜好。不單通俗文學，50年代同時是娛樂文化興起的重要時期，例如影響深遠的香港流行曲。在50年代前，歌曲方面，社會大眾的娛樂對象都以粵曲為主。研究香港流行曲的黃霑說：「香港有今天稱為『流行曲』的作品，始於五十年代。在此之前，港人耳畔的只是粵曲和粵劇。」[49] 50年代起始，香港的娛樂產業得到多方面的發展，不論是電影、文學、流行曲皆如是，一直發展至60年代，甚至70年代。娛樂產品的種類和傾向，都反映著大眾的心理需求，以及社會的意識形態。此可反映在發展經濟步伐極為迅速的香港，大眾對娛樂媒介的強烈需求。當然70年代起，由於大眾消費能力相對提高，娛樂媒介亦變得多樣化及優良化，例如從以往的副刊、電影、電臺，發展到電子遊戲、電視等。經濟發展至80年代，大部份公司要求生產力提高，工人就是首當其衝的一群，在現實生活當中面對公司欺壓的同時，電影就是一種很好的排解工具，當中又主要是以嬉笑怒罵的手法來表現對工業發展迅速的不滿，例如很多電影都以「打工仔」為題材，內容多以輕鬆手法來表現低下階層如何面對和抵抗公司老闆的無良壓榨手段，例如電影《打工皇帝》（1985年）就是以幾個「打工仔」如何對抗上司老闆欺壓為主題的電影，結局當然是

49　黃霑：〈流行曲與香港文化〉，冼玉儀編：《香港文化與社會》，香港：香港大學出版社1995年版，第160頁。

「打工仔」取得「勝利」，取得比之前更公平和合理的待遇。此可說明娛樂媒介與社會之關連，前者可以是對後者所產生問題的一種後期「解決方法」。社會大眾的不滿或心底的欲望，都可透過娛樂媒介得以排遣。值得注意的是，以社會生活為題材的電影，即所謂的「寫實電影」，取材包括故事背景和人物角色都是從生活中移植出來的，觀察認同感和共鳴感都高。與之相反的是「非寫實電影」，取材故事背景和人物角色都是非現實的，目的是滿足觀眾心底不能實現的願望，如70年代李小龍電影就對日本及西方武者作出了強烈的控訴和反抗，電影《精武門》（1972年）更是對日本人作出了徹底的痛罵，把二戰後來港的香港人心底下的不滿都宣洩掉。另外，勃興於60年代的流行漫畫書如《財叔》、《神筆》、《神犬》都以反映傳統中國抗日情緒及防暴安良為己任，[50] 用以慰藉經歷抗日和面對社會不安的大眾心理。同樣，武俠小說一直受到大眾的支持和喜好，是因為現實中不能滿足的東西都可從小說獲得，例如手刃仇人、歸隱山林等。可以說，武俠小說歷來都被視作一種娛樂消閒讀物，尤其是對50年代的香港大眾，更是一種精神滿足和調解的元素。

　　金庸小說都極力描寫家族國族情感，家國矛盾是「江湖」背後的大舞臺，雖然焦點仍是「江湖」的恩恩怨怨，但不難發現當中強調了主角在家國大事上的無力感，或者說

50　史文鴻：《史文鴻的大眾文化批判》，香港：次文化有限公司1992年版，第128頁。

是表現了一種消極態度。畢竟金庸小說不是歷史小說，而是武俠小說，當中角色只能隨歷史或所謂朝代更迭來表現自身的作用，這種國族或歷史的必要性及淡化書寫，與香港人產生強烈的共鳴感。正如黃錦樹在〈否想金庸——文化代現的雅俗、時間與地理〉一文中，所說的海外華人對中華文化的渴求一樣，他說：「金庸小說中所呈現的歷史文化典故及醫卜星相、琴棋書畫、武術毒藥等等，不管是確有所據，還是『想當然耳』的偽知識（pseudo-knowledge），由於他們【即海外華人】大多數無法擁有充份的學術參照，因而被有機地溶入該世界裡的『中國細節』也即以（偽）百科全書的方式存在、被接受。」[51] 易言之，海外華人因對中華文化的強烈渴求，對金庸小說中的中國文化想像（不論真偽）都照單全收，作為治療思鄉病的一種靈丹妙藥。按此理，把海外華人的心態與殖民香港的港人放置在一起，將不難發現兩者的共同心理。同樣是身處「異鄉」，在身份認同的糾結之下，產生對中國文化的皈依感。這亦可解釋香港人在港英時期如何借金庸小說中的中國想像，來抵消強烈的思鄉情結。這種虛構（具雙重意義：既指小說的虛構特質，又指金庸小說中的虛構元素，包括情節和武功等等）的中國想像，對港人來說，是一個實際上不存在而被渴望存在的烏托邦。

51　黃錦樹：〈否想金庸——文化代現的雅俗、時間與地理〉，王秋桂主編：《金庸小說國際學術研討會論文集》，臺北：遠流出版社 1999年版，第 604-605 頁。

　　香港在回歸之前一直被指為短暫的居留地。大多來港的中國人都抱著短暫逗留的過客心態。英殖時的香港，中國人更是受到社會上流階層壓迫的一群。香港社會的下等工作，如車夫、工人、苦力，全都由中國人擔當，洋人則大多過著富裕舒適的生活。港島半山一帶，更是限制中國人居住的地方。只有極少數從事商業活動的中國人，才能與洋人打交道，過著上流社會的生活，如何東爵士。何東在20世紀初從事買辦工作，母親為華人，父親為猶太人。由於他天資聰穎，在洋行工作順利，很快便獲擢升為買辦，又靠人脈關係及膽識，創立自己的商貿公司，事業蒸蒸日上。何東的成功故事在香港算極少數，加上何東父親有外國血緣的關係，跟大多數中國人的情況有別。因此，普遍來說，殖民地時代在香港生活的中國人，都過著比較刻苦的生活，雖然對英殖政府不懷好感，但都沒有抱反抗之心，而只埋首專注於工作糊口之上，對中國文化或民族情感，都有濃烈的傾向心態。這種心態都能從流行並勃興於50年代的粵語流行曲、武俠小說、粵劇南音等得到佐證。香港通俗文學的發展，從21世紀回顧，不難發現大概超過半世紀的蓬勃期，大抵從20世紀初至80年代，通俗小說、粵語流行曲、粵劇等都得到有利條件發展。所謂的有利條件，包括歌曲的聽眾與戲劇的觀眾的喜好、政治風氣、社會習慣等。有大量南來的華人受眾，除了工作糊口，就是把時間和金錢（只需少量）花在通俗娛樂之上，政府的放任政策、家國民族思緒等，更是過去幾十年，香港通俗文學的最大催化劑。50年代內地政治氣候風雲色變，除了令香港人口增加，亦為通俗體裁的傳入起

了重大作用。對內而言，內地文壇氣候變化，香港成為通俗文體的流通場地，通俗文體在香港落地生根，開枝散葉；對外而言，香港的英殖管治，令華人對載有中國文化元素的通俗文體倍感興趣，對香港的華人而言，這是接觸及感受中國文化的重要途徑。加上處身殖民社會之中，對中國文化自然產生強烈的歸土感情。周蕾曾解釋，越是被殖民或西方文化霸權「閹割」或「肢解」其固有民族的傳統文化，越是見得產生「反抗」「西方化」的歸土情結。[52]結合天時地利人和，金庸小說才得以在香港流通，受到歡迎，讀者尋得到廉價而方便的接觸中國文化的機會，而小說中又創造了對中國文化（鄉土）無限美好的憧憬，這些都是當時華人讀者群極其需要的東西。

　　80年代沈恩登承魯迅所言，重提武俠小說乃「成人的童話」之說，成年讀者透過閱讀而取得的快感，好比小童閱讀童話故事一般，在閱讀的過程，享受故事中虛構的描寫。武俠小說的「江湖」是「烏托邦」的建構，這種構想是讀者逃避思考現實問題的避難所，因為故事情節除了給予讀者文化意識上的認同與新奇外，角色所遇種種問題的自然解決，亦是讀者心底下所渴求的結果。「江湖」中輕易取得的絕學、矢志不渝的愛情、肝膽相照的友情、冒險精彩的歷程，都是讀者現實中不可能實現的願望。不難發現，武俠小

52　周蕾：《婦女與現代性：東西方之間閱讀記》（陳順馨等譯），臺北：麥田出版社有限公司1995年版，第25-27頁。

說撇除了現實中不可或缺的困難，柴米油鹽醬醋茶，無一需要顧及。英雄角色只要處理手刃仇人，練就武功等事便可。值得注意的是，小說結局往往離不開一種模式，就是主角離開「江湖」而歸隱。這種過程（進入「江湖」、歷練／成長、名成利就、離開「江湖」）在小說中可以算是恆常模式。金庸筆下15部小說無一例外，比如《碧血劍》的袁承志對闖王李自成的所作所為感到意外而出走孤島；《笑傲江湖》的令狐沖習得少林《易筋經》以化解「吸星大法」之弊，卸下恆山派掌門之位，與任盈盈雙宿雙棲；《連城訣》的狄雲替師妹戚芳報了仇，帶著她的女兒空心菜與水笙雙雙離開江湖，小說最後寫道：「他離了荊州城，抱著空心菜，匹馬走上了征途。他不願再在江湖上廝混，他要找一個人跡不到的荒僻之地，將空心菜養大成人。」[53] 其他小說也歸結在離開「江湖」的結局。進入「江湖」的「烏托邦」想像很容易解釋為讀者希望在閱讀過程中，尋得到現實中不可能實現的願望，從而取得快感，然而，離開「江湖」的結局，似乎為這種解釋提供了矛盾的一面。不過，假若我們想深一層，當可發現「進入」與「離開」實際是一個必然的因果過程。「進入」充滿「烏托邦」色彩的「江湖」乃是讀者閱讀小說的最大動機，閱讀過程帶來無限樂趣，可以感受或體驗現實中不可能發生的事情，故事終結時「離開」「江湖」的舉動，人物實際仍在「烏托邦」世界的「江湖」之中，仍是

53　金庸：《連城訣》，香港，明河社出版有限公司1977年版，第416頁。

在「烏托邦」（小說）框架之中，「離開」的舉動，意味令「烏托邦」想像變得更加圓滿，既得到「江湖」歷練帶來的趣味，又免卻其後帶來的煩惱。

對於「烏托邦」（小說）世界與「江湖」，我們可分為外層及內層。外層代表「烏托邦」世界（小說）；內層則代表「江湖」的是非世界。前文所述的「進入」與「離開」江湖，都只是在外層與內層之間遊走而已。因為角色在故事最末「離開」江湖，實際是武俠小說「烏托邦」世界的最後階段，省卻此節，角色其後需要面對的是不斷的江湖是非，以及現實生活的煩惱（比如建立家庭的生活開支等）。所以角色最後「離開」「江湖」，實際是「烏托邦」故事書寫底下的一個必經過程，意味完成歷練，獲得所有美好的事情，而把接續的煩惱刪掉。進一步說，角色退隱的生活如何，讀者無從得知，當然他們大多幻想角色的生活是偏向美好的。

金庸小說的「烏托邦」描寫，令 50-60 年代的讀者群得到很大程度的心靈滿足。當中的描寫既有港人缺乏的中國文化特質，又有社會大眾不能達到的願望（出人頭地，向上流動）。英殖時期的港人，他們若想躋身上流社會，必須具備良好的英文水準及得到運氣。當時他們渴望躋身上流社會，但機會很少。因為華人往往被外國人歧視，也受到他們的不平等對待。在武俠小說世界創造南蠻外族委實不易，但金庸都做到了。起初在《碧血劍》有荷蘭人的描寫，至《鼎鹿記》有羅剎國的描寫，甚至有其與大清帝國對抗的仔細描述。鄭樹森曾認為武俠小說是「對現代工業社會帶來的心理焦慮及外在壓力的抒解方式……間接折射出桃花源或烏托邦

的追尋。」[54] 誠然如此，港人長期受殖民管治及社會工業化極快的步伐影響，其受壓的心理，多數反映在閱讀武俠小說的行為之上。因為小說中的中國文化元素及快意恩仇的「烏托邦」世界，都有助洗滌大眾讀者的心靈。再者，讀者對於文壇中的左右陣營作品已感煩厭，武俠小說的出現，對他們來說，是一種新穎的讀物。

---

54 鄭樹森：〈大眾文學‧敘事‧文類——武俠小說箚記三則〉，《從現代到當代》，臺北：三民出版社 1994 年版，第 119 頁。

第三章

從香港 50 年代文壇看
金庸小說的創作發生

　　香港 50 年代的文壇狀況十分特殊，在其他地區罕見。例如報紙數量多、副刊受大眾歡迎、「左右」陣營的作品和出版物豐富、不同的作家有各種不同的寫作實踐道路等。金庸小說原先在《新晚報》連載，《新晚報》並非當時最受歡迎的報紙，因此總編輯羅孚想到用梁羽生和金庸撰寫迎合大眾口味的武俠小說來增加報紙銷量，結果相當成功。撇除金庸小說的價值，當時文壇的狀況對它的創造發生與流行，有莫大幫助。大眾養成了每天閱讀副刊的習慣，加之當時出版業和文學作品都千遍一律地宣傳政治相關的意識形態，金庸小說的出現令文壇注入新的力量。當時不同理念的作家有不同的創作出路，寫通俗文學的較易大眾接受，謀生一般不成問題，相反，堅持寫嚴肅文學的，很多時候需要一邊忍耐飢餓，一邊寫作。

第一節　香港人閱讀報紙副刊的習慣

　　談到中文報紙的歷史，有學者謂中國最早的報紙，乃1815 年由英國傳教士馬禮遜在麻六甲創辦的中文報紙，名為《察世俗每月統記傳》（英文刊名《Chinese Monthly Magazine》1815. 8. 5-1822）。[1] 當時英國倫敦傳道會（The London Missionary Society）派遣馬禮遜（Morrison, Robert 1782-1834）和米憐（Milne, William 1785-1822）到中國傳教，在廣州和澳門兩地來回，主要借創立華語報紙和翻譯《聖經》來傳教。然而，羅大勝在《報紙副刊探析》指出：「早在一千二百多年前，就出現了『以文字來傳播新聞的工具』——邸報。」[2] 後來韓愈的學生孫可之把它命名為《開元雜報》。這是中文報紙的雛型與起源，然而香港的中文報紙的歷史是從何時開始的呢？研究者陳鳴說：「香港最早的中文期刊，是英國倫敦傳道會傳教士於 1853 年創辦的《遐邇貫珍》；最中的中文報紙，是『孖剌新文紙館』（The 'Daily Press' Office）於 1857 年創辦的《中外報》、《香港船頭貨價紙》」[3] 這些都能說明香港中文報紙的發展期，可是與後

1　陳鳴：《香港報業史稿》，香港：華光報業有限公司 2005 年版，第 11 頁。

2　羅大勝：《報紙副刊探析》，貴陽：貴州民族出版社 1998 年版，第 3 頁。

3　陳鳴：《香港報業史稿》，香港：華光報業有限公司 2005 年版，第 65 頁。

來連載武俠小說的副刊的關連又是怎樣的呢？

　　副刊雖名為「副」，但實乃報紙的靈魂。副刊中的專欄文字更能表現報紙的立場或風格。副刊所載的專欄文字或連載小說，是吸引讀者追捧的重要因素，直接影響報紙每日的銷路。研究香港報紙副刊的李蕾說：「香港專欄小品，是最能迎合香港讀者口味而又具開拓性的產品。」[4] 這裡我們可明確見到，副刊與大眾的關係，某程度上，副刊的風格和取向，都是迎合讀者需求的。當時社會需要甚麼，就有怎麼樣的副刊。然而，追本溯源，報紙的副刊到底是何時開始出現的呢？副刊連載小說的風氣又始自何時？原來香港 30 年代出現過一份小報，名叫《天光報》，創於 1933 年 2 月，以連載小說為主。據李家園的《香港報業雜談》所言：「《天光報》的小說名噪一時，它以小說掀起讀者讀報的熱潮，以後許多報紙都有小說版，多多少少是受了《天光報》的影響。三十年代以前，香港和廣州的報紙，除了有新聞之外，還有『諧部』。所謂『諧部』，就是今日所稱的『副刊』。以前省港報章的『諧部』，多以雜文、詩聯、或掌故之類為主要內容，縱使有『小說』，也只不過是短篇作品，而很少連載『長篇小說』。」[5] 這裡說明了兩點：第一、副刊在 30年代已出現於香港報紙；第二、副刊連載小說的習慣自 30

4　李蕾：〈專欄小品與香港報業文化的關係〉，《考功集》二輯（嶺南大學中文系畢業論文集），1998 年，第 408 頁。

5　李家園：《香港報業雜談》，香港：三聯書店有限公司 1989 年版，第 126 頁。

年代《天光報》開始，成為風氣，影響了之後幾十年的報業
文化，惟至 80 年代起式微。

　　正如張檸分析城市文化研究一樣，我們可把這種閱讀模
式或習慣稱為閱讀成癮的行為。在城市的消費模式底下，閱
讀很自然成為一種消費模式，而這種模式很容易受到作家作
品的情節等影響，而成為大眾的一種集體閱讀癮，因為讀
者從這些作品中得到滿足和快慰，很快地變得盲目地追看下
去，縱使同一作家的小說內容情節模式都千篇一律。[6] 這段
話可以解釋坊間流行文學的產生與持續的原因，讀者對固有
的小說情節習以為常，拒絕接受新的刺激，不願花腦筋和時
間思考新的小說內容。所以我們往往能輕易把流行小說作家
的寫作類型歸類，甚至把他們的作品主題模式簡單區分。金
庸小說既屬於流行小說，很自然是貫穿「武俠」這個固有框
框而出產的作品，內容情節模式以至人物角色造型都有近似
的地方，是所謂吸引大眾追捧的地方。然而，我們不能忽略
的是，金庸小說的所包含的中國文化元素及其表現方法。金
庸小說受歡迎的程度，除了可透過《新晚報》讀者的增加反
映，更重要是 1959 年金庸與沈寶新合資創辦《明報》，並
開始連載《神鵰俠侶》可以印證，因為《明報》創辦初期得
以吸引讀者的，當以金庸小說的名氣為關鍵，其每天約一千
字的連載《神鵰俠侶》，是《明報》創辦初期艱難歲月的續

6　張檸：《中國當代文學與文化研究》，北京：北京師範大學出版社
　　2008 年版，第 386-391 頁。

命丹。曾有論者對當時的武俠小說作出評論：「梁羽生一發不可收，前後寫了 30 年。當年他寫完《草莽龍蛇傳》之後，便由金庸的第一部武俠小說《書劍恩仇錄》接上。再後便由百劍堂主（即陳凡筆名）接寫。梁、金、陳三人皆《大公報》中人，1956 年曾在報上撰寫『三劍樓隨筆』專欄。其時，《新晚報》（即《大公報》的晚報）開了先河，報紙銷路激增，其他報紙竟相仿效，於是金庸在《商報》寫《射雕英雄傳》，梁羽生在《大公報》寫《七劍下天山》，江一明在《晶報》寫《珠海騰飛》，牟松庭在《文匯報》寫《關西刀客傳》等，熱鬧非凡。」[7] 可見報紙副刊以至連載的武俠小說的受歡迎程度，絕對可以用洛陽紙貴來形容當時的情況，多份報紙都以連載武俠小說作賣點，先享盛名的梁羽生更是受到各大報章爭相邀稿的對象，以至 1955 年無暇在《新晚報》寫稿，令羅孚要求金庸開始撰寫武俠小說。50 年代大眾的讀報習慣，把焦點都落在副刊上，報紙每日的報導內容反而屬其次，因此副刊所載小說需極富娛樂性，吸引讀者每日掏錢追捧。

　　50 年代的香港文壇是百花齊放的時期，因為大量有質素的文人南下，他們又大多只有單獨的寫作謀生技能，遂使當時的文壇呈現出五光十色的景象。當時的文人主要有兩種謀生出路，一是作家，二是編輯。前者如李輝英、張愛玲、曹聚仁、徐速、思果等，後者如羅孚、劉以鬯、馬朗等，不

7　汪亞曦、汪義生：《香港文學史》，廈門：鷺江出版社 1997 年版，
　　第 259 頁。

過縱使加上 50 年代之前的王韜、茅盾、戴望舒等，從事編輯行業的文人的數量都是較少的。究其原因，當作家自由度較大，沒有上班時間的限制，雖然很多作家為了稿費而寫自己不喜歡的通俗文學或是為左右陣營宣傳的政治文學，但作品的人物、情節、故事等，都可自行控制，此其一。南來文人數量驚人，以當時香港的報紙和雜誌的數量來看，絕對出現人手供過於求的情況，因此作家縱使想找編務的工作，也不是很容易的事，此其二。

　　實際上，20 世紀 50 年代這一時期，對香港報業來說，可謂轉入新的一頁。因為 1951 年英國政府制訂了全新的一系列有關出版業的法律條文，以實行全面的規管。據《香港年鑒》所載，條文的首段是：「1951 年 15 號制立法案對新聞紙及其他印刷品印刷，出版、發售、發行、輸入、統制，登記與頒營業等有關法律之修正及充實印刷機與新聞通訊社之管制條例，是年 5 月 17 日通過候總督公佈施行。」[8] 此反映自此以後的出版刊物註冊資料變得更詳細和具體，而有關刊物在內容上的監管也變得明朗，如內容跟法律有所抵觸的時候，註冊人需為此負上責任。可以說，自 50 年代起，報刊的成立和註冊變得更為認真和嚴肅，籌辦者並非抱著短暫的熱情而經營，而是經過深思熟慮的。50 年代在港創辦的報刊有如《晶報》（1956 年）、《新晚報》（1950 年）、《大

8　〈1951 年充實出版物管制條例〉（中譯本），《香港年鑒》（第 5 回中卷），香港：華僑日報 1952 年版，第 34-40 頁。

公報》（1951 年）、《文匯報》（1951 年）、《成報》（1951
年）、《香港商報》（1951 年）、《星島日報》（1951 年）、《明
報》（1959 年）等。值得注意的是，1951 年是創辦報刊的
黃金年，不止一份報紙於該年創辦，除了因為回應同年的新
法例而按規矩申請辦報外，主要原因是 1949 年新中國成立
後，大批文人南下的結果。他們大多藉辦報或寫稿來謀生，
並順帶表達政見，借報刊等媒體來攻擊敵對陣營。當時的出
版業可謂相當鼎盛，兼且幾乎每份報紙都有副刊的部份，供
文人發表寫作。

第二節　「左右」陣營思想及其刊物

　　有論者說：「五、六十年代香港文壇的一個特色是『左
右對壘』，來自左派與右派資金支持不同的雜誌與出版
社。……五、六十年代文壇的『左右對壘』與商業化被純文
藝作家強烈批評。」[9] 此說明 50-60 年代的媒介狀況，是充滿
政治味道的，當然這跟 1950 年 6 月韓戰爆發不無關係，戰
幔的開展直接促成中美關係加劇惡化。因此所謂的文學作
品，大多不是以宣傳政治為目的，就是作家為謀生而寫的，
因此從純文學的角度來看，當時的作品的文學價值不高。當
時報紙副刊每天刊登流露著強烈意識形態的作品，當然這些

9　黃靜：〈流行文化王國之崛起──環球出版社創辦人羅斌的傳奇故
　　事〉，香港電影資料館節目組：《五、六十年代流行文化與香港電
　　影》，香港：香港電影資料館 2002 年版，第 16 頁。

作品與其說是文學作品，倒不如說是「左右」陣營的宣傳幌子則更為貼切，因為文章不單表現著政治看法，還含有強烈的以軍事手段征服對方的描述。例如刊載於 1950 年 1 月 1 日《大公報・文藝》便有一篇以張忠署名，名為〈向紅旗宣誓〉的文章，文章內容主要涉及左翼陣營如何激勵士氣、如何準備戰鬥、如何表現征服臺灣的決心。內文其中一段是這樣的：「幾天以來，七連鬧的熱烘烘的，像羅一樁喜事一樣忙碌。每天，機場上，屋子裡，還不斷有人演習戰鬥動作或開會。大家臉上流露著喜悅。七連真是沸騰了；下決心，訂計畫、挑戰、應戰，……一番熱鬧的氣氛渲染著全屋的任何一個角落裡。」[10] 文章中間還附有標有「今年解放臺灣」，郭炎署名的漫畫一幅，畫中有一士兵以棒子擊向一個平躺在水中的男子的肚子上，肚子上寫有「臺灣」字樣，喻意十分明顯，就是以武力來收服臺灣，戰意濃烈。其他比較柔和的，以新詩形式發表的也有不少，如在《大公報・文藝》發表，於 1952 年 12 月 14 日署著詩人艾青的名字，名為〈我們多麼幸福〉的新詩。其中的幾句寫道：「從莫斯科到北京／飛翔著白色的鴿子／無邊遼闊的大地上／星數著城市和鄉村／中蘇兩國人民／結成了永世的同盟／像山嶽一樣鞏固／像兄弟一樣相親……我們多麼幸福／前途充滿光明／我們的人民勤勞勇敢／我們的領袖偉大英明」。[11] 閱詩後，我們可

10　張忠：〈向紅旗宣誓〉，《大公報・文藝》，1950 年 1 月 1 日。

11　艾青：〈我們多麼幸福〉，《大公報・文藝》，1952 年 12 月 14 日。

以歸納出幾點：詩作反映當時「左翼」與蘇聯的緊密關係，
此其一；詩中所描寫的「白色鴿子」象徵和平，喻意與蘇結
盟後的將來景況，此其二；詩中描寫「大地」、「山嶽」等
具大中華色彩的物事，以喚起同胞的共鳴，此其三；詩讀起
來不太像詩，因為描寫得太直白，欠缺詩所應有的含蓄與隱
晦，這樣寫的原因相信是為了遷就普羅讀者的閱讀能力，此
其四；詩中流露的正面資訊十分明顯，給予讀者信心，有助
當時左翼陣營爭取支持者，此其五。此可為當時文學如何表
現政治的意識形態的部份例子。

　　另外，有不少作家對當時文藝為政治服務的狀況發表了
不少見解，譬如深知文藝是為政治服務而覺得無不可，並認
為文藝不單純是文藝，因為文藝反映人的生活，兼而反映社
會的意識形態。這可以說是一種頗為清醒的見解，姑不論
這種看法的對與錯，它反映出作者對當時文藝境況的認識，
以及傾向支援文藝為政治發聲的立場。[12] 依此生態發展，直
至 60 年代，據 1962 年《華僑日報》出版的《香港年鑑》
所載，香港足足有報社 192 間，每日出版的有 38 間，銷量
是 50 萬份。[13] 可見報刊在當時社會的重要性和影響力。而報
刊專欄小說屬當時大眾主要的閱讀材料，有不少家境狀況比
較差的人，只有借閱報來學語文。年已古稀的著名散文家劉
紹銘就經常說：小時候家境不好，自學讀物都多取材自報紙

12　勞夫：〈文藝的認識〉，《星島日報・文藝》，1950 年 7 月 3 日。
13　《香港年鑑》，香港：華僑日報 1962 年版，第 91 頁。

副刊，50 年代每天的報紙副刊專欄可以說是一個大寶庫，
有各式各樣的專家專論，要每天在五百字的小空間裡抒發己
見，除了有一定的「獨門絕學」，還得有一手清麗的中文才
行。專欄文字的知識和語文，都對讀者產生了很大的影響。
50 至 60 年代，香港教育水準低下，讀者大多只有小學程度，
直到 70 年代，香港的教育才開始普及，大眾知識水準開始
提高，「70 年代則是加強小學、普及中學教育的時期。中
學學位在 20 年裡翻了約 7 倍。」[14] 可見香港知識份子以及讀
者群對香港報業的要求，都隨著社會的進步而有所提升。回
看 50 至 70 年代的報紙受眾，大都是只有小學程度的，他們
的閱讀興趣注重於市井文化，以及感官刺激的輕鬆內容。50
至 70 年代是金庸武俠小說的創作時期，小說之所以能夠盛
行，原因可以連繫至社會大眾的閱讀水準和興趣。我們可以
進一步從當時報紙的風格和取向得到印證。當時的左派報紙
如《大公報》、《新晚報》、《晶報》、《香港商報》等，
都走通俗路線，吸引了不少年青而知識水準不高的讀者閱
讀，當中的《新晚報》（《書劍恩仇錄》）和《香港商報》
（《射雕英雄傳》）都是金庸小說的重要平臺。50 年代開始，
報業可謂進入百花齊放的局面，「據統計，1945-1950 年，
香港有 155 家報刊註冊。1950-1959 年，香港新辦報紙 85 家；
1960-1969 年，香港新辦報紙 108 家。據記載，1946 年報紙
只有 18 家（14 份中文，4 份英文），到了 1957 年報紙總數

14　陳昌鳳：《香港報業縱橫》，北京：法律出版社 1997 年版，第 98-99 頁。

達到 42 份（包括幾份週報、雙週報），1960 年報社家數增至 64 份，其中每日出版的報紙有 38 份（34 份中文，4 份英文）。60 年代香港中文報紙發展很快，家數和銷量均不斷上升，1965 年報社達 52 家，1970 年中英文日、晚報數更達 70 家之多。」[15] 由此可見，50 至 70 年代香港報業的發展可謂一日千里，造就金庸小說以至其他武俠小說，能在多方平臺刊載。同時，讀者知識水準提高，對閱讀興趣的增加，都有助武俠小說的傳播，亦間接令香港報業進入蓬勃期。

一、香港的政治環境

胡適被公認為是文學革命的重要宣導者，他主張文學與社會進步的關係，每一時代皆有不同的文學作品，含括形式、體裁、表現手法等等。所以我們去看文學作品的得失，很難撇開歷史背景不論，他所提出的「歷史的文學進化觀」是指：「文學者，隨時代而變遷者也。一時代有一時代之文學。」[16] 胡適所言，說明進化的必要，不論是文學還是社會生活，皆如是觀。在新中國成立的 50 年代，社會可謂進入新紀元，不單中國大陸，連帶位處邊沿的香港，也受到不同形式，不同程度的影響，縱使香港當時仍處於英殖時代，由於 50 年代中國大陸有不少作家因不同的原因南移香港，

15　陳昌鳳：《香港報業縱橫》，北京：法律出版社 1997 年版，第 64 頁。

16　胡適：《胡適文集》（第 2 卷），北京：北京大學出版社 1998 年版，第 7 頁。

又有為數不少的香港市民北上大陸，加上抗戰後的社會大眾產生不同的心理面向，港英政府在文藝圈中形成「綠背文化」，所謂「綠背文化」是指崇尚英美勢力，宣揚右派思想。由於美元紙幣以綠色為背景，故有此稱謂，因此又可稱作「美元文化」。這種「文化」試圖以文藝來向左派文學作出抗衡，因此 50 年代的香港文藝圈，以至整個社會環境皆是十分複雜的，不論在文化、社會、政治、文學等角度來看，50 年代對香港來說，屬一個明顯的分水嶺。當時社會話題大都圍繞在國與國之間的問題和爭端之上。例如 1954年 1 月 17 日的《星島日報》第一版，整個版面都是談論國際大事，社會很自然彌漫一片緊張的氣氛。有學者對胡適的文學進化觀作出闡述：「顯然，胡適這裡主要是說明不同的社會和時代就會產生不同的文學作品。也就是說，人類生活隨時代而變化，人類的情感也在不斷地豐富、發展、變化，這就要求隨著時代的變遷產生不同的文學作品，以滿足社會生活的精神需求，文學就必須反映人類的現實生活。在此基礎上，他以文學史進化的名義號召建設現代的新文學，以反映變革的時代精神和社會生活。」[17] 我們需要特別注意的是「不同時期的文學作品滿足社會生活的精神需要」這點，50年代香港社會大眾正是急切需要具武俠元素的消閒娛樂，除了文壇出現武俠小說的風行現象，50-60 年代影壇也流行功

17　顧慶：〈胡適與現代文學新觀念〉，《陝西師範大學學報》（哲學社會科學版），2000 年 9 月，第 144 頁。

夫電影，如關德興系列，甚至推展至 70 年代，例如出現李小龍的抗日抗歐美的大中華主義的一系列電影，受當時社會大眾的熱烈歡迎。60 年代邵氏電影發展一日千里，對手國泰已非可匹敵，究其原因，是懂得迎合市場口味。從張徹的血腥味濃的武俠型電影，到李小龍一夫當關的抗外敵武打電影，都很受大眾支持，原因是彌補了市民心理的需要。從辛亥革命、抗日戰爭、國共內戰，民間一直壓抑著一股不滿情緒，這種情緒需要借閱讀武俠小說來得以釋放。因為武俠小說大多以英雄主義和民族主義作為基調，跟大眾的國家憂患意識很容易產生關聯效應。自 20 世紀初起，民族情緒積壓良久，正好在 50 年代得以釋放，一直延續數十年。

　　元邦建說：「香港教育的最大弊端，就是實行歧視華人的英國殖民統治政策。在文化教育中重英文輕中文的現象，從英國人佔領香港一直到現在一百多年，從來沒有改變過。據統計 1960 年中文中學學生與英文中學學生人數比例是 1:1.6，1975 年降為 1:4.3，1982 年降到 1:9.4。從 1976 年至 1982 年，英文中學增至 346 間，而同期中文中學則從 104 間減為 72 間。」[18] 此反映當時香港政府對英語教育的重視。元邦建又說：「五十年代，香港當局由於政治上的原因，從香港的防禦安全出發，對香港的前途並無長遠計畫，而在教育方面也就不會有更大的重視，所以，香港的教育事業，特

18　元邦建：《香港史略》，香港：中流出版社有限公司 1988 年版，第　104 頁。

別是中學以上的中文教育，沒有多大的發展。」[19] 港英政府對香港語文政策的消極措施，正如上文所言，政府只視香港為商業經濟的地方，無意以殖民手段同化香港人。當然，港英政府奉行的所謂「精英文化」，或多或少都使大眾對英語抱有推崇感。因為大眾市民只能依靠學好英語來「出人頭地」，當時大部份行業的管理層，以至整個社會的上流階層，都主要是由外籍人士來主導，如想投身其中，則非學好英語不可。單單觀察「入仕」當官的要求，都明顯說明社會對英語的重視程度。因為當時 50 年代香港只有一間極富英國特色的大學——香港大學，其入學試乃香港會考的雛型，對英語要求極為嚴格，大多數市民都抱著一種想法，就是香港大學畢業後去當政務官，從而改善生活條件。當時的社會現象是，大眾一心崇拜英語，學好英語被認為是向上流階層社會進發的唯一路徑，當中只有一小撮人可以扶搖直上，平步青雲。社會大部份人士，都對英語一竅不通，因此學得一口流利英語的，都被認定是「精英份子」。然而，大眾心理是複雜的，由於教育方面未達全民教育的關係，大眾對保留自身語言（粵語）和文化仍存在優越感。香港中文大學在 60 年代的成立，正好解釋大眾對中文的肯定。

不論是 50 年代的作家還是大眾，他們都對香港沒有感情，都抱著過客的心態，一心只想著何時可回歸中國大陸。

---

19 元邦建：《香港史略》，香港：中流出版社有限公司 1988 年版，第 103 頁。

因此作品方面大多價值不高，大部份是為迎合讀者口味（通俗小說）或是為左右陣營吶喊而賺稿費的。讀者方面，閱讀通俗文學的人數較多，而內容大多離不開色情與暴力，就連葉靈鳳也不能倖免地在《快報》的「炎荒豔乘」和「玩家回憶錄」欄目寫下不少「露骨」小說。[20] 可見 50-60 年代的香港文壇雖百花齊放，但仍以通俗類小說佔多，價值亦不高。因此一些讀者渴望能讀到高質素的通俗文學是可以理解的，比起民國時期的武俠小說風潮，香港的文學顯得較為遜色。

　　早在西方文學批評中，已指明文學與社會的關係是相當密切的。童慶炳說：「社會學批評強調文學與社會生活的關係，認為文學創作並不是一種純粹個人的活動，而是一種社會和文化的活動。」[21] 香港在 20 世紀中葉，不論在經濟、政治、民生等方面，都起了巨大而重要的改變。這些方方面面跟文學的風格、主題、敘事方式等，都扯上了一定的互動關係。50 年代香港社會物質匱乏，在沒有其他娛樂消遣的時候，閱報就是社會大眾最基本、最廉價的娛樂。因此，社會經濟還未起步，是促使報業在發展和銷量上出現大躍進的重要因素。在作家方面，他們為生活所逼，只有「煮字療饑」，不論是否自身喜歡的題材的作品，為了稿費，只有被逼撰寫。當時的報紙副刊都是有稿酬的，而坊間的文藝雜誌

20　劉以鬯：〈記葉靈鳳〉，《暢談香港文學》，香港：獲益出版事業有限公司 2002 年版，第 194-195 頁。

21　童慶炳：《文學創作與文學評論》，北京：中央廣播電視大學出版社 1995 年版，第 304 頁。

則無。讀者方面，既因社會娛樂供應有限，又因財政問題，眼見報紙副刊每天有大量作品可讀，自然支援。謝常青在《香港新文學簡史》中說：「香港開埠不久，香港文學就依附在華文報紙而誕生。」[22] 可見報紙副刊對香港文壇的影響程度。50 年代的香港文壇，主要是透過報刊和文藝雜誌作為平臺，刊載文學作品。在報紙副刊上的主要是通俗文學；在文藝雜誌上的主要是嚴肅文學。報紙副刊上的大多是連載小說或涉及生活化情節的每日小說。在文藝雜誌上的大多是鮮有追捧者的嚴肅文學，讀者人數不多，甚至沒有稿費可言。50 年代較為著名的文藝雜誌有《幸福》、《西點》、《文壇》以及《星島週報》，都因銷量欠佳而被迫先後停刊。可見，為大眾服務同時受到歡迎的，就只有報紙副刊了。報紙副刊的受歡迎程度，可以透過每日作家的出字量見之一斑，例如劉以鬯就曾表明自己在 1957-1985 年間，平均每日寫 13,000 字。[23] 而當中大量都是年輕時，即 50 年代書寫的。作家每天大量寫作的情況在 50 年代十分普遍。

　　由於香港文藝多樣化，造成了特殊媒介的生態。從文壇的政治取態來區分，可簡單得出「左右」翼的二元對立關係，這意味讀者群同樣有著這種兩極的立場，因為作品與

22　謝常青：《香港新文學簡史》，廣州：暨南大學出版社 1990 年版，第 2 頁。

23　也斯：〈「改編」的文化身份：以五〇年代香港文學為例〉，黃淑嫻、沈海燕、宋子江、鄭政恆編：《也斯的五〇年代——香港文學與文化論集》，香港：中華書局 2013 年版，第 81-82 頁。

讀者關係密切，作品需要有一定數量的讀者閱讀才能持續出產；讀者同時受著作品的意識形態影響，並且互為影響，生生不息。當時文壇既容納了「左右」兩翼以宣傳政治為目的的作品，如左翼代表唐人的《金陵春夢》和右翼代表林適存的《紅朝魔影》，其他的有冷眼旁觀而又涉足政治，並對政局常變作出挖苦諷刺的，如曹聚仁的《李柏新夢》，它是借美國小說家歐文（W. Irving）的《李柏大夢》而舊題新作的。講述主角一晚睡去，醒來現實已過 30 年，甚麼抗日戰爭、國共內戰都過去了，從而對時勢發出無奈的感慨。又有的是只純為文藝而寫作，不涉足政治，並具本土色彩的作品，如舒巷城的《香港仔的月亮》，講述香港艇家的生活困境，同時借鹹水歌、場景的描寫來呈現 50 年代香港人的生活面貌。最後一種是純為娛樂大眾為目的的作品，通過通俗而娛樂性強的故事來迎合大眾，達到商業目的，金庸小說就是一例。金庸小說利用武俠與愛情兩大元素，通過江湖門派的爭鬥，以民族大義為背景，譜照出一幕幕驚心動魄的場景，很自然成為當時通俗流行、廣受歡迎的作品。[24]50-60 年代的通俗文學以武俠小說為主導，代表作家有金庸、梁羽生、百劍堂主，其次是言情小說，代表作家如依達，代表作有《小情

24　讀者中，也有不少在尋找不涉及政治元素的作品，只視文學為娛樂消閒的手段，這亦是一般讀者在讀金庸小說時的一種自設的已知期望。可是，金庸小說與社會的關係十分複雜，難以一言撇除與當時社會政治氣候的關係，只是這種意識內化在小說之中而已。所以不少讀者在不自覺的情況下，把潛藏內心的渴求與欲望，借閱讀金庸小說而獲得相類似的快感。

人》、《垂死的天鵝》、《別哭湯美》等。當然依今天的言
情小說標準來看，依達的小說無疑是比較稚嫩與庸俗的，或
許對情竇初開的少女產生不少新鮮感和吸引力。隨後就是三
蘇在《大公報》和《新晚報》發表的連載小說，內容大多
以浪漫言情為主，也有以極具本土特色的「三及第」文字寫
成的記遊小說。[25] 簡單來說，此時期的通俗文學相當發達，
其中一個原因是嚴肅文學走向「左右」陣營兩極化的階段，
文學題材和內容千遍一律，對讀者而言是欠缺新鮮感的，因
此他們只能向通俗文學著手，希望尋找避開喧鬧煩擾的社會
問題的消閒讀物，甚至有作品走向極端，舊題新作，走消極
胡鬧的路線，如三蘇在《香港商報》連載《呂洞賓下凡》，
在《成報》連載《濟公新傳》、《八仙鬧香港》等小說。
黃仲鳴把這類作品歸類為「借仙諷今」小說。可見當時文
壇的多元化表現，嚴肅路線主要分成左右兩邊陣營，其次就
是通俗類分作武俠與言情，最後是以胡鬧為主的娛樂小說。
可見 50 年代小說的多元化面貌，但比較吊詭的是，當時雖
有五花八門的文類風格，但都主要是以政治和娛樂為兩大方
向，較少所謂純文學的本土文學類型，但在香港文學史上都
佔一席位，如舒巷城的本土小說，對香港 50 年代的風貌作
了深刻記錄。可以說，50 年代的香港文學是一種「多元文化」

25　所謂「三及第」小說，即是指以文言、白話、廣東話夾雜寫成的一
　　種文體。在 50 年代相當流行，並以三蘇（又名高雄）為代表，吸引
　　了大批讀者支持，甚至金庸於創辦《明報》初期，也一度力邀其加
　　盟，致使銷量上升。

結合而成的社會生態，套用張檸的說話：「傳統文學批評中
的『寫甚麼』、『如何寫』的問題，將要被『為甚麼這樣
寫』的問題所取代，實際上就是在討論文學實踐的當代文化
意義。」[26] 此話對解釋金庸小說從 50 年代開始引領武俠小說
風潮風靡全球的現象作了很好的註腳，金庸武俠小說的受歡
迎程度是由大眾來決定的，由此解釋大眾心理與社會走向都
是很好的出發點。金庸小說與「為甚麼這樣寫」的連繫不止
於作家的寫作動機和心態，應推向社會意識走向，以至大眾
心態等多方面。從「為甚麼這樣寫」出發，將推及「寫甚麼」
與「如何寫」兩方面，可以說是把問題從更深層處慢慢向上
推展的研究過程。

二、出版業的狀況

　　香港的出版業步伐算是起步較晚，自 1842 年開埠以來，
香港沒有一間正式的出版機構，由於市場的需要，出版機構
直到 50 年代才漸漸出現。因此 50 年代以前的中文及英文教
科書都分別由內地及英國傳入，可見大眾對出版業在 50 年
代以前是不甚渴求的。50 年代可以說是出版業的轉捩點，
當時大量文人南下，當中包括本身在大陸經營出版社或在出
版社任職的人士。一時間，香港人才濟濟，出版業得以迅速

26　張檸：《中國當代文學與文化研究》，北京：北京師範大學 2008 年
　　版，第 21 頁。

發展。在 50 年代以前，香港的書局兼營出版事務，如民生
書局、開明書局等，規模細少。直到 50 年代，在內地已具
一定歷史和規模的出版社在香港紮根，如三聯書店、商務印
書館、中華書局等，一直營運至今。據《世界出版業：港
澳卷》的分析，香港自 50 年代以前，出版業十分零落，只
有數家小型書局，出版一些武術類、醫卜星相類的所謂閒書
而已。原因是大眾生活困苦，要花費金錢在生活必需品以外
的書籍之上是不合理的。[27] 出版業與社會民生是不可分離的，
如果大眾民生境況陷入困境，出版業同時會受到影響。有趣
的是，50 年代中期因為武俠小說的興起，使缺少生氣的出
版業得到了發展的契機。《世界出版業：港澳卷》中說：「至
50 年代中期，新派武俠小說興起，著名作家梁羽生、金庸
相繼在報章刊出新武俠長篇，風靡一時。1955 年，偉青書
店首先出版新武俠小說（也出其他讀物），三育圖書公司、
環球出版社跟著大量出版武俠小說，並出版《武俠世界》月
刊。新武俠書不僅暢銷香港，且遠及世界五大洲有華僑的地
區，其中以泰國為銷量之冠。特別是金庸的武俠小說，歷數
十年不衰。」[28] 此說明香港新派武俠小說的興起與出版業的
蓬勃產生了關係，新派武俠小說的出現，間接令香港的出版
業變得興旺起來。由於讀者人數眾多，不單是書籍類，報刊

27　沈本瑛、馬漢生：《世界出版業：港澳卷》，北京：世界圖書出版公
　　司 1998 年版。

28　沈本瑛、馬漢生：《世界出版業：港澳卷》，北京：世界圖書出版公
　　司 1998 年版，第 3 頁。

類同樣受到新派武俠小說的出現而蓬勃起來。50 年代初期的出版社主要有南移的商務、三聯、中華等，其次是帶有政治意向的友聯、人人、亞洲等，再而就是專出版武俠書籍的偉青、三育、環球了。大眾生活水準不高亦是出版業紛陳的原因之一。上茶樓、看報紙是當時香港這個富有廣東文化之地的大眾最喜歡做的事，大眾消費力不高，但對於報紙及書本這些花費不多的閱讀對象，是完完全全應付得來的。愛好通俗讀物是大眾一貫的習慣，因此紛陳的通俗傳播載體在50-60 年代如雨後春筍般湧現。自 50 年代始，至 80 年代，香港的出版業都一直蓬勃地發展著。如陳才俊所言：「70 年代中葉，香港經濟、科技的革命性振興，更使香港的出版業具有了劃時代發展。香港一躍而成為全球性的三大中文出版基地之一。80 年代以來，香港出版業更加繁榮，圖書市場更加活躍，圖書經營範圍已擴展到港版、內地版、臺灣版及世界各國出版的圖書。香港的圖書市場除滿足本地讀者需求外，也面向海外。」[29] 由於香港屬極重視商業生態的地區，出版業的最大宗旨是謀利。因此，通俗出版物得到空前的重視，不單內容需要吸引大多數大眾讀者，印刷也需講究，如此才能吸納大眾選購。

　　有人說：「談論香港『文學』的外緣因素，一是當地居

29　陳才俊：〈20 世紀的香港出版業〉，《東南亞研究》，2001 年第 1 期，第 43-44 頁。

民的結構，一是當地政府的政策。」[30] 當地居民的結構或背景，以及當地政府的政策，固然是影響香港文學發展的重要因素，香港政府對文藝圈的姿態卻不應極端地被形容為不干預。雖然香港政府在文藝發展方面，給予很大的空間，然而我們不能忽視 50 年代以來，「左右」陣營對壘，借文藝來成為一種角力的手段或工具，是一種政治或文化上的意識形態措施。當時的文藝圈，並未有清晰劃分流行文學與嚴肅文學，兩者之間存在互涉的關係，「左右」陣營每多利用稿費多吸引作家寫作，書寫為自身陣營搖旗吶喊的作品，甚至為了吸引的稿費而違反自身意願的也大有人在。而當時左派重要陣營，除了文藝雜誌如《小朋友》、《青年樂園》以應對美國「亞洲基金會」出資支持的《兒童樂園》、《中國學生周報》外，報刊有《文匯報》、《大公報》，還有較後期，在 1950 年才創辦的《新晚報》，都是應對著《香港時報》、《快報》的文藝副刊。有趣的是，金庸先後連載武俠小說的報刊，都是左派陣營的，如《新晚報》和《香港商報》。[31]這或許同金庸曾於《新晚報》工作和起家有關。姑不論動機

30　黃繼持：〈香港文學主體性的發展〉，張寶琴、邵玉銘、瘂弦主編：《四十年來中國文學》，臺灣：聯合文學出版社有限公司 1995 年版，第 412-413 頁。

31　金庸起家之作《書劍恩仇錄》於 1956 年起連載於《新晚報》，其後《碧血劍》於 1956 年起連載於《香港商報》，《射雕英雄傳》於 1957 年起同樣連載於《香港商報》，《雪山飛狐》於 1959 年起連載於《新晚報》，《飛狐外傳》於 1960 年起連載於《武俠與歷史》。其餘小說陸續發表於 1959 年創辦的《明報》。（參陳鎮輝：《金庸小說版本追昔》，香港：匯智出版社 2003 年版，第 52-53 頁。）

如何，我們可以看見的客觀事實是，武俠小說作為一種流行讀物，其政治意識相信是薄弱的，因為大多讀者都不會認真思索和考究當中的意識形態，加上武俠小說的焦點都投放在情節新奇、武功吸引等之上，當然我們不能忽視的是當中的民族意識，此跟中國傳統文化一脈相承。可以假設的是，如果金庸小說發表於當時的「右派」陣營報章，其閱讀人數相信不變。因為大眾讀者關心的只是武俠小說的娛樂功能，以及其實在的中國文化味道。何況，金庸小說的政治味道薄弱，我們可以視之為 50 年代香港文學的一種特殊現象，在「左右」兩大文學主流意識中，幸得以保存下來，而其受眾人數以至文學價值都是在最高位的。歷來眾多偉大的小說無非是對人性的揭露，《笑傲江湖》是一顯例，它可以放諸任何年代皆能解讀，這是金庸小說中唯一沒有注明年代的一部小說。簡單來說，金庸在 50 年代找到比較風行的報章來連載其小說，沒有捲入「左右」文學對壘的陣營之中，為 50 年代香港文學作了簡單而明確的註腳，反映當時受眾的喜好，以及對當時社會氛圍作了很好的紀錄。

香港與中國大陸唇齒相依是鐵一般的事實。古代文獻常見有關香港的記載，例如《新唐書‧地理志》已有香港西北新市鎮「屯門」的名字，並用作屯兵之用。唐代的韓愈和劉禹錫都分別寫有詩句提及「屯門」。[32] 其實與英人於 1842 年

32　劉蜀永：《香港史話》，北京：社會科學文獻出版社 2000 年版，第 10 頁。

簽訂《南京條約》以前，香港一直屬廣州府新安縣管轄。近代比較詳細記載香港歷史的，可看清嘉慶年間的《新安縣誌》，其中的《輿地略都里志》雖沒有「香港」之稱，但已有不少現時香港地名的出現，例如「長沙灣」、「土瓜灣」、「九龍塘」、「沙田」、「屯門」等等，地名一直沿用至今。[33] 由此種種，都能充分說明香港與廣州、與中國大陸的關係。1842 年香港島雖因《南京條約》而割讓予英國，但無礙與中國大陸的往來，例如經濟貿易。英國政府奪取香港，目的是借香港的特殊地點，利用這個缺口，採取經濟和軍事措施意圖佔領中國。

　　由於香港地處中國大陸邊陲，又是對外的主要貿易港口。這使香港的語言環境和文學氛圍都是與別處不同的。鄭樹森曾說：「如果將香港的文學成長放在大英帝國在全世界殖民的漫長歷史來觀察，香港的情況相信是獨一無二的。」[34] 鄭樹森的觀察可謂十分獨到。香港相比起其他有著長時間被英國殖民統治的國家來說，其語言和文學環境生態都是不同的，到底是港英政府沒有強加英語教育予香港，還是香港這個特殊環境，令到本土話（粵語、白話）得以倖存，繼續成為創作的主流文字？

33　葉靈鳳：《香島滄桑錄》，香港：中華書局有限公司 1989 年版，第 1 頁。

34　鄭樹森：〈談四十年來香港文學的生存狀態——殖民主義、冷戰年代與邊緣空間〉，張寶琴、邵玉銘、瘂弦主編：《四十年來中國文學》，臺北：聯合文學出版社 1994 年版，第 50 頁。

　　香港既受英國殖民影響,保留以白話、粵語方式自由寫作的特色,同時逃不開文學與政治的關聯(50 年代左右陣營對壘)。看似跟中國大陸關聯不大,實則相反,自 30 年代抗戰時期開始,南來作家一批一批南下,為香港文壇增加不少養份。這正是香港文學,甚至是香港文壇有趣的地方。籠統來說,這個生態現象是由中國大陸和港英政府的政治影響,以及南來和本地作家的寫作動機和心態,再加上南來和本地居民的喜好和習慣而促成的。當然,如果香港不是地處中國大陸邊陲,一切往後的事情都不會發生。英國人在 1842 年發動「鴉片戰爭」,清廷戰敗,被迫簽下不平等條約──「南京條約」,把香港島割讓給英國。1860 年清廷再戰敗,被迫簽下「北京條約」,割讓九龍半島予英國人。直至 1898 年,清廷與英國簽訂「拓展香港界址專條」,把新界租予英國,為期 99 年,至 1997 年止。正如前文所述,當初英國人奪取香港,目的有二,一是為進攻中國建立入口據點,二是借英人義律所指的香港「水深港闊」的優勢,來發展貿易港口,以達到經濟利益。因此往後許多的放任政策(包括海關和教育)都間接為香港文壇提供很好的寫作養份和自由,令 50 年代文壇風氣興盛。自 1842 年至 1971 年,香港的人口由 1.2 萬升至 400 萬,人口都主要來自中國大陸。[35] 可見香港的地理位置造就中國大陸人才的流入。以文藝圈來說,當中最

35　王宏志:〈談香港文學的跨地域性〉,《本土香港》,香港:天地圖書有限公司 2007 年版,第 113 頁。

明顯或是最重要的影響，當然是 30 至 50 年代南來作家對香港文壇的付出。雖然很多作家都無心寫作，只為糊口而寫一些有違意願的作品，例如侶倫、路易斯、徐訏等都是顯例，但當中不乏具文學特色的作品，如趙之蕃的《半下流社會》對當時低下階層作了深刻的記錄。而當中有部份作家都有所謂「腳踏兩家船」的情況，即是一邊寫通俗小說或政治小說糊口，即一邊寫自己喜歡的嚴肅小說，例如李輝英一邊寫通俗小說，一邊可以寫下嚴肅小說《人間》。[36]

另一方面，由於香港的特殊地理位置，對於吸收外來事物，也起到積極作用。例如馬朗於 1956 年創辦《文藝新潮》，借此引介西方現代主義，為小說創作帶來新氣象。值得一提的是，在「賣文為生」風氣旺盛的 50 年代，《文藝新潮》可謂異數，因為雜誌是不發稿費的。可以想像得到，當時為雜誌發稿的作者都抱著怎樣的心態，他們都純粹以文學的角度出發，縱使收不到稿費，得不到廣大讀者喜愛（加上《文藝新潮》本身屬非通俗雜誌）也在所不惜。《文藝新潮》對西方文學作品以及文學理論的譯介，都為香港文壇帶來新氣，除了影響 50 年代文壇，更間接影響著 60-70 年代的文壇主流，例如崑南、西西、也斯等作家。同時，在地理位置上，香港接近臺灣，臺灣所受到的西方文藝思潮影響，發端於 60 年代。當時臺灣大學的劉紹銘、白先勇、陳若曦、

---

36 劉以鬯：〈五十年代的香港小說———九九七年一月五日在第一屆香港文學節研討會上的發言〉，劉以鬯：《暢談香港文學》，香港：獲益出版事業有限公司 2002 年版，第 129 頁。

王文興創辦的《現代文學》雜誌由英國新聞處出資，承繼夏濟安、吳魯芹、劉守宜於 1956 年創辦的《文學雜誌》。創刊於 1956 年的《文學雜誌》和 1960 年的《現代文學》同樣是以提倡文學創作、發揚西方現代主義為宗旨的。這些文學雜誌的刊行，影響了香港文壇的不少作家，例如 1963 年崑南與李英豪創辦《好望角》，就是旨在繼續發揚西方現代主義文學。[37] 所以說，香港位處大陸邊陲而受英國管治，文壇就像一個漩渦，把各式各樣的文學作品都吸納進去，不消說的左右派文學，還有本土文學，甚至受臺灣影響的現代主義文學，形成獨特的文壇生態。

在「親共」與「反共」文學兩大股洪流的主導下，像金庸小說這樣的「脫離」政治的文體，仍然可以在兩者的夾縫中得以生存，實屬不易。黃繼持曾提出一個很重要的概念，他說：「香港的報章副刊與通俗讀物，至少在『量』上極為可觀；嚴肅文學雖在縫隙生存，其實也綿延不絕，文學雜誌此蹶彼起，同人刊物隨時冒生，副刊編輯中之有心有識者也能善用機緣，扶掖後進，提升素質，在政治化與商品化的兩極偏向之外，開闢文學的『藝術性』與『人文性』。」[38] 這說明香港文學過去的生存狀況，雖繽紛但偏重於通俗，影響

37　鄭樹森：〈一九九七前香港在海峽兩岸間的文化仲介〉，《縱目傳聲》，香港：天地圖書有限公司 2004 年版，第 244 頁。

38　黃繼持：〈香港文學主體性的發展〉，張寶琴、邵玉銘、瘂弦主編：《四十年來中國文學》，臺灣：聯合文學出版社有限公司，1994 年，第 418-419 頁。

後人對香港文學的觀感與評價。在如此艱難的生存環境下，仍能有多元化的平臺實屬難得。當時，報紙是最重要的傳播媒介，其中一個例子，就是金庸的辦報過程。金庸於 1959 年創辦《明報》，在當時來說，的確不易，但相比今天的香港，要籌辦一份報紙，必然比當年艱難百倍。現時在香港辦報，除了有足夠的資金之外，還要通過繁複的法律條文。50 年代前，香港報紙的主要銷售對象主要是內地讀者；50 年代後，港英政府修訂入境條例，不容許中港兩地居民自由進出。內地政治風雲變色，令香港的媒體氣候產生了變化，當時坊間報紙大多以發揚政治立場為目的，政治立場清晰明顯，報紙主事人的政治立場正是報紙的政治立場。《明報》當時採取中立偏右的立場，得到一些香港讀者的認同，連載的武俠小說又似乎遠離政治氛圍，因此銷售成績良好。

第三節　香港作家的創作實踐路向

由於有大眾對閱讀的需求，加上政治左右陣營希望借文章來達到自己的目的，因此社會對作家的需求殷切。當時社會的作家背景多樣，但都屬香港作家。香港作家的定義可襲用黃繼持的說法，他把香港作家分為四類：「第一，土生土長，在本港寫作、本港成名的；第二，外地生本土長，在本港寫作、本港成名的；第三，外地生外地長，在本港寫作、本港成名的；第四，外地生外地長，在外地已經開始寫

作，甚至已經成名，然後旅居或定居本港，繼續寫作的。」[39]
回看 50 年代的文壇狀況，以以上四類作家為主導，金庸屬
第三類，在浙江出生、求學、工作，後來在香港《新晚報》
工作，受主編羅孚所邀開始撰寫武俠小說並成名。不論梁羽
生還是金庸，相信起初寫武俠小說都是抱著嘗試的心態，因
為武俠小說一向給予人一種通俗，欠內涵的感覺。相隔 30
年左右，民國時的舊派武俠小說，一向被人嗤之以鼻。雖然
如此，武俠小說卻又是受到低下階層普遍喜好的小說種類。
張恨水在《論武俠小說》中說：「中國下層社會，對於章回
小說，能感到興趣的，第一是武俠小說。」[40] 武俠小說能存
活於低下階層之中，究其原因，是他們都有俠義（一種鋤強
扶弱）之心，所謂「仗義每多屠狗輩」，恰恰在大眾巷裡之
中，卻隱含著最有正義感的一群人。《鹿鼎記》開首講述韋
小寶巧遇茅十八，知悉茅十八乃危險人物，茅十八叫他遠離
自己，韋小寶卻道：「他媽的，殺就殺，我可不怕，咱們好
朋友講義氣，非扶你不可。」[41] 後來知悉茅十八乃朝廷欽犯，
逮得可得千兩銀子，雖有點心動，但終究以義氣為先。到得
後來，康熙要斬殺茅十八，韋小寶卻巧施小計，把馮錫範與
之調包，救了「好朋友」。可見，在最潦倒之時，韋小寶不

39　黃維樑：《香港文學初探》，香港：華漢文化事業公司 1985 年版，
　　第 16 頁。

40　張恨水：〈論武俠小說〉，芮和師等編：《鴛鴦蝴蝶派文學數據》（上
　　冊），福州：福建人民出版社 1984 年版，第 136-137 頁。

41　金庸：《鹿鼎記》，香港：明河社出版有限公司 1981 年版，第 54 頁。

會為千兩銀子出賣新結識的朋友，當加官晉爵後，仍只出於義氣，設法救助朋友。這是純義氣的表現，背後沒有利益的計算在內。

50 年代香港人身份複雜，可謂沒有所謂香港人的身份意識。大多勞動的低下階層，只有謀生的念頭，思想簡單直接，鄰里間亦因生活困難而關係良好，互相幫助。在生活困迫的境況下，人與人之間的關係變得親密，雖然他們對香港沒有多少正面的感情，包括作家。前文所提及的王韜，有論者把其在香港的寫作和生活模式稱作「王韜模式」，並以此來研究往後，特別是 50 年代後的南來作家的相關寫作和生活模式，認為大部份南來作家都抱著跟王韜一致的心態留港寫作。42 不論專業作家或普羅大眾，他們雖對香港這片殖民地沒有多大感情，但中國人互助互愛的精神，都能在社區中體現出來。閱讀武俠小說，就能產生共鳴的效果，小說中不論是聯手對抗外敵的漢人英雄，或江湖中重情重義的癡情兒女，都能令港人產生崇拜感，以至是中國文化在心靈中的一點慰藉。相信大部份南下的中國人，對香港的感覺就如金庸 1947 年初來港的感覺一樣：「有點到了鄉下地方的感覺」、「感覺是從大城市到了一個小地方。當時香港的城市建設比

---

42 「王韜模式」由王宏志提出，他認為大部份南來作家都跟王韜一樣，不喜歡香港，一心抱著回歸中國大陸的心態而留港，完全是一種過客心態，因此不太會認真寫作，縱使寫作，也不大會以香港為主題。（王宏志：〈「借來的土地，借來的時間」：香港為南來文化人所提供的特殊文化空間（上編）〉，《本土香港》，香港：天地圖書有限公司 2007 年版，第 30-75 頁。

上海差好幾倍，甚至連杭州都不如，真有些看不起哩」。[43]
可以說，當時金庸與大眾心理接近，對故鄉祖國有著濃厚的
感情，因此其武俠小說都離不開家國山河，以至中國俠客文
化。可以說，金庸小說在香港借這個小平臺寫中國大陸大舞
臺的家國民族大事。

一、不為名利的寫作

　　這個部份打算討論在當時堅持撰寫嚴肅文學的作家，他
們有不少是「南來作家」。所謂「南來作家」，迄今在學術
界也沒有一致的定義。從廣義來說，如本身自大陸南來的香
港作家陶然所支持的，凡有大陸教育背景的，而不論年份、
時期南來香港的作家，皆為「南來作家」。[44] 從狹義來說，
如本身研究香港文學的學者盧瑋鑾所支持的，「南下」後沒
有「北返」的、「南下」後才開始寫作的、70 年代以後來
港的，統統都不能納入「南來作家」的範疇。[45] 以上為「南
來作家」呈現出比較兩極的定義，皆不可取。我們應該折取
中間點，筆者認為「南來作家」的定義，是指與中國大陸關

43　傅國湧：《金庸傳》，北京：北京十月文藝出版社 2003 年版，第 108
　　頁。

44　轉引自計紅芳：《香港南來作家的身份建構》，北京：中國社會科學
　　出版社 2007 年版，第 4 頁。

45　轉引自計紅芳：《香港南來作家的身份建構》，北京：中國社會科學
　　出版社 2007 年版，第 3 頁。

係密切的作家，包括內地出生、成長、受教育、寫作、出版
的，但須視乎程度而言，例如香港作家西西 1938 年在上海
出生，12 歲來港讀書，然後從事文藝寫作。由於在內地的
時間短暫，我們都不會把她定為「南來作家」。趙稀方甚至
把南來作家分作兩類：第一類是 1949 年後來港的，如唐人、
劉以鬯；第二類是 70 年代來港的，如陶然、東瑞。[46] 然而本
書則集中討論 50 年代前後那一批南來作家，因為其影響不
論是對香港或是香港文壇，都比 70 年代那一批來得深遠。

　　50 年代香港的文壇可以說是歸功於「南來作家」，雖
然他們抱著過客的心態留港，但從今天的角度回看，他們仍
為當時香港文壇作出了不少的貢獻。劉以鬯說：「五十年代
初期，香港出現難民潮，許多知識份子從內地來到香港，很
快形成新的文學時風，使香港文學由一種形態轉化為另一種
形態。」[47] 所以當時又有所謂「難民文學」，因為當時大部
份作家的作品，都是以移居香港的難民生活作為主題的。例
如著名的趙滋蕃的《半下流社會》、舒巷城的《香港仔的月
亮》等等。甚至有學者認為如果沒有「南來作家」到港，
香港文學根本無甚可觀。當然此話說得頗為極端，但不無道
理，內地南來作家為香港文壇帶來新氣象，除了本身的文學
作品外，其寫作行為同時刺激同時期的本地作家，令他們更

46　趙稀方：〈評香港兩代南來作家〉，《開放時代》，1998 年 6 月，第
　　67-73 頁。

47　劉以鬯：〈五十年代的香港小說〉，《暢談香港文學》，香港：獲益
　　出版事業有限公司 2002 年版，第 124 頁。

積極投身寫作事業。回顧 50 年代的香港文壇，具影響力的作家如劉以鬯、金庸、梁羽生、葉靈鳳、黃谷柳、趙滋藩、李輝英、張愛玲、思果、高雄、徐速、曹聚仁、徐訏等等，都是先後來港的內地作家。他們有的成名於內地，有的在香港成名，但在內地已開始寫作，以作家身份在文壇亮相已久，因此粗略也歸類為「南來作家」。在他們的影響下，本地土生土長的作家如舒巷城、侶倫、夏易的光芒稍被上述作家所掩蓋，但仍不減其文學價值，他們代表著的是本土色彩的本地文學，在 50 年代文壇仍佔一重要席位。

　　研究香港文學的專家學者盧瑋鑾說：「他們（50 年代南來的人）對香港社會，除了貧窮，其他所知不多。況且，暫時還有寫不盡的鄉愁，他們還沒有必要接觸香港社會素材。五十年代中葉以後，他們已開始熟習香港生活，也為了謀生，執筆時還得迎合讀者或報刊老闆的口味。」[48]可以說，「本土作家」與「南來作家」在當時不期然分擔著不同的角色，前者寫香港，盡顯香港特色和味道；後者直接寫到香港時總是不怎麼得心應手，甚至不盡不實。如黃谷柳的《蝦球傳》，背景是香港，但取材傾向內地，故事結尾主角投身內地共黨遊擊隊，更可說明作者和小說的內地色彩。金庸小說同樣不以香港為故事的重點，甚至看似完全與香港無關。過去研究者如馬國明在〈金庸的武俠小說與香港〉則探析金

48　盧瑋鑾：〈「南來作家」淺說〉，張寶琴、邵玉銘、瘂弦主編：《四十年來中國文學》，臺灣：聯合文學出版社有限公司 1994 年版，第403 頁。

庸小說情節內容與 50 年代香港殖民化的關係，還舉了《書劍恩仇錄》、《碧血劍》等小說以說明民族主義與西方文化入侵的衝突與矛盾。[49] 可見金庸小說雖不以香港為故事背景或表面不涉香港物事，然而從隱喻或關聯的角度展開探索的話，置金庸小說於 50 年代香港的生活環境來看，馬國明之研究仍有可取之處。因為從宏觀的角度來看，金庸的寫作動機和歷程，都與 50 年代香港生活節奏息息相關，不可分割，更何況當時發表於每日連載的《新晚報》、《明報》之上，讀者的期望與反應，都對小說情節起著重要影響。要不是這樣，金庸和梁羽生都不用在同期的《三劍樓隨筆》交代故事人物身世，與讀者互動交流，可見他們的寫作並非閉門造車，何況他們寫的是以讀者為主的通俗小說。

香港「本土作家」在 70 年代以前從未受到過重視。一直到 70 年代本土意識萌芽之後，香港土生土長的作家以及具有香港特色的文學作品才受到大眾矚目。因此，50 年代前後的「本土作家」更為人忽略了，例如舒巷城、侶倫、金依、夏易。他們的光芒過去一直被 50-60 年代的分屬左右陣營的作家所掩蓋。然而，如要瞭解 50 年代香港本土特色的小說，當從「本土作家」的作品著手，因為其作品純以香港人的角度來描寫地道的香港色彩，當中包括香港的風俗文化，以至傳統習慣。他們不為當時風頭極盛的左右文風所影

49　馬國明：〈金庸的武俠小說與香港〉，張美君、朱耀偉編：《香港文學@文化研究》，香港：牛津大學出版社 2002 年版，第 476-482 頁。

響，單單以本土風格和特徵來作為寫作的材料元素，如非香港土生土長的作家，當難以寫出這些作品，因為從其作品的文字之間，很容易感受得到當中對香港的感情來。例如舒巷城的代表作《鯉魚門的霧》，運用了充滿感情的筆調以及平實的文字，來寫出 50 年代鯉魚門漁民的生活面貌，乃至人物之間的真摯感情。[50] 相比起「南來作家」，「本土作家」的作品不論是題材或表現手法上，都無疑是較為單一的。然而，正是這種單純性，讓我們很容易地從作品中找到 50 年代的香港面貌，這些作品大多以香港的人和事來構建，內容主要描寫香港小人物的故事，充滿著地道的本土色彩。

過去談及香港本土性的作品，大多只從 70 年代談起，指涉的對象如西西的《我城》、也斯的《剪紙》、劉以鬯的一系列微型小說等等，這些作品除了表現香港的地道色彩外，同時引介西方自 60 年代起傳入本土的文學思潮，當中包括文學的內容思想及表現手法，引介的管道如作家崑南在 60 年代創辦的文藝雜誌《好望角》等，除了翻譯西方文學作品，同時作為發表現代主義的本土作品的平臺。70 年代可謂本土意識的覺醒期，亦是滲透及表現西方現代主義的新穎手法的萌芽時期，當中不乏 50 年代來港的「南來作家」，如著名作家劉以鬯、西西等，同時有土生土長的作家如也斯、吳煦斌等，然而在此時期的作品雖各有「南來作家」及

---

50 區肇龍：〈五十年代的香港書寫──舒巷城小說析論〉，《文學論衡》，香港：香港中國語文學會，2014 年 12 月，第 58-71 頁。該論文選了三篇舒巷城小說，用以說明 50 年代香港本土小說的特色。

「本土作家」為文學創作的要員，但雙方都大多以西方文學手法來表現香港的本土特色，相較 50 年代由一批土生土長的作家所寫的作品而言，畢竟地道色彩顯得較為暗淡。因此談及「本土作家」抑或流露本土意識的作品，當把焦點集中在 50 年代的階段之上，代表作家除上述所談及的舒巷城外，還有侶倫、夏易等。他們的作品大多從香港的角度出發，呈現香港本土色彩，透過種種香港風俗等元素來突顯 50 年代的香港生活面貌。如侶倫的《窮巷》，把香港地道的底層生活艱苦的一面表露無遺，發展到 50 年代末段，他所發表的如《無盡的愛》等愛情小說，則富有華洋雜處的香港特色，相較前期的純香港味道的小說來說，似走向通俗的商業愛情小說之路。侶倫的長篇小說《窮巷》寫於 1948 年，至 1952 年完成，屬第一批香港新文學作品，內容主要寫香港戰後的社會狀況。從書名可見，是要突顯當時大眾的「窮」況。雖然看似在當時來說被視為極普遍的題材，但今天回顧，實屬罕見，有論者更說：「當時文壇，像《窮巷》這樣描繪戰後社會的作品，可謂絕無僅有，更見其可貴之處。」[51] 這反映當時文壇大都以左右陣營的作家為主，作品的主題內容大都忽略當時 50 年代的香港貧窮狀況，或者可以說是沒有具體表達或沒有如《窮巷》般以此為小說的表達對象。小說中的角色「高懷」一直被認為是侶倫的影子，不論是其作家身

51　黃志江：〈從侶倫《窮巷》看戰後的香港社會〉，《文學評論》，香港：香港文學評論出版社，2010 年 12 月，第 83-93 頁。

份還是行徑作風，都與侶倫不謀而合。或許從小說的若干對話，找到侶倫對當時通俗文學的看法。小說人物高懷曾說：「有寄生蟲的地方，便是因為那塊地方根本有著容許寄生蟲寄生的地盤。」[52] 很明顯，侶倫討厭當時香港某些為了賺錢而刻意撰寫迎合讀者口味小說的作家。事實是，「本土作家」中，的確未見有投向商業通俗文學之路的。同時，在 50 年代的香港，我們找不到撰寫武俠小說的「本土作家」，新派武俠小說作家的代表人物如金庸及梁羽生等，都是「南來作家」的一類。

二、為了糊口的寫作

在當時，其實有更多作家，因為糊口而寫下一些自己不喜歡的作品，可以說是純以賣文為生。要像金庸般，可以寫下自己喜歡的東西，而受大眾歡迎，又可以收入豐厚，為數極少。在剛過去的 20 世紀，從 1919 年「五四」的文學革命至新中國成立的 1949 年，我們一向稱為「現代文學」時期，或是稱為「現代文學三十年」。[53]「五四」的出現，令文學承繼著過去「文以載道」的核心精神，在 20 世紀前中國處

---

52 侶倫：《窮巷》，香港：香港三聯書店有限公司 1987 年版，第 94 頁。

53 當然，仔細來看，有些學者認為，新文學的起點，可推前至黃遵憲在《日本國志》中提出的「言文合一」的 1887 年。（嚴家炎：〈中國現代文學的「起點」問題〉，《文學評論》，2014 年 02 期，第 21 頁。）但是，這裡依從「五四」發生的 1919 年，以方便討論，亦是大眾廣為接受的「起點」。

於內憂外患的境況之中，知識份子抱著救國救亡的背景下，魯迅、胡適、茅盾等都付出很大程度的努力，試圖以文學來令國人反思，喚起對中國前途關注的熱情。當時的武俠小說則只落於純娛樂的功用，跟社會大氣候的關聯似乎不大，武俠小說只屬小道。然而香港 50 年代的大眾文學，尤其是武俠小說，則與社會關聯甚大，甚至可以說，它的出現是回應廣泛讀者的熱切需求。武俠小說一直被扣上「通俗」、「消閒」、「娛樂」的帽子，難登大雅之堂，甚至武俠小說作者自己本身也對武俠小說嗤之以鼻。流行文學大家張恨水曾在〈論武俠小說〉中說：「武俠小說，除了一部份暴露的尚有可取而外，對於觀眾是有毒害的。」[54] 過去有不少作家，由於經濟問題，迫不得已賣文為生，這裡所謂的文，當然是指流行文學，為大眾喜愛的文學。因此不少作家為了迎合大眾口味，而創作不少有違自身寫作風格和思路的作品。20 年代的張恨水就是其中一位，他雖以人稱「鴛鴦蝴蝶派」的流行文學起家，然而卻蔑視流行文學，尤以武俠小說為甚。回顧香港的文壇狀況，50 年代可謂香港文學頗為重要的轉折時期，「南來作家」的南下，報紙副刊風氣之強盛、30 年代在港出生而經歷過二次大戰的一群，如此種種，都對 50 年代的香港文壇產生了明顯的影響。50 年代前的香港文學可觀性不高，只有零星的詩和小說。50 年代後，出現百花齊放

54　張恨水：〈論武俠小說〉，芮和師等編：《鴛鴦蝴蝶派文學數據》（上冊），福建：福建人民出版社 1984 年版，第 138 頁。

之局面，「左右」翼的角力場演化成文藝鬥爭，搬到香港上演，形成兩大陣營，當時的「左右」陣營分別利用稿費來吸引「南來作家」和「本土作家」撰寫帶有政治立場的小說，在報紙和文藝雜誌上發表。可見，50 年代對於中國大陸和香港的文學都是一個重要的時期。從香港的角度去看，1949年中共建政令一批作家南移至香港，為香港提供重要的養份，因為「南來作家」之中，有不少是富有實力的名作家，例如劉以鬯、陶然等。他們後來都為香港文學作出了不少貢獻，如先後主編了 1985 年創刊的，作為香港文學重要發表平臺的《香港文學》雜誌。同時間，兩大陣營對文學作品的鼓吹，間接令大眾的閱讀風氣有所提高，令文學與生活緊緊扣在一起，密不可分。當時的報紙、雜誌都有一定的銷量，除了是由於閱讀風氣旺盛，更重要的是因為當時的消閒活動不多，大眾大多依靠文學來打發時間，其次就是看電影和聽戲了。

　　具體來說，當時「本土作家」和「南來作家」因謀生關係而被迫寫下不少有違意願的作品的情況十分普遍，有的關乎政治取向，有的關乎寫作原則（流行文學與嚴肅文學之間），例如著名的香港作家劉以鬯就曾說：「那時期，從內地來到香港的知識份子，因人地兩疏，謀生不易，祇好煮字療饑。」[55] 此話道出當時作家的悲哀。50 年代為當代文學的

55　劉以鬯：《香港短篇小說選（五十年代）‧序》，香港：天地圖書有限公司 1997 年版，第 2 頁。

發端，乃跟中國大陸政治氣候改變關係密切。其實自40年代開始，香港已有不少「南來作家」駐紮，他們主要分作兩批，一批是左派作家，另一批是右派作家。他們都是抗戰時期和國共內戰時期南下的，而1949年後，即50年代開始，香港的左派作家返回中國大陸，右派作家則留港或遷臺，同一時間香港陸續湧入一批批的右派作家。可以說，香港的40-50年代文壇生態與中國大陸的政治氣候關係密切，直接影響香港文壇的作家人數以至質素。同時間，港英政府對香港文壇的「放逐」或是不干預，都形成一個頗為特殊的文藝生態。這個時期的香港文壇籠統可分作三種情況：第一、「左右」陣營借香港相對自由的文壇，各自借文藝刊物來發聲，形成一個百花齊放的局面，主要分成「左右」翼兩大意識形態；第二、同一時間，容許少量嚴肅文學的生存和出版，因為讀者不多，稿費不高，從事嚴肅文學創作的作家不多，堅持和倖存下來的少之又少；第三、從事流行文學的創作，迎合當時大眾的口味，主要是連載於報章副刊，稿費相對較高，因為讀者人數眾多。第一種情況是50年代香港文壇的主流，或稱為兩大洪流，左派的如嚴慶澍用「唐人」筆名在《新晚報》發表的《金陵春夢》，右派的如林適存在《香港時報》發表的《紅朝魔影》，都是著名的對壘例子。第二種情況較少，大多屬「本土作家」的作品，因為「南來作家」大多抱有「過客」心態，鮮有用心純為文學本身寫作，甚至不願從事寫作，例如葉靈鳳來港後只從事有關香港歷史的研究，出版了幾冊關於香港掌故的書，例如《香港方物志》。而鮮有如本土作家舒巷城般，一心為文學而寫作，其作品如

《香港仔的月亮》、《霧香港》、《鯉魚門的霧》，都直接
反映當時香港人的貧困生活，同時極富香港本土色彩。其他
顯例如曹聚仁的《酒店》和侶倫的《窮巷》，直接反映當時
低下階層的生活面貌，同是為文學而寫作的嚴肅作品。第三
種情況算是頗為普遍，尤以武俠小說為甚，金庸小說正是此
類。在報刊連載，迎合大眾口味，因此往後幾十年仍為人傳
頌。中國大陸對武俠小說的禁止，是導致香港 50 年代文壇
得以讓武俠小說開花結果的重要因素。在抗戰後的大眾武力
情緒一下子得以釋放，又加上在香港這個英國殖民統治的地
方，民族意識在武俠小說中得以伸張，都是香港本土對武俠
小說發展的重要因素。其後的發展，「四人幫」倒臺後，國
家社會開放，被禁多年的通俗文學，尤其是武俠小說，受到
廣泛讀者的歡迎，是繼民國時期的一個重要承繼，因此 80
年代後，中國大陸大眾對武俠小說的熱忱直至今天仍未中
斷。80 年代開始，國家政策越見開明，陸續有武俠小說，
當中有香港的，也有臺灣的傳入，一時間洛陽紙貴，人人爭
相捧讀，導致供不應求的情況。

第四章

從武俠小說類型看
金庸小說的創作發生

　　金庸小說的創作發生，不單為社會大眾和文壇注入了新元素，還為武俠小說體裁進行了革新。20 世紀初才出現「武俠小說」一詞。在中國文學的源流中，明清時有公案小說和俠義小說，它們都把焦點放在「俠」[1] 而非「武」之上。而更古遠的，如唐時的傳奇、宋代的話本、六朝的志人志怪類小說，都對「武」沒有仔細的描寫，而「俠」的概念也相當模糊。而《史記》的「英雄」事蹟，更談不上跟「俠」有關了。

　　文學的創造跟文學的吸收與改造關係密切，童慶炳說：「文明的多樣性、文學藝術的多樣性，是人類社會的客觀存

1　歷來，「俠」有不同的定義，這裡所指的，是以儒家「仁、恕、誠、孝」作為規範的道德標準。中國文學中的「俠」其實是很有趣的產物，它既主張「仁」（以現代的「俠」而言），又會因「仁」而棄「恕」（如殺人）。因此它是必須結合「武」才能體現中心精神出來的。

在。」[2] 這段說話本身針對中國文學藝術與世界文學藝術而言，而我們單單放諸武俠小說類型則更見說服力，因為同一種文學小說類型的互相借鑒和吸收是更為明顯及必要的。

　　金庸小說屬新派武俠小說，比 20 世紀初的舊派武俠小說更重視「俠」的元素，甚至以「俠」為主，「武」為輔。然而，這種突破與創新，其實是對舊派武俠小說的借鑒和吸收的結果。再者，香港 60 年代對於西方文藝思潮的引介，對金庸小說的創作起了很大的影響。另外，金庸小說在同類作品中，是唯一作者自發地作出兩次大規模修訂的作品，除了反映作者精益求精的精神，也反映金庸小說的影響之大。從比較文學的研究角度來說，[3] 所謂的比較文學理論學派，可分為法國學派和美國學派，前者重視實例、證據，強調文本的影響和傳遞性；後者則不理會文本間的具體影響，而只關注平行比較，以反襯各自的特色。要做到法國學派的要求並不容易，因為文本間的關係和影響，並非像數理科一樣，可以輕易地分割出來，而進行梳理。因為兩者間可以是千絲萬縷的關係，既有吸收，也有改造，甚至刻意摒棄，拒絕模仿。因此，我們只能以美國學派的比較文學方式，來說明金庸小說的創作發生，是如何跟新舊派武俠小說，以及其出版修訂所引起的關聯意義。

2　童慶炳主編：《文學理論教程》，北京：高等教育出版社 2008 年版，第 94 頁。

3　比較文學有廣義和狹義之分，前者指的是以文學比照文學以外的東西，如經濟、歷史、生活等範疇；後者指的是以一文本比較另一文本。

第一節　對舊派武俠小說的借鑒和吸收

　　嚴家炎稱金庸小說為「一場靜悄悄的文學革命」。[4]金庸小說是否對文學發展造成衝擊？以「革命」來形容有否誇張的成份？那麼我們必先要瞭解 50 年代前後，武俠小說的發展狀況，才能下判斷。當然，在嚴家炎提出此看法後，各界有不同的意見和聲音，反對者如王朔、袁良駿等，都認為這是對金庸小說的過譽之舉。然而，袁良駿最後在其《香港小說史》，也對金庸小說作出正面的肯定，他說：「五十年代中期，以金庸、梁羽生為代表的新武俠小說的興起，開了香港小說的新生面。」[5]我們看到，與嚴家炎就金庸武俠小說的價值問題而由好友變為筆戰對手的袁良駿，後來也中肯地對金庸小說的價值和地位作出肯定，可見金庸小說的價值是不容置疑的。

　　1955 年，金庸小說出現在香港的《新晚報》的副刊之前，武俠小說在香港的發展可謂平平無奇。談武俠小說的發展，我們可以粗分幾個時期，羅立群的《中國武俠小說史》把武俠小說分作三派，他說：「武俠小說有新派、舊派之分，新、舊的差異不僅表現在小說的主題內容上，還表現在

4　嚴家炎：〈一場靜悄悄的文學革命〉，《明報月刊》，香港：明報出版社有限公司，1994 年 12 月，第 18-20 頁。

5　袁良駿：《香港小說史》，深圳：海天出版社 1999 年版，第 12 頁。

小說的藝術技巧上。」[6] 筆者認同從武俠小說的主題內容、表現手法等來區分新、舊兩派武俠小說的做法，而且 50 年代前後的這種區別可謂十分明顯的。然而，如果把武俠小說強分為舊派、新舊交替派、新派，則未免容易衍生其他問題。第一、舊派所涉及的時期及種類未必太多，如果我們把《燕丹子》定為武俠小說的始祖來算起，我們經歷了宋元話本、唐傳奇、明清公案俠義小說等體裁變化，當中的分類和梳理絕不能單以舊派一詞可以一言以蔽之的；第二、如把民國的武俠小說含糊地歸為新舊兩派之間的話，則未免有忽略其獨立價值的危險，因為民國武俠小說有相當的獨立研究價值，橫跨差不多 30 年的創作期（1919 年 -1949 年），實非新舊兩派的過渡橋樑，而是自成風格體系的武俠小說類型。[7]因此，筆者試圖以宏觀的中國小說史的的劃分時期來區分武俠小說的發展期。1919 年「五四」前的「古典文學」跟1919 年 -1949 年新中國成立的「現代文學」，以及 1949 年迄今的「當代文學」，這一直是 20 世紀回顧中國文學史的一個約定俗成的區分。當然，中間牽涉很多的問題，例如我們不能無止境地以「當代文學」來定義從 1949 年發展以來

6　羅立群：《中國武俠小說史》，瀋陽：遼寧人民出版社 1990 年版，第 24 頁。

7　羅立群甚至把 1919 年 -1949 年的武俠小說分作 3 個階段去闡述，可見此時期的武俠小說的獨立性。（羅立群：《中國武俠小說史》，瀋陽：遼寧人民出版社 1990 年版，第 197 頁。）

的中國文學，[8] 乃至有學者提出以「現代文學」一詞以審視和概括 20 世紀的中國文學。[9] 可是在 21 世紀初的今天，我們只能在此問題上繼續討論和研究，以得出最合適的答案。談論武俠小說的發展的劃分時期，本身是一件複雜的工作，筆者在此簡單地以 1919 年「五四」前出現的歸為「古典文學」，談不上現今概念中的武俠小說，最多只能說是武俠小說的雛型，縱使最接近現代武俠小說定義的《水滸傳》也不例外；而「現代文學三十年」中出現的武俠小說歸類為「舊派」；。新中國成立後，在「當代文學」範疇中出現的，歸為「新派」。當然，正如陳平原所說，新、舊派的武俠小說兩者「有千絲萬縷的關係，金庸、古龍等人都不否認其深深得益於平江不肖生、還珠樓主等人作品，小說中也隨處可見其承傳痕跡。更重要的是，作為一種小說類型，其基本精神

8　張健主編的《新中國文學史》對此作出了一些洞見，書中說：「關於『當代文學』的下限，是當代文學研究界一個爭論不休的熱門話題。一般認為，如果將它無限期往後推，那麼文學史的寫作就會與文學批評相互重迭。文學史寫作應該以相對穩定的文學規範的成型為標準，而不應該是以所謂的『文學性』為標準。如果將『新中國文學史』的下限確定在 20 世紀 90 年代初，思路也許會比較清晰，同時避免了一些爭議，但卻空缺了最近十幾年的內容。」（張健主編：《新中國文學史》（上卷），北京：北京師範大學出版社 2008 年版，第 5 頁）

9　例如朱棟霖在《中國現代文學史：1917-2000》（上下冊）中就以「現代文學」一詞來概括 20 世紀的中國文學。（朱棟霖、朱曉進、龍泉明主編：《中國現代文學史：1917-2000》（上下冊），北京：北京大學出版社 2007 年版。）

和敘述方式，並沒有發生根本性變化。」[10] 這段話正好說明新、舊派武俠小說的微妙而密切的關係，這又有助解釋在同一「派系」中所分別出來的新舊之別。武俠小說是 20 世紀通俗文學中的重要類型，回顧「五四」前的通俗小說，最多只能找到跟現當代武俠小說相似的類型，在意識形態和表現手法上都屬截然不同的體系，最多只能算是現當代武俠小說的雛型。而 20 世紀 50 年代以前和以後的武俠小說，在內容和主題思想上基本是一致的，如宣揚愛國愛家的思想，以武的行動和俠的思想去捍衛社會或個人家庭的秩序等。當中主要是表現手法的不同，例如新派加入了西方現代主義手法，凸顯人物性格、著重心理描寫等。因此在同一派系中又有新舊之分。新舊雖有別，但仍不大，所以陳平原又說：「比起與清代武俠小說的距離來說，新、舊武俠小說的分界不是十分重要。」[11]

　　20 世紀初，武俠小說曾流行一時，如平江不肖生的《江湖奇俠傳》、趙煥亭的《奇俠精忠傳》、還珠樓主的《蜀山劍俠傳》、王度盧的《鐵騎銀瓶》。可惜當時未受學界注意，當然，主題內容和表現手法如何，也是一個值得探討的問題。這些小說在當時社會的文學價值很低，甚至稱不上文學，只是娛樂消閒的讀物而已。觀乎「五四」以來，民

10　陳平原：《千古文人俠客夢——武俠小說類型研究》，北京：人民文學出版社 1992 年版，第 61 頁。

11　陳平原：《千古文人俠客夢——武俠小說類型研究》，北京：人民文學出版社 1992 年版，第 61 頁。

國時期中國仍是處於水深火熱之中,「國共內戰」、「軍閥
割據」、「抗日戰爭」都令大眾人心惶惶。社會大眾很多時
候都把注意力投放在消閒讀物之上,武俠小說就是當時社會
上最受歡迎的娛樂消閒讀物。社會動盪不安,更令武俠小說
受社會大眾歡迎。羅立群說:「由於社會動盪不安,官吏腐
敗,多有不平,老百姓一肚子委屈卻無處可訴,他們就借著
這幻想的武俠人物來解除心中的苦悶,求得心靈的補償。」[12]
這說明社會與文學的關係,50 年代的香港武俠小說同樣,當
時香港社會形勢頗為複雜,對武俠小說的創作發生有很重要
的影響。

又,據王海林的《中國武俠小說史略》中說:「在吸收
新的表現技法方面,金庸要比梁羽生更為大膽恣肆,銳意求
新。」[13]金庸和梁羽生在其武俠小說中加入了一些變革因素,
舊派武俠小說強調社會人情(如趙煥亭的《奇俠精忠傳》)、
救國救民(如平江不肖生的《江湖奇俠傳》)、以民間或歷
史故事為本(如姚民哀的《四海群龍記》、道仙武術(如還
珠樓主的《蜀山劍俠傳》)、兒女情長(如顧明道的《荒江
女俠》)。新派武俠小說則在這些元素上作了重新平衡和取
捨,元素基本上是一致的,只是減弱了社會人情、救國救民
等,而加強了兒女情長,改變了道仙武術等元素,宗教色彩

12　羅立群:《中國武俠小說史》,瀋陽:遼寧人民出版社 1990 年版,
　　第 195 頁。

13　王海林:《中國武俠小說史略》,太原:北岳文藝出版社 1988 年版,
　　第 197 頁。

變得薄弱，武打場面描寫得更加仔細。比起梁羽生，金庸的
武俠小說在以上的變革上的整體表現是更為明顯的，或者說
是處理得比較成熟的，從讀者的接受程度可見一斑。

　　50 年代的香港，對於南來的讀者而言，這種同類型的
小說是十分貧乏的，他們一時間失去一種重要的精神調養
劑，尤其是在抗戰後，國仇家恨情緒高漲的時候，[14] 大眾渴
望武俠小說能充當淨化心靈或有助宣洩情緒的讀物是可以理
解的。

　　隨著社會時代進步，讀者對武俠小說在內容意識上的要
求都大大提高，如果武功招式動作像仙劍神怪類小說所描寫
的一樣的話，倒不如去看科幻類小說。當然，50 年代的香
港文藝圈中，科幻類小說尚未流行，直到 70 年代才有倪匡
的科幻小說面世，如著名的《衛斯理》、《原振俠》系列等
等，掀起一陣熱潮，影響所及，電視、電影等都曾改編相關
作品，影響力雖不及金庸小說，然而也是一個時代的印證。
倪匡是一個十分聰明的人，他曾經寫過武俠小說，[15] 但發現
寫武俠小說始終不及金梁二人，遂另闢蹊徑，創立科幻小說
類，開了一片新天地。王劍叢的《香港文學史》也說：「倪
匡開始時也是寫武俠小說的，寫過像《浪子高達傳奇》、《女
黑俠木蘭花》等這樣有影響的作品，後來覺得寫武俠沒法超

14　戰時忙於應付打仗，戰意高昂，有同仇敵愾之感；戰後對敵國的仇
　　恨才開始浮現，加上香港被英國人統治，排外心態油然而生。

15　金庸《天龍八部》的其中一段就是由他執筆的，因當時金庸在歐洲
　　旅行，結果回來後驚覺倪匡把「阿朱」寫死了，才急忙修補結局。

過金、梁，科幻小說在香港是冷門，極少人寫，於是另闢蹊徑，寫科幻小說。」[16]這反映50年代的新派武俠小說的意識，跟民國時代的武俠小說有所不同，可以說，50年代的武俠小說已開始明確脫離民國時的科幻行列，這造就了一個空間讓香港的科幻小說得以萌芽及發展。50年代新派武俠小說的寫實走向，是民國時期舊派武俠小說的一種必然過渡，最主要的原因是大眾讀者以及社會氛圍的轉變，50年代香港漸走向務實型社會體系，受二次大戰的影響，亦受到韓戰的影響，香港的商業環境已由轉口貿易轉為本地工業，經濟疲弱，致令當時發表的作品如侶倫的《窮巷》、舒巷城的《香港仔的月亮》都以貧苦大眾的生活狀況作為故事的大背景。那麼，這些現象又與金庸小說的出現有何關係呢？金庸小說與舊派武俠小說的區別除了是表現技巧漸趨成熟與多元化外，還有就是其蘊含的個人精神價值觀。如果我們細心留意的話，當發現金庸小說絕對帶有香港人奮發向上的精神特色，尤其是在厄困的狀況底下。這完全切入50年代香港及香港人的境況。

鄭振鐸在《中國俗文學史》中指出：「『俗文學』的第一個特質是大眾的。她是出生於民間，為民眾所寫作，且為民眾而生存的。」[17]武俠小說一向被認為及定性為俗文學，

16　王劍叢：《香港文學史》，南昌：百花洲文藝出版社1995年版，第90頁。

17　鄭振鐸：《中國俗文學史》（上冊），上海：上海書店1984年版，第4頁。

甚至是不入流的文學。東漢時班固所指的「九流十家」，已
早早把小說視為不入流之作，他說：「小說家者流，蓋出於
稗官，街談巷語，道聽塗說之所造也。孔子曰：『雖小道必
有可觀者焉，致遠恐泥，是以君子弗為也。』」[18]及至唐之
傳奇，雖為時人有意為之小說之作，但仍屬「邊緣」之列。
魯迅在《中國小說史略》說：「小說亦如詩，至唐代而一變，
雖尚不離於搜奇記逸，然敘述宛轉，文辭華豔，與六朝之粗
陳梗概者較，演進之跡甚明，而尤顯者乃在是時則始有意為
小說。」[19]及至晚清、「五四」時期，小說的發展才算是成熟，
如清代章回小說，都算是有系統、有情節、人物清晰之作。
加上「五四」時強調「欲新一國之民，不可不先新一國之小
說」（〈論小說與群治之關係〉）的梁啟超、分別在《新青年》
雜誌發表〈文學改良芻議〉的胡適和〈文學革命論〉的陳獨
秀等知識份子的大力推動，踏入 20 世紀已經進入小說成為
文學主流的階段。隨著外在環境流轉，武俠小說經歷過高低
起伏，從民國還珠樓主、王度盧等一系列仙劍靈幻、俠骨柔
情類開始，武俠小說有過輝煌的歷史，及至 50 年代在香港
才有了接軌，究其原因，是大眾對通俗文學尤其是武俠小說
的需求重新增加，並在因緣際會的情況下，出現了金庸創作
的新派武俠小說。

18　張舜徽：《漢書藝文志通釋》，湖北：湖北教育出版社 1990 年版，
　　第 201 頁。

19　魯迅：《中國小說史略》，北京：人民文學出版社 1973 年版，第 54 頁。

一、還珠樓主

　　還珠樓主原名李壽民，可以說是舊派武俠小說中的最具代表性人物，代表作是長篇巨著《蜀山劍俠傳》，其性質與金庸小說頗有不同，但因其對武俠小說類型的寫作影響深遠，所以集中以此作討論。《蜀山劍俠傳》被譽為「天下第一奇書」，作者從 1930 年開始撰寫，直到 1948 年，足足寫了 18 年仍未完成。不論人物、情節、場景、道具，都是極之豐富的。原先作者擬定的 1000 萬字，最後只寫了 350 萬字便擱筆。可以說，至今天仍未有同類型小說可與之相比。《蜀山劍俠傳》的最大特色，是寫仙劍奇幻的部份，能充份展示作者的幻想力。當中把道家煉丹法寶、神仙法術的特色，充份展示與發揮。這影響了後世奇幻小說與武俠小說的表現手法，金庸小說中的武功創作和情節描寫，某程度上受到他的影響。例如主人公之一的李英瓊因服下朱果而功力大增，情況好比《天龍八部》的段譽，因服下莽牯朱蛤而變得百毒不侵。又好比《射雕英雄傳》的郭靖，因服下腹蛇奇血而功力大增及變得百毒不侵。在新派武俠小說中，如梁羽生和古龍的武俠小說中，鮮有這類描寫。又如李英瓊無意間得到聖姑 60 年功力，情況好比《天龍八部》的虛竹，無意間得到無涯子 70 年功力一樣。可見《蜀山劍俠傳》對金庸小說的創作有一定程度的影響，金庸小說在武功描寫上，對之有一定程度的借鑒和吸收。兩者分別在於，金庸小說把仙劍奇幻的描寫變得「實在」，把輕功、暗器、穴道等一併加入，把情節變得合情合理，拉近與讀者的距離。

　　金庸小說的武打描寫雖有誇張成份，如《天龍八部》有
關「六脈神劍」的描寫，但比較起還珠樓主的《蜀山劍俠
傳》還要合理得多，較易說服讀者。試看《天龍八部》（第
四十一回）及《蜀山劍俠傳》（第三十八集第一回）的比較：

　　　　慕容復第二掌又將擊出，心下大急，右手食指向他
　　急指，叫道：「你敢打我爹爹？」情急之下，內力自
　　然而然從食指中湧出，正是「六脈神劍」中「商陽劍」
　　的一招，嗤的一聲響，慕容復一隻衣袖已被無形劍切
　　下，跟著劍氣與慕容復的掌力一撞。[20]

　　　　料他行事審慎，必不先發。為防萬一，便將飛劍
　　放出防身，連新得伏魔金環也放將出去。金光方離身
　　而起，果有幾聲極難聽的鬼哭悲嘯之聲，由神砂星濤
　　中發出，金光還未飛到，已自消滅。[21]

　　以上兩文同有關於「劍」的描寫，皆非實實在在握劍打
鬥的描寫。金庸所寫的「無形劍氣」雖有誇張成份，但在介
紹「六脈神劍」時已作了合理化解釋，小說道：「六脈神劍，
並非真劍，乃是以一陽指的指力化作劍氣，有質無形，可稱

20　金庸：《天龍八部》，香港：明河社出版有限公司1978年版，第
　　1750頁。

21　還珠樓主：《蜀山劍俠傳》（第38-43集），湖南：岳麓書社1989年
　　版，第6頁。

無形劍氣。所謂六脈，即手之六脈太陰肺經、厥陰心包經、少陰心經、太陽小腸經、陽明胃經、少陽三焦經。』」[22]

　　金庸把虛的武功招式以實的陰陽人體百穴來解說，似乎合情合理。跟《蜀山劍俠傳》一類的仙劍神怪類相比，來得「科學化」得多。不難發現，《蜀山劍俠傳》有唐傳奇，甚至魏晉時的志人志怪小說的影子。禦劍飛仙、時空交錯的情節，時有所見。金庸小說沒有時空交錯的情節，而通過夢境來把現實和虛幻結合，如《天龍八部》中虛竹初遇西夏公主的情節，便寫得如真似假。他運用輕功和劍氣來把禦劍飛仙「合理化」。可見金庸小說對《蜀山劍俠傳》的借鑒和吸收是有選擇性的，對道教法器丹藥的描寫克制地借鑒和吸收，而加入比較有科學實證的中醫穴位理論，結合中國傳統功夫而加以發揮。

　　當然，在結構的複雜性和小說的幻想力方面，《蜀山劍俠傳》有很多值得借鑒的地方。然而，《蜀山劍俠傳》應該稱為科幻或神魔小說，因為它雖具備中國文化元素、武打場面的描寫，但欠缺俠形象的塑造。在小說中幾乎找不到為國為民的大俠人物，卻很輕易找到仙魔一類的人物。《蜀山劍俠傳》對金庸小說的借鑒意義，主要在「實」的武打場面中，加入了「虛」的元素。《蜀山劍俠傳》發展到中段，枝節太多，作者似乎兼顧不了。每部文學作品總有它的優點和缺

22　金庸：《天龍八部》，香港：明河社出版有限公司 1978 年版，第401、402、404 頁。

點，《蜀山劍俠傳》亦不例外，因此金庸只取其優點作吸收。
湯聲哲曾說金庸能做到「強幹阻枝」，像明清的章回小說一
樣，故事圍繞人物而敘述，相反《蜀山劍俠傳》就做不到這
一點。[23] 袁良駿更指出《蜀山劍俠傳》有不少「黃色下流描
寫」。[24] 事實上，完成一部偉大的小說絕對不易，金庸小說
對《蜀山劍俠傳》的借鑒在於把「實在」的武打場面變得「非
實在」，而這種「非實在」畢竟算是有「科學根據」和合理
性的。

二、平江不肖生

平江不肖生的成名作《江湖奇俠傳》，改變了武俠小說
的類型。從明清公案俠義一類，轉而集中「江湖兒女」一
類；從偵查奇案到武打技擊兼夾雜兒女私情。平江不肖生在
武俠小說的變革上可謂功不可沒。明清俠義和公案小說重視
「俠」、平江不肖生的武俠小說在「俠」之外加入了「武」
的概念，小說對於技擊搏鬥有仔細的描寫，發展至金庸小說
則集「武」與「俠」於一身，另加上變化，把「武」描寫
成在奇幻與技擊之間，把「俠」描寫成發揚儒家仁義之士。
《江湖奇俠傳》對武俠小說的最大影響，在於加入了歷史元

23　湯聲哲：〈論還珠樓主《蜀山劍俠傳》的文學史價值〉，《文藝爭鳴》，
　　2015 年 5 月，第 44-50 頁。

24　袁良駿：〈還珠樓主《蜀山劍俠傳》的成敗得失〉，《黃河科技大學
　　學報》，2002 年 12 月，第 53-60 頁。

素，野史與傳奇故事，如令小說更真實，更容易令讀者投入其中。金庸小說對此的借鑒明顯不過，除了《笑傲江湖》，每部小說都以歷史為舞臺背景。第一部小說《書劍恩仇錄》就以浙江海寧陳家關於乾隆身世的民間故事，再結合清乾隆時，反清組織的歷史而寫成。

　　羅立群在《中國武俠小說史》中說：「民國年間的武俠小說創作，呈群雄並起、百舸爭流的局面，小說數量如雨後春筍，數十倍於前。」[25] 此可反映社會對武俠小說的重視程度，最重要是說明讀者對武俠小說的需求程度，此一現象一直從1919年延伸至1949年，由平江不肖生的《江湖奇俠傳》到顧明道的《荒江女俠》，再到李壽民的《蜀山劍俠傳》及白羽的《十二金錢鏢》，都受到大眾社會的歡迎，而且表現手法越見成熟和完備。

　　20世紀初以來，通俗武俠小說發展蓬勃，亦是建立「江湖」及為「俠」重新定義的重要時期。「江湖」的概念自平江不肖生的《江湖奇俠傳》而有，強調與朝廷對立而不用理會法律的空間。它跟公案俠義小說的「綠林」不同，「綠林」中人的仁義水準較低，大多從自身利益考慮，跟「江湖」中的俠客以國家民族作利益考慮不同，後者視野眼界更闊更遠。再者，「江湖」的俠客還帶有「綠林」好漢沒有的書卷氣，即所謂中國文化的感染力。陳平原說：「俠客形象之

25　羅立群：《中國武俠小說史》，瀋陽：遼寧人民出版社1990年版，第193頁。

得以形成及發展，與讀者大眾的心理需求大有關係。」[26] 俠客與社會的時代意義關連甚大，社會大眾的心理需求，同時影響俠客的形象。隨著社會時代的更迭，不單俠客形象有所改變，連武俠小說的敘事方式也轉變不少。從唐宋的豪俠寫實類，到民國時代的仙劍奇幻類以及以歷史人物入文的全寫實類，再到 50 年代的介乎寫實與神化之間的一類，過程相當複雜。應當特別注意的是從民國到 50 年代的武俠小說，它們之間的差異看似不大，實際是在半個世紀之間，對一種不太受學界或社會重視的文類來看，變化可謂極大。仙劍類的武俠小說結集著不少道家及佛家思想，新派寫實類的卻充滿儒家思想，書生味道濃厚。特別是金庸及梁羽生之武俠小說，因為二人國學根基扎實的關係，筆下往往流露出中國文化的意韻，而且表現方法多樣，可以是透過古典詩詞，[27] 可以是透過武功名稱及招式演示，[28] 可以是透過情節內容來表現。[29] 民國時代的武俠小說作家，都有著很好的古文底子，語文水準很高，如曾任職教師的顧明道、曾發表不同文類的

26　陳平原：《千古文人俠客夢──武俠小說類型研究》，臺北：麥田出版有限公司 1995 年版，第 27 頁。

27　梁羽生的武俠小說尤多以古典詩詞夾雜貫穿，頗有唐宋話本及明清章回小說之遺風。

28　金庸的武俠小說尤多以中國哲學及文化來建構筆下的武學，如膾炙人口的「九陰真經」裡的所謂「內功口訣」，很多出自《道德經》。

29　因果報應的天理迴圈在多本小說中都有所表現，如《倚天屠龍記》的成昆、《笑傲江湖》的岳不群等，因做盡傷天害理之事，最終不得好下場。

姚文哀；跟 50 年代金庸、梁羽生的才情不相伯仲。加上，
有部份民國武俠小說作家，不單文筆流利，而且武藝非凡，
如平江不肖生向愷然，本是習武之人，精於擊技，因此筆下
代表作《江湖奇俠傳》寫得傳神動人。某程度來說，武俠
小說作家如向愷然，本身習武，對筆下的武藝了然於胸，但
這其實是對創作上的一種限制，難免在武功設計和打鬥場面
描寫方面都有了局限，過於合乎實際。試比較平江不肖生的
《江湖奇俠傳》（第四十回）與金庸的《倚天屠龍記》（第
三十八回）的一段：

> 　　那漢子的身法真快，朱鎮岳剛哇問了一聲是誰，
> 已一閃落到了船頭，雙腳踏實的時候，正如風飄秋葉，
> 絲毫不聞聲息。朱鎮岳萬分想不到此地竟有這種能人，
> 想問出姓名來再動手。誰知那漢子不等朱鎮岳有問話的
> 工夫，已放出劍光來，朝朱鎮岳便刺。[30]

> 　　周芷若道：「你進招吧！」殷梨亭心想對方出手如
> 電，若被她一佔先機，極難平反，當下左足踏上，劍
> 交左手，一招「三環套月」，第一劍便虛虛實實，以
> 左手劍攻敵，劍尖上光芒閃爍，嗤嗤嗤的發出輕微響
> 聲。旁觀群雄忍不住震天價喝了聲采。周芷若斜身閃

30　平江不肖生：《江湖奇俠傳》，湖南：岳麓書社 1988 年版，第 277-
　　278 頁。

開，殷梨亭跟著便是「大魁星」、「燕子抄水」，長
劍在空中劃成大圈，右手劍訣戳出，竟似也發出嗤嗤
微聲。[31]

　　平江不肖生的文字基礎不俗，可惜沒有好好利用，全書
武打場面不多，仍保留著明清章回小說那種「說書」的味
道，複雜性不足。武打場面的描寫亦未見精彩，欠缺創意，
吸引力低。相反，金庸各書的武打場面很多，描寫豐富細
緻，如上引文，已包含人物角色的對話、招式，叫人有種欲
罷不能的感覺，很想追看下去。一招一式都環環連扣，中間
沒有讓讀者有稍作休息的時間，叫人讀得緊張不已。

　　金庸小說對《江湖奇俠傳》的歷史和「江湖」背景作了
借鑒和吸收，創造出具歷史元素、「江湖」的複雜性，及近
似真實的打鬥描寫的武俠小說，而摒棄「說書」式的敘述及
過份深入而仔細的打鬥描寫。

第二節　與新派武俠小說不同的創新性

　　王國維《宋元戲曲考》說：「凡一代有一代之文學：楚
之騷，漢之賦，六代之駢語，唐之詩，宋之詞，元之曲，
皆所謂一代之文學，而後世莫能繼焉者也。」[32] 每一代都有

31　金庸：《倚天屠龍記》，香港：明河社出版有限公司 1976 年版，第
　　1549 頁。

32　王國維：《宋元戲曲史》，北京：東方出版社 1996 年版，第 1 頁。

出色的文學體裁，新派武俠小說亦如是。在 20 世紀中散發過耀眼的光芒，時間雖短暫，但影響後世頗深。當然新派武俠小說也有不足之處，主要表現在其獨當一面的作家極少。回看唐之李白、杜甫；宋之柳永、蘇軾；此為出色的佼佼者，未計皆可獨領風騷的眾多人物。回看新派武俠小說，輝煌時期不足 50 載，出色作家寥寥可數，金庸、梁羽生、古龍三大家外，已無足觀者。而三者之中，又只金庸能衝破地域界限，發揚於外語世界，為不同語言國族讀者所認識。因此，新派武俠小說在 20 世紀猶如鴛鴦蝴蝶派小說，曇花一現，流於通俗，但其影響和價值卻隨時間而增加。幸而的是，俠義小說的精神過去或將來都不會消失，只不過隨時代的改變，而轉換另一種模式而流行起來，情況正如民國的舊派武俠小說、晚清的公案小說等。新派武俠小說離不開傳統古典小說的男性主導模式，如果金庸小說能打破這種局限，當可更上一層樓，其價值當會更高。在金庸小說中，各男主人公仍是眾多女主人公追求或傾慕的對象，演變成男性沙文主義中心，同時貶低女性的價值。反之，同是新派武俠小說作家的梁羽生，則在此方面有所突破，其筆下的《白髮魔女傳》不單以女性為書名，書中女主人公練霓裳的重要性絕不比男主人公卓一航低，甚至更高。書中所描寫的練霓裳個性鮮明，武藝高強，跟依附男性生存的武俠小說女主人公不可同日而語。又如古龍的小說，其對男性的中心描寫不消說，女性往往站在邊緣，成為男性視覺下的追求者，要留意的是，古龍把女性地位寫得很高，縱使稱霸武林的俠客，都難以奪得美人芳心，如《多情劍客無情劍》的主角李尋歡，

有「小李飛刀」之稱，在兵器譜排名第三，卻終日鬱鬱寡歡，因為他得不到心上人林詩音。縱使如《武林外史》的朱七七般，對沈浪傾心，被寫成典型的武俠小說女性對男性的傾慕，但其外貌和個性，都令讀者和小說其他角色神往（如小說另一男主角王憐花對朱七七傾心）。雖說金庸的《神雕俠侶》中的小龍女有出塵之描寫，但遇上楊過後已變得像男性的附庸，楊過不單受陸無雙、程瑛、郭襄的傾慕，甚至被情所傷的女魔頭赤練仙子李莫愁都對他懷有好意。可見，小龍女實際是眾多傾慕男主人公楊過的女性之一，男性在兩性之間仍是處於中心位置，具領導角色。如果金庸小說能在兩性地位問題上有所突破，當能提升其地位，這亦是金庸小說不足的地方，即未能打破傳統小說以男性為中心的俗套。當然，武俠小說的時代背景設在以男性為中心的封建社會之中，小說以男性的利益為依歸，看上去像是無可厚非。但如果能夠加強小說中女性的個人形象，令她們不隨著男性個人生命軌跡的發展而行，可以有獨立的生命軌跡，將令小說變得更為出色，免得落入男性沙文主義的框架之中，女性成為男性視角下的副產品；當然我們完全理解金庸小說產生的時代背景——中國人的社會、思想較為保守的 50 年代，因此配合讀者需要及期望視野，內容如此設計實有必要，加上武俠小說一貫的俠骨柔情都由男性作為主導，如由女性主導則欠缺武俠世界中的陽剛氣息，這是文類的先天限制，不過男女雙方如能多作平衡，或許會有更多的可觀性及發揮空間。

　　雖然金庸小說對比同期的武俠小說在男女主人公的描寫上有不少不對等的情況，然而其在武俠小說的其他方面的表

現，卻能一枝獨秀。

　　由80年代金庸好友倪匡寫下《我看金庸小說》開始，金庸小說的評論相繼而生，及至90年代北京大學嚴家炎開設金庸小說課程，金庸小說已由大眾走向學院。實情早在1966年當金庸在寫《天龍八部》的時候，已經收到美籍華裔漢學家陳世驤的讚美，並先後發了兩封私人書信予金庸，這兩封信後來被金庸收入《天龍八部》的「後記」之中，其中陳世驤更以「金庸小說非一般者也」來評價當時被學院派嗤之以鼻的武俠小說。我們從「後記」知悉，60年代欣賞金庸小說與別不同者除陳世驤外，還有大名鼎鼎的夏濟安。[33] 此情況好比夏志清在《中國現代小說史》對「張愛玲」和「沈從文」的力捧一樣，以獨立的眼光排除眾議。陳炳良曾說：「從中國文學史來看，《詩經》的國風，原來是民間歌謠，六朝的民歌，唐時的詞，宋代的話本，原來也是民間流行的作品。所以雅俗的看法，也會隨時代而改變。」[34] 此話道出文學尤其是金庸的武俠小說在過去幾十年的接受過程的改變，當中自然也包括了學院派研究者對之的刮目相看。而從微觀的角度來看，金庸15部作品之中，從1955年到1972年之間，作品的文學價值同樣是非以水平線的形式前進的，而是呈向上的弧形曲線而行的。當然怎麼去評論每部

33　金庸：《天龍八部》，香港：明河社出版有限公司1978年版，第2125-2130頁。

34　陳炳良：〈從雅俗之辯說起〉，梁秉鈞編：《香港的流行文化》，香港：三聯書店有限公司1993年版，第208頁。

作品的文學價值是一件十分困難的事情，其中涉及甚麼是文學價值、讀者接受論、作品細讀法、作者傾向性，甚至是社會意識形態等。簡單來說，筆者無意為金庸各小說逐一比較其文學價值，因非本書之研究原意，然而，單單抽選 1955 年開始寫作的《書劍恩仇錄》與 1972 年完成的《鹿鼎記》作簡單對比分析，已可見作家風格之改變傾向，以用作說明金庸小說在文學雅俗紛擾之下如何改變其文學價值，更見有別於一般通俗武俠小說的特徵。過去有不少論文談及《鹿鼎記》的文學價值比金庸其餘小說高，甚至被評為「反武俠小說」、「後設小說」[35] 等，風格獨特。

事實上，《鹿鼎記》在風格上與金庸的其他武俠小說有頗大的差別，最起碼的一點，亦是最多論者提出的一點就是：小說主角不懂武功。武俠小說的主角不懂武功代表著甚麼？代表著小說的重心從人的武藝轉移到另一層面，非以往的只塑造人物面對厄運而展開求武的過程，而是著重探討人性、社會的陰暗面，以及人與人之間的相處，甚至是民族主義或慈悲濟世的人文關懷之上。如此，此小說實實在在在脫離武俠小說之列，而是以武俠小說的包裝來說明人生哲學，並非只是反武俠這樣簡單，因為反武俠都是以武俠作基調而用以顛覆與反諷。然而《鹿鼎記》的武俠元素其實不多，比如小說中的武林人物陳近南、九難師太、海大富等，都並非小

---

35 田曉菲：〈從民族主義到國家主義──《鹿鼎記》，香港文化，中國的（後）現代性〉，吳曉東、計璧瑞編：《2000' 北京金庸小說國際研討會論文集》，北京：北京大學出版社 2002 年版，第 341-370 頁。

說舞臺的主角，甚至連配角也不是，頂多是用以交代情節的
閒角，不能體現武俠的大將之風。相反，主角韋小寶卻是一
個不折不扣的小滑頭，但小滑頭也有道德的一面，比如小說
中從未見他對任何人作出有違道德之事，每次遇危難我們都
見得他以欺騙或拍馬屁的手法來脫險，可以是一種小聰明。
因此小說並非簡單地屬一部反武俠的小說，而是已經脫離武
俠或反武俠行列的一部高雅文學，當中對人性的展現、社會
意識形態的建構、人與人之間的交往，都是小說探討的重
點。

　　當然，本書無意對《鹿鼎記》作仔細的文本考察，而是
借此小說的文學性或文學價值，來反映幾點：第一、金庸小
說在寫作風格上的確出現轉變，從通俗武俠小說走向高雅的
人性小說；第二、金庸小說漸為學院派接受，由對一般通俗
小說作的簡單評論，到以嚴謹的文學批評理論作剖析，如果
再細分來看，可以發現越趨晚期的作品，其文學價值越高，
其離武俠小說的風格越遠。因此金庸自己在最後一部小說
《鹿鼎記》的〈後記〉中這樣說：「《鹿鼎記》已經不太
像武俠小說，毋寧說是歷史小說……《鹿鼎記》和我以前的
武俠小說完全不同，那是故意的。一個作者不應當總是重複
自己的風格與形式，要盡可能的嘗試一些新的創造。」[36] 可
見，《鹿鼎記》所代表的金庸小說的晚期風格是作者有意為

36　金庸：《鹿鼎記》，香港：明河社出版有張公司 1981 年版，第 2131
　　頁。

之的，作者的動機與意圖在於在最後的一部作品表現不同的
主題及內容，嘗試跳出武俠小說的框框，或是令武俠小說的
層次有所提升。黃念欣在《晚期風格——香港女作家三論》
的「序論」——〈一種不存在的風格？——有關「晚期風
格」的省思〉一文引用艾德華・薩依德（Edward W. Said）
的理論，提到文學與音樂兩個範疇的作者的晚期風格都有共
同之處，並以貝多芬的晚期作品作為例子，闡述其晚期作品
與早期或中期作品在主題和風格，甚至是受眾的接受程度之
不同。最後得出以下有關晚期風格的重要現象：第一、晚期
（late）風格嚴格而言不等於成熟（matured）的風格，如果
成熟本身如果子一樣帶有完成、穩定、芳醇、甘美等比喻成
彩的話，晚期風格更可能是充滿皺折、裂縫、苦澀的意味，
換言之有一種拒絕的味道。第二、晚期風格的不討好、甚至
拒絕他人的品鑒與理解，同時亦意味著一種主體性與個性的
宣示，外在表現往往為打破原來圓融的形式。第三、晚期風
格與藝術家的生平——或更具體而言，與「死亡」的陰影關
係密不可分，於是晚期作品往往也是邊緣的藝術，因而突出
了作品當中的文獻價值，呼喚作品與藝術家個人的關懷。[37]
如果把以上三點歸納套入金庸創作武俠小說的歷程來看，我
們很容易發易第一及第二點都可與之相配。第一、我們可以
說，循金庸小說的寫作軌跡來說，最後一部作品《鹿鼎記》

37　黃念欣：《晚期風格——香港女作家三論》，香港：天地圖書有限公
　　司 2007 年版，第 11 頁。

屬一部帶有強烈拒絕味道的小說，金庸並非把武與俠寫到極致的高峰，沒有更多創新的武林絕學或曠世人物，而是反其道而行。第二、《鹿鼎記》並不討好，1969 年連載不久，已有不少讀者致函《明報》，詢問作者是否仍是金庸本人，甚至不明白為甚麼主角不懂武功，跟 60 年代大眾為追看《神雕俠侶》而轉投《明報》懷抱的熱烈情況不同。最重要是《鹿鼎記》作為金庸的最後一部小說，它用意在突出金庸在個性和主體性上的表現。可以說，金庸是刻意為這最後一部小說（晚期創作小說，甚至他自認為是封筆之作），[38] 創作出獨特的風格。作家的晚期風格代表著作家有意或無意創作出不同風格的作品，在金庸的情況，金庸刻意為《鹿鼎記》，甚至不單是自己的一部作品，而是整個新派武俠小說奠定嚴肅文學的地位。同時，開展整個武俠小說流派的新路向，不難發現，自 1972 年金庸封筆以後，新派武俠小說已後繼無人，80 及 90 年代出現的技擊小說，都難以從新派武俠小說中突破出來，又沒有像《鹿鼎記》般為人性作出深刻的探討，可見新派武俠小說自 70 年代金庸封筆為止，而沒有傳承或轉型。

38　金庸：《鹿鼎記》，香港：明河社出版有限公司 1981 年版，第 2131頁。

一、梁羽生

　　梁羽生是新派武俠小說的開山之祖，因為他 1954 年 1 月 20 日在《新晚報》寫下《龍虎鬥京華》而開展了新派武俠小說體裁，令武俠小說走上新的道路，亦令其好友金庸有機會於 1955 年寫下處女作《書劍恩仇錄》。梁羽生的創作對金庸小說的創作發生主要在於他的嘗試，因為當時無人可以預料武俠小說可以有今日之現況與成就，這一點連當事人也始料不及的。

　　梁羽生的小說著重於塑造俠士形象，及強調歷史背景以營造傳統古典氛圍。廣州嶺南大學主修國際經濟的梁羽生，熱愛文史典故、古典詩詞及下棋，屬典型的文化人。梁羽生寫武俠小說的時間比金庸長，從 1954 年至 1984 年，寫了 30 年，筆下有超過 30 部為人熟悉的小說，如《白髮魔女傳》、《七劍下天山》、《萍蹤俠影錄》、《雲海玉弓緣》等。

　　梁羽生本名陳文統，筆名從梁慧如和白羽兩個名字結合而來。梁慧如是他寫雜文時的筆名，白羽則是他極欣賞的舊派武俠小說名家。由此可見，梁羽生對舊派武俠小說的重視，因此在他的小說中，特別強調俠客的道德觀。他的小說建基在強烈的歷史背景之中，如《龍虎鬥京華》建基於「義和團之亂」發生的清末、《白髮魔女傳》建基於萬曆至崇禎年間的晚明。因此故事都是在民不聊生的社會環境下發生的，人物對朝廷或政府有強烈的不滿，故事一般便建基在這個對立面之上，所以梁羽生小說有很強的歷史感。費勇、鐘

曉毅的《梁羽生傳奇》就說梁羽生小說：「兼有歷史小說之長」。[39]

　　這種兼有歷史小說特色的武俠小說，比舊派武俠小說更吸引讀者。再者，梁羽生練達的語言和深刻的武打描寫，都有令人耳目一新的感覺。可以說是一種武俠小說史上的破格與創新，然而金庸並沒有完全跟從這種做法。金庸小說比梁羽生小說的歷史感輕，沒有那一種國家民族大義的包袱，雖然《書劍恩仇錄》、《碧血劍》、《天龍八部》等小說都以歷史為背景，但焦點始終放在人物與情節之上，沒有像《七劍下天山》、《萍蹤俠影錄》等小說那樣，帶有強烈的憂患意識。這樣，讀者可以在簡單的歷史背景底下，閱讀故事。歷史只是「引子」，歷史事件或歷史人物，都只是作為故事的配襯，如《鹿鼎記》開首，借呂留良、顧炎武、黃宗羲三人的對話，交代清初時明末遺臣的心情，以及清初文字獄對士人的迫害，其中亦有對查氏先輩與「明史案」的關係作了敘述。直到小說的第二回，便開始介紹揚州的風土人情，以及介紹主人公韋小寶出場。朝代背景、歷史事件和人物，只為小說作配襯點綴而已。陳德錦在《文學面面觀》中借福斯特在《小說面面觀》中的話，來說明故事與情節的分別，他說：「福斯特（E. M. Forster）在《小說面面觀》（Aspects of the Novel）裡說：『國王死了，王后也死了，這是故事；

39　費勇、鐘曉毅：《梁羽生傳奇》，廣州：廣東人民出版社 1996 年版，第 64 頁。

國王死了，王后也因悲傷而死了，這是情節。」情節就是選擇最有意義的事件，營造出生動的情景。這些事件或說明一件事如何導致另一件事的發生（因果關係），或因所營造的氣氛帶來獨特的效果而使人留下記憶。」[40] 金庸小說把歷史元素視為情節，而非故事；梁羽生小說則把歷史元素視為故事，融入小說之中。金庸小說只摘取歷史事件數則，來烘托出故事的氣氛，故事並不是圍繞歷史而行，能做到這一點，手法是把小說中的歷史事件和人物的虛構成份增多，令讀者感覺在看有歷史感的武俠小說，而不是有武俠感的歷史小說。

二、古龍

古龍本名熊耀華，跟金庸與梁羽生並稱新派武俠小說三大家。古龍出身較晚，60 年代才開始在臺灣發表小說。他出生於香港，成長於臺灣。因謀生關係，而開展武俠小說創作的生涯。嚴格來說，古龍影響金庸小說創作的成份是很少的，反而金庸影響古龍小說創作的成份較多，因為古龍出道的時候，金庸已經在寫《射雕英雄傳》，風格已經形成，反而古龍仍在摸索創作路向。費勇、鐘曉毅的《古龍傳奇》曾說：「古龍早期的這些小說大抵帶有模仿的痕跡，模仿的對

40　陳德錦：《文學面面觀》，香港：獲益出版有限公司 2003 年版，第 55 頁。

象是金庸。」⁴¹然而，我們必須借鑒金庸小說同期的同類型
作品，才能全面地瞭解金庸小說的創作發生與流行過程。事
實上，金庸、梁羽生、古龍的小說各有特色和成就。古龍
的小說擅長營造氣氛和製造懸疑感，後期的手法像日本的偵
探小說，在小說發展的過程中不斷製造問題，直到結局才揭
盅。古龍另闢蹊徑，開創新風，理應最受歡迎，最值得細讀
才是。然而金庸比他優勝的地方在於人物的描寫。古龍小說
的人物描寫其實相當出色，而且花的筆墨也多，以《多情劍
客無情劍》的主人公「小李飛刀」李尋歡為例，有關他的
身世和行為的描寫，佔去了小說的很大篇幅。因此古龍小說
的主人公給讀者的印象是相當深刻的，可是給人感覺並不真
實，可以說是欠缺人性的。第一、金庸小說筆下的人物屬圓
形人物，是會隨經歷而成長變化的人物，古龍的則相反，屬
扁平人物，人物的性格和形象，在人物出場時，已然定型。
因此，金庸小說的人物性格更為真實。如《笑傲江湖》的岳
不群，便比《多情劍客無情劍》的林仙兒來得真實而可怕，
因為讀者是隨著故事的開展而去瞭解人物的個性的。再者，
人物性格是會隨情節而改變的，如《笑傲江湖》的林平之，
可以算是金庸小說中寫得最好的成長人物，他由福威鏢局的
太子爺，到變成家破人亡的孤兒，再因生存而成機關算盡的
陰險人物，變化相當之大。反觀古龍小說的人物，《楚留香

41　費勇、鐘曉毅：《古龍傳奇》，廣州：廣東人民出版社 1996 年版，
　　第 16 頁。

傳奇》的楚留香、《陸小鳳傳奇》的陸小鳳、《武林外史》
的沈浪，在他們身上，讀者都看不出有很大的人物變化。縱
使刻意描寫人物成長的《多情劍客無情劍》的阿飛，由未涉
江湖到歷經李尋歡的交往、林仙兒的哄騙，但到小說最後讀
者也不覺得他有多大改變，仍是給人冷靜、孤獨的形象。第
二、古龍小說的人物都只是因關心自己而發愁，跟金庸小說
筆下以國家民族大義為先的人物有很大分別。所以，我們發
現《天龍八部》中的段譽和《笑傲江湖》中的令狐沖，都
比《射雕英雄傳》的郭靖和《書劍恩仇錄》的陳家洛更要遜
色。因為後者關心的不單是自己的事，還有國家民族的事，
甚至認為國家的事比個人的事重要。金庸小說體現「修身齊
家治國平天下」的關聯思想，國家社會與個人並沒有刻意的
分割開來，雖然《笑傲江湖》沒有歷史家國的背景，但小說
反復強調的「江湖」，正是國家社會的感情投影。令狐沖出
任恆山派掌門，調息少林、武當、五嶽劍派、日月神教之間
的紛爭，算是投入「江湖」的描寫，當然，這又不完全是主
人公主動投入得來的結果，因為小說經常強調「人在江湖，
身不由己」的主調，人在江湖便不得不對看不過眼的事情負
起責任。因此，偉大而上乘的作品，必須帶有關心社會的情
懷。杜甫被尊稱為「詩聖」，歷來作品為人所稱道，就是因
為他的作品抱有悲天憫人的情懷，〈茅屋為秋風所破歌〉、
〈兵車行〉等都是代表。

當然，古龍小說描寫反派人物是相當出色的，《武林外
史》的王憐花、《絕代雙驕》的江別鶴和江玉郎、《多情
劍客無情劍》的林仙兒，都是壞透的人物。如果我們細心留

意，便會發現金庸小說的早期創作，所描寫的反派人物都不算深刻的。《書劍恩仇錄》的張召重、《碧血劍》的溫州五老、《射鵰英雄傳》的歐陽鋒都不算陰謀算盡的壞人物。至 60 年代開始，《倚天屠龍記》的周芷若、《天龍八部》的慕容復、《笑傲江湖》的任我行等人物，開始變得有層次和深度，懂得偽裝和攻心計。這些，或許跟古龍小說有關。古龍從 60 年代開始寫作，1960 至 65 年間共發表超過 10 部作品，產量驚人。雖然小說在臺灣發表，但對開放的香港來說，要讀到古龍小說不難。可以說，古龍小說反派人物的描寫，對於金庸小說的創作發生有一定程度的影響。

第三節　出版與修訂的意義

金庸從 1955 年寫武俠小說至 1972 年，共 17 年，其中，關於最後一部小說的封筆年份頗為混亂。羅立群說：「金庸寫了 15 年，共寫了 15 部作品。」[42] 如前文所述，林保淳的《解構金庸》有「金庸小說版本查考」一章，裡面有「金庸小說三大系統」一節，提到「金庸從一九五五年開始創作《書劍恩仇錄》，至一九七二年《鹿鼎記》完稿，一共創造了十五部武俠小說──『飛雪連天射白鹿，笑書神俠倚碧鴛』和《越女劍》；一九七三年金庸封筆，開始著手修訂工

42　羅立群：《中國武俠小說史》，瀋陽：遼寧人民出版社 1990 年版，第 299 頁。

作；一九八〇年，修訂版問世，這就是坊間常見的《金庸作品集》。」[43] 羅立群說金庸從 1955 年寫到 1970 年，共 15 年，15 部小說；林保淳說金庸從 1955 年寫到 1972 年，共 17 年，15 部小說；陳鎮輝說金庸從 1955 年寫到 1972 年，共 17 年，15 部小說。關鍵在於金庸封筆時間，其實當我們掌握時間重迭的概念，一切都變得合乎情理。從 1955 年到 1972 年，金庸都在寫武俠小說，發表長篇 12 部，短篇 3 部。同一時間，從 1970 年開始寫《越女劍》，以及開始過往小說的修訂工作。可以說，《越女劍》（1970 年）是金庸最後開始發表的小說，而《鹿鼎記》（1972 年）則是最後完成的小說，因為《鹿鼎記》雖比它早開始，但比它較晚寫完。修訂的工作則由 1970 年至 1980 年。特別注意的是，金庸是按小說出版的先後順序而對作品進行修改的，易言之，先發表的小說先修改，反之亦然。

如果把香港明河社 70-80 年代出版的新版與 50 年代報紙刊載的舊版比較，當發現不少情節有了修改。修改的原因主要是金庸認為小說情節結構有不少缺陷，甚至在新版中問題仍然存在，只是改不了而已。金庸曾說：「如《天龍八部》、《鹿鼎記》等幾部，結構確有重大缺陷，現在要改也改不來了。」[44] 此話反映兩點，一、金庸認為自己的小說在結構上有不少缺陷；二、縱便作了修改，缺陷仍然存在，只是

43　林保淳：《解構金庸》，臺北：遠流出版社 2000 年版，第 201 頁。

44　金庸：〈小說創作的幾點思考〉，《金庸散文集》，北京：作家出版社 2006 年版，第 271 頁。

小說較之前好而已。其實，坊間現存的金庸舊版小說少之又少，彌足珍貴，甚至連金庸自己也沒有全套。不少人曾向金庸建議，重新出版舊版金庸小說，但都遭拒。究其原因，金庸深覺舊版小說有太多錯漏缺失的地方，價值不高，但不論是忠實書迷抑或是金學研究者，都望能一窺其秘。何況，以舊版與新版作比較，當可更瞭解作者用意及寫作心態，對各方都有益處。可是現存舊版金庸小說鳳毛麟角，一紙難求，要一睹廬山真面目可謂不是一件容易的事情。誠然，要把金庸舊版小說和新版小說作一比較，當中延伸出來的課題已夠廣闊和多元，本節雖以此為探討對象，但由於篇幅有限，以及其與論文大方向有異的關係，只能多借前人所得，結合本書論題，加以發揮，望能起兼收並蓄之效。陳鎮輝曾著有《金庸小說版本追昔》一書，內文除對金庸小說版本作了簡單而清晰的說明外，還參照了好幾篇有份量的論文，亦是陳氏大力推介的，例如葉洪生的〈「偷天換日」的是與非——比較金庸新、舊版《射雕英雄傳》〉、外國研究金庸小說學者 John Christopher Hamm 的 "Creating Classic Literature: On the Revision of Jin Yong's Sword of Loyalty"、林保淳的《金庸小說版本學》及其《解構金庸》一書第七章的〈金庸小說版本考查〉。[45] 從前人所述得知，金庸在新舊版中，的確有不少修改的地方，但都只限於武功招式或來由，部份雖涉及小

45　陳鎮輝：《金庸小說版本追昔》，香港，匯智出版有限公司 2003 年版，第 125 頁。

說情節，所佔篇幅有限，對主結構影響不大。例如以《射雕英雄傳》中的武學經典《九陰真經》為例，其來歷就分作兩個說法，舊版指是印度達摩老祖潛心參透而成，新版則指為黃裳在道家造詣上的巔峰之作。又如舊版《神雕俠侶》中的楊過是被郭芙削去左手的，新版則改為右手。如此種種，對整體故事框架影響不大，但可以見到作者在修改時的執著精神。前者的改動，目的是把中原武學經典《九陰真經》歸入中國，而非印度的產物。後者的改動，增強了情節的合理性。楊過在危急下舉慣用的右手擋格郭芙的攻擊，比用左手來得合理。其實歷來偉大的中外文學作品，都經歷過多次的修訂和出版。金庸小說也不例外。

一、不同載體的意義

金庸小說版本學的討論，可以是一項專門研究。在香港從 50 年代出版的第一版，可以說最為罕有，因為刊本都以報紙連載的為據，保留了小說的原貌。加上年代久遠，在坊間尋得，相對不易。金庸更曾經在出版新版小說，即 80 年代左右期間，把市場上的第一版買斷，希望讀者看到的，只是新版小說，把舊版中的誤點，一一埋藏。舊版的出版社有鄺拾記書局、三育出版社，當時出現不少盜版情況（即沒有正式授權出版），有三民出版社、香港娛樂出版社、光榮出版社，但時至今日，盜印版本也洛陽紙貴。其次則為 80 年代內地解禁武俠小說後，出版的一系列版本，俗稱三聯版；臺灣亦於 80 年代傳入金庸小說，俗稱遠流版；香港 80 年代

則有明河社版。比較起來，香港版在坊間較易見得。另外，有一些在兩岸 80 年代解禁前以盜版形式推出的，同樣罕有，如臺灣有以《射鵰英雄傳》為本而出版兼易名《大漠英雄傳》的版本。盜版問題在兩岸三地，不論是 50 年代還是 80 年代都存在，真正獲得授權的出版社不多，上文所述的明河社、三聯、遠流都是得到認可的。

　　此類小說的內容絕非金庸手筆，行文佈局情節等都十分差劣。筆者在香港尋得的《太虛神僧》一書，竟在作者欄寫上「金庸」，而封面則挪用香港 90 年代電影《倩女幽魂 3：道道道》的劇照。由此可見，90 年代或以前的內地出版的武俠小說，實有良莠不齊的情況，每每假託金庸之名來出版質素差劣之小說。及至 8、90 年代，內地民眾漸漸對金庸小說有所認識，加上三聯出版社正式獲授權出版金庸小說，這類偽託冒名的小說已漸漸不見於市場。

　　另一方面，大眾媒介對金庸小說的影響，起了很大作用。香港無線電視於 1967 年啟播，在此以前，大眾的消費模式都以閱讀為主。自電視機面世進而普及化，及免費電視臺的出現，大眾的「閱讀」習慣開始漸漸有了改變，轉而為「觀看」，聲畫兼備的電視節目很自然成為普羅大眾的消費對象。50 年代的閱讀氛圍，大眾天天追捧連載小說的情境，都隨著電視節目的流行，而隨風消逝。在內容本質上，雖然閱讀的途徑改變了，但金庸小說扣人心弦的情節，叫人難以忘懷的角色，都繼續吸引著讀者（觀眾），這可以解釋為甚麼過去幾十年，被改編的金庸小說有幾十部之多，有的甚至是剛連載完畢，就被改編拍成電視劇。這反映大眾對金庸小

說在本質上的熱愛和追求，不囿於讀本一個載體。自從電視媒介的出現，紙媒的受眾開始減少。金庸小說在紙媒上的讀者數量也隨之下降，然而隨著金庸武俠改編電視劇的出現，令金庸小說的受眾層面從報紙擴至電視上。

金庸小說的傳播，在 20 至 21 世紀都在世界的舞臺閃閃發亮。金庸小說誕於香港，發揚於世界，不論華語世界，還是英語世界，甚至多語世界，都有金庸小說的生存空間。金庸小說的翻譯，跨越了日、俄、德、法等多國語言，影響所及，橫跨時間性和空間性。金庸小說的讀者群，上有學者，下有市井流氓。改編作品，既有電影、電視劇，甚至是流行漫畫、網上電腦遊戲。在近代中文小說中，算是一個異數，可以說是空前偉大。前無古人，又未有來者。

近幾十年，尤其是 90 年代開始，香港和臺灣金庸作品改編的產量甚豐，單以香港來算，90 年代就差不多每年出產一部電視劇，可見 90 年代的一股金庸學術研究熱與大眾口味的配合。轉至 2000 年開始，大陸臺灣兩岸的產量已比香港的多，有後來居上之勢，加上兩岸製作資金豐厚，團隊龐大，相比較來看，香港的作品給人一種後勁不繼之感。香港的無線電視翡翠臺近年都要外購兩岸劇集播映，欠本地原創性，是頗叫人可惜的。

漫畫方面，以香港一枝獨秀，在 90 年代盛極一時，而都集中於膾炙人口的射雕三部曲之中，相信是基於漫畫的讀者群對金庸小說認識有限所致。比較相來，李志清的厚裝本漫畫比黃玉郎等薄裝本來得仔細，雖只有黑白二色，但不論畫功抑或情節結構，都見較為用心，亦沒有刻意渲染暴力與

色情的元素。金庸小說改編的電玩遊戲多樣，影響最大最廣的當為《金庸群俠傳》（網路版），直到今天，遊戲開發商的伺服器仍然運作，仍有零星玩家在樂於此道。可見金庸小說影響所及，不限於埋首書本的讀者，甚至迷於電玩的一眾，都受金庸小說的影響。此眾或雖對金庸小說不感興趣（當然有部份是感興趣的），但不能否認其對中國文化中的武俠情結有所喜愛，這再一次證明金庸小說的魅力。實然，金庸小說的改編產品極之多元化，除了電影、電視劇、漫畫及電玩類，還有如廣播劇等，不過影響較小，未有納入表中。過去 60 年裡，金庸小說的改編產品很多，僅就 2015 年來說，金庸小說的衍生的新產物就有「發聲書」和「E-APP」兩類。所謂「發聲書」，是指由《好聲》發行，黃霑（已故）和蕭潮順策劃的一系列配合說書及廣播劇元素的有聲播放書籍，當讀者翻揭至某一頁時，書中會展示某章節的簡介，同步播放由配音員預先錄好的版本。《好聲》系列其中較為引人注目的，是出版《射鵰英雄傳》版本，由陶傑任說書人、謝君豪任郭靖、黃杏秀任黃蓉、石修任黃藥師、陳百祥任歐陽鋒、廖啟智任段智興、泰迪羅賓任洪七公、葛民輝任周伯通、劉雅麗任梅超風。從配音員名單可見，銷售的對象應是年近半百的讀者。「發聲書」在 2016 年 7 月首次亮相香港書展。2015 年在香港由貿易發展局主辦的香港書展就特別設有「筆生傳奇」金庸小說展覽，展示了 1956 年 6 月 21 日《新晚報》連載的《書劍恩仇錄》，以及 60 年代由鄺拾記報局發行的初版《天龍八部》。從香港書展的「發聲書」出版及「筆生傳奇」展覽得知，金庸小說仍發放耀眼的光芒。

　　另一方面，所謂「E-APP」，是指智慧手機程式，2015年推出以金庸小說為藍本的有《笑傲江湖》，名為「笑傲江湖手機版——我要你永遠記得我」，由臺灣的遊戲程式開發商「完美世界」研發，「8888Play」取得臺港澳三區的代理權。這個遊戲名稱取用1992年香港金公主出品的「笑傲江湖」電影裡的一句對白。這電影對兩岸的影響不言而喻，遊戲開發商為引起兩岸觀眾共鳴的用意亦十分明顯。可見以「E-APP」出品金庸小說的衍生遊戲，對象十分廣泛，既有年青喜好手機遊戲的玩家，亦有80後或曾觀看舊電影《笑傲江湖》的觀眾。從香港書展的「發聲書」到「E-APP」，可見金庸小說直到2016年仍從不同管道影響著讀者，對象的年齡層亦十分多元。相信遊戲發展對金庸小說的傳播，在未來必當充當一個重要角色。[46] 這正反映了文學消費活動模式的轉變，在短短50-60年間，從文字書本轉至網路世界的局面，讀者的消費不單是在享受書本小說帶來的快感與樂趣，而是透過輔助的玩味性質濃厚的工具來滿足，如電玩的設計。文學消費的主要目的在於心靈性質上的，如淨化、消閒。當金庸小說消費平臺開始轉型後，相繼的文學消費目的都會改變，走上了娛樂性質味道濃厚的道路，小說的內容情節及敘事技巧反而變得次要，不論電影或電玩，大都只取小說的角色或單一情節再加以創新塑造，重新包裝設計，與

46　在「E-APP」出品以金庸小說為藍本的遊戲不少，如2013年有「完美世界」出品的「神鵰俠侶」、2014年有「搜狐暢遊」出品的「天龍八部3D」。

金庸小說本來的面貌產生一定的距離，甚至可以說是二次創作。因此，當我們談 50-60 年代金庸小說的書刊本時，才能剖析其與社會的文學消費的關係。馬克思曾說：「生產直接是消費，消費直接是生產，每一方直接是它的對方。可是同時在兩者之間存在著一種仲介活動。」[47] 這說明生產與消費的互動關係，50-60 年代的讀者（社會氛圍）跟金庸創作小說的歷程有著莫大關係，相反，金庸封筆後，更多的金庸小說被改編成電影與電玩，其消費層面寬了，受眾也多了。可是其文學價值下降了，武俠元素也減少了。小說與社會的關係變得疏離，所謂的「金庸小說改編」則變成了一種宣傳伎倆或口號。可見，從傳播媒介的變化，我們可以看到金庸小說的傳播與影響都作出了相應的改變。以往金庸小說通過報紙而得以流通，現在金庸小說只能通過各種途徑，試圖吸引受眾的目光。可是，不管是用遊戲或是「發聲書」等途徑，金庸小說的影響相比以前，的確是減弱了不少。原因是大眾傳播媒介變得五花百門，受眾不再像以往，只能夠通過報紙得到外界資訊，他們可通過互聯網或其他刊物取得各種資訊。因此，以往借報紙媒介作為載體的金庸小說，在現時已失去這種優勢。

47　【德】馬克思：〈《政治經濟學批評》導言〉，《馬克思恩格思選集》，第 2 卷，北京：人民出版社 1995 年版，第 9 頁。

二、不同版本的意義

　　金庸小說的修訂，與香港社會的關係密切。隨著讀者的期望域日增，金庸又是一位願意聆聽讀者意見的作家，兩者產生了互動的關係。過去的修訂版本，除了潤飾了文字，以及把前文與後理變得更絲絲入扣外，還在情節上作了不少處理。如果說為了社會大眾的期望，而作了一個最大的修改，莫如說是作者對作品的認真與執著的體現。誠然，讀者眾多，不能一一滿足，有的喜歡舊版，說是保留原有味道；有的喜歡新版，說是至臻完美的表現。實際上，金庸小說橫跨半世紀，有不同年齡層的讀者群，讀者有其偏好是理所當然的。屬於哪一種讀者群的作品版本，往往就受到那一種讀者群的喜好。如 50-60 年代已經在報刊追讀金庸小說的讀者群，往往最喜歡舊版的金庸小說，《倚天屠龍記》的趙明比後來的趙敏印象更深。年青一代初接觸金庸新修版小說，烙下深刻印象，有先入為主的感覺，一般都覺得比舊版小說好。在金庸小說的影視版本尤其明顯，60 年代出生的喜歡羅樂林飾演的楊過、80 年代出生的喜歡劉德華飾演的、90 年代或 2000 年出生的則喜歡黃曉明飾演的。因此不論讀者或觀眾，第一印象都十分重要。值得注意的是，最新修訂的版本，跟社會狀況沒有多大的關連，究其原因，一、閱讀金庸小說的風氣比起幾十年前減弱了不少，皆因網上或電視媒體多元化所致；二、香港自回歸後，社會風氣變得穩定，而不像回歸前，經常糾纏在英國殖民與香港本土意識等矛盾議題之上。這樣說，是因為過去幾十年香港受內地或香港本身

的抗殖情緒影響，政治氣候變化多端；金庸小說同時反映大眾的心理與行為，如《碧血劍》與香港人移民心理的關連、[48]《笑傲江湖》與內地「文革」的關連等。[49] 然而最新的修訂版本所處的時間，金庸小說與社會（包括讀者群）的互動性可謂十分之低，香港大眾已鮮有手捧金庸小說追讀的了，大多接受其改編的電玩遊戲或電視電影版本。因此金庸修訂小說的意義實際不大，因此，與其說金庸修訂最新版小說是為了跟上時代社會的步伐（跟先前修訂的目的一樣），倒不如說是一種自我完成的表現。希望能夠透過修訂版本，為小說精益求精，至臻完美。同時，修訂也可掀起社會討論，令年輕讀者對金庸小說有所認識。

　　從金庸小說的版本修訂，以至不同版本在不同地方的衍生，可反映金庸小說在社會的受重視程度。小說內容的改動，跟 50 年代，以至 60、70 年代的社會氛圍到底有何關聯性？曾有學者把寫始於 1956 年又寫終於同年的《碧血劍》與當時報紙流行的喜劇置換小說並置解讀，試圖瞭解金庸的政治取向及當時大眾的心態。[50] 以《碧血劍》中的袁崇煥對

48　【美】韓倚松：〈金庸早期小說與五十年代的香港〉，劉再復、張東明編：《金庸小說與二十世紀中國文學國際學術研討會論文集》，香港：明河社出版有限公司 2000 年版，第 191-210 頁。

49　陳素雯、馮志弘：〈《笑傲江湖》的政治諷喻與《明報》的轉型（1962-1969）〉，《興大中文學報》，2007 年 12 月，第 97-124 頁。

50　【美】韓倚松：〈金庸早期小說與五十年代的香港〉，劉再復、張東明編：《金庸小說與二十世紀中國文學國際學術研討會論文集》，香港：明河社出版有限公司 2000 年版，第 191-210 頁。

明末以及闖王李自成等政治集團的心灰意懶，最後以荒島避
世等行為，來說明政權易主、民族大義等命題；把武俠小說
中的「江湖」或「江山」這樣的一個大舞臺，與香港的境
況並置，不難作為英殖地的香港，就恍如「江山」落入他人
（不同民族）之手，最後只能取消極的方法，離開這個不屬
於自己的地方。武俠小說借助這種方法，來給香港的讀者一
種心理上的調解，因為「江山易主」等事，在中國社會歷史
的之中，是尋常不過的。因此小說中的角色跟當時港人的心
態可謂一脈相連，都視離開居住地為目的。

　　小說經常描寫「江山」落入「外族」之手或朝政更迭連
連，南來的讀者很容易因此聯想起中國 20 世紀列強入侵及
日本侵華的歷史事件。除了這種想法，他們也會聯想起香港
被殖民的處境。因此他們當時的心情是相當複雜的。

　　金庸小說能夠發展出獨當一面的新派武俠小說，可以說
是結合了香港 50-70 年代的天時地利人和。如果不是 50 年
代大批內地移民湧到香港；如果不是港英政府對香港文壇採
取放任政策；如果不是大量港人對「抱不平」的俠客故事產
生嚮往；如果沒有 1954 年的一場拳爭武鬥；如果沒有羅孚
的建議；如果沒有梁羽生在《新晚報》的《龍虎鬥京華》，
等等。如果沒有以上的條件，不消說金庸小說難以流行，甚
至不會誕生。金庸小說受制於時間與空間的限制條件之中，
跟古今中外的文學巨著一般。其實在佟碩之（梁羽生）的
《金庸梁羽生合論》中，對金庸小說的評價已經夠多，例如
《射雕英雄傳》中，以大宋才女唱元曲等。又如以批評名人
文章而著名的潘國森的《修理金庸：大師不應錯的小學問》

中，質疑小說中的不合理寫法，違背史實及常識。雖然金庸小說初版在報紙連載，每日 1000 字左右，很難組織小說架構情節，如《碧血劍》就是被人批評最多的一部，金庸自己也承認，書寫《碧血劍》時，沒有架構的設想，純粹邊想邊寫，加上由 1956 年 1 月 1 日寫到 12 月 31 日，從終止的日期上看，很難不令人懷疑其中的刻意而為。不過，金庸於 1972 至 1982 年間曾對其小說進行大規模的修改，除了在修辭造句上作修改，情節內容上的牽強錯漏，相信都已經接近修改完成。但在修訂版中（現時最流行的版本）卻仍有可以改善的地方，例如《射鵰英雄傳》中，寫陳玄風肚皮上刻了滿滿的《九陰真經》下卷，試問在狹小的肚皮上怎能刻滿洋洋大觀的《九陰真經》下卷？又如沒有交代《書劍恩仇錄》的陳家洛如何轉移了對霍青桐的情愫到香香公主處。這些地方都在新修版得以增刪。可見金庸本人也覺得這些不合理處太過礙眼。

　　金庸小說經過了兩次大型的修訂工作，分別是在 1972-82 年以及 2000-2006 年，當中對小說的情節、人物、結局都作了大大小小的不同修改。究其原因，主要是作者金庸對小說仍有不滿之處，望能透過修改而至臻完美。有趣的是，大多數讀者都對初版本有著很大的好奇心，或是對舊版本有所依戀，不願接受新版本的改動，往往抱有先入為主的心態。平心而論，金庸初版小說的確有不少缺失，甚至在初版小說中，連載版與刊印版都有不少分別。即是說，金庸對報紙上的連載版亦有不滿意的地方，須花時間在刊印版（通常是三育出版社或鄺拾記書局出版）上修改，包括回目、用語、

情節等。[51] 金庸當時每天在報紙寫大約一千字的連載小說，偶爾出現不合理或前後不一的地方，絕對可以理解。難能可貴的是，金庸年過 70（2000 年）仍選擇重修全套小說，可見其人之工作認真與嚴謹程度確令人咋舌。不過，由於武俠小說的背景需要設置在只有冷武器的時代，以發揮武功的功效，因此受制於歷史朝代背景的影響，金庸小說至《鹿鼎記》已無突破（《鹿鼎記》對金庸早期小說，以至整個新派武俠小說已是重大突破）。

---

51 邱健恩在〈自力在輪回，尋找金庸小說經典化的原始光譜——兼論「金庸小說版本學」的理論架構〉一文對此有詳細敘述。該文收入《蘇州教育學院學報》2011 年 01 期，第 2-11 頁。

第五章
從文本看金庸小說的創作發生

　　我們細讀金庸小說，便能把其中的元素與中國傳統小說與西方現代小說作出對比。因為兩者對金庸小說的創作發生起了很大的作用，非武俠類型的中國傳統小說，無論是意識形態或是表現手法，都影響了金庸小說的創作；而西方現代小說的表現手法，我們更可以輕易在金庸小說中找到，而這一點更是金庸小說在同類型小說中的特色之一。當然我們不應該亦不可以把金庸小說吸收西方現代小說的表現技巧，視為其唯一的特色，正如不少論者只把梁羽生小說說成為最富中國古典氣息濃厚的小說、古龍小說具日本偵探推理小說的成份等等。因為這些只不過是他們其中一個特色而已，並無必要作籠統而不科學的區分。金庸小說可以流行，其表現手法與創作意念都是功不可沒的。

第一節　保留中國傳統小說的特色

　　金庸小說的寫作保留了部份中國傳統小說的特色，令讀者讀來倍覺親切。例如《射雕英雄傳》的開首，便跟《水

滸傳》的開首有很多相似的地方，如借非故事主人公的對話引入情節、借歷史事件為故事背景、夾雜詩詞於期間等。兩者的分別在於前者對時代背景的敘述是以「呈現」的方式表現，而後者則以「敘述」的方式表現；前者較為含蓄，後者較為外露。中國傳統小說有不少借鑒歷史再創新的例子，如《三國演義》改編自《三國志》，因此《三國演義》比《三國志》的文學價值及影響力高得多。又如《水滸傳》與《大宋宣和遺事》也有著同樣的關係，歷史書與通俗小說互補，小說可通過內容情節的改動、人物角色的重新塑造、精彩動人的文字等，來把原有的歷史故事重新潤色包裝，成為深受民眾歡迎的流行讀物，而且流行的程度以及長度，都是不為人所能預計的，就如金庸小說，影響所及不止一個小小的香港，甚而是整個華語區域；而其流行的時間，又絕非只有創作中的 50-70 年代，甚而至今天的 21 世紀，其小說或是衍生出來的電影、電視劇、網路遊戲等，都一直膾炙人口。[1]金庸小說的內容大部份是虛構的，但其結合真實的歷史背景、事件、人物，一切都變得有血有肉，恍如歷史小說。借用歷史故事來進行創作，是中國傳統小說的一個特色。

1　2014 年 6 月，臺灣的網路遊戲開發商「智冠科技」旗下的「遊戲新幹線」，就以金庸小說「天龍八部」為藍本，推出線上遊戲「新天龍八部 Online」，可見金庸小說的衍生產品目前仍在影響著大眾。

　　實際上，金庸小說對中國傳統小說的沿用，主要在於保留固有傳統小說的優點之上，如古詩詩詞回目和中國傳統文化的善惡觀。因為這兩點最值得保留下來，詩詞能增加文本的藝術成份和文化氛圍；善惡觀保存了俠義一類小說所強調的核心價值。我們不難在金庸小說中，找到中國古典小說的影子。

一、古典詩詞回目

　　吳宏一曾撰文〈金庸小說中的舊詩詞〉，[2]說明金庸小說為甚麼喜用古典詩詞，又把它與梁羽生的詩詞作對比，敘述金庸因梁羽生的批評，而在 70 年代修訂時把詩詞回目逐一修正，因為原先金庸小說中所用的回目詩詞，一種是採用前人作品，一種是自身創作。柳存仁也曾撰文〈金庸小說的視野：《天龍八部》〉，[3]內文提及金庸小說的詩詞回目。他說金庸小說所用的回目乃承襲自古典小說的，而又有變化，從《書劍恩仇錄》的兩句，每句七字，到《神雕俠侶》時則轉用每回一句，每句四字的格式，到了《天龍八部》時甚至轉為以一闋詞來代替每章的回目。由此，我們可以歸納

2　吳宏一：〈金庸小說中的舊詩詞〉，吳曉東、計壁瑞編：《2000' 北京金庸小說國際研討會論文集》，北京：北京大學出版社 2002 年版，第 446-463 頁。

3　柳存仁：〈金庸小說的視野：《天龍八部》〉，吳曉東、計壁瑞編：《2000' 北京金庸小說國際研討會論文集》，北京：北京大學出版社 2002 年版，第 559-570 頁。

得出，第一、金庸沿用章回小說的每章皆有回目的特色；第二、金庸小說回目從兩句到四句，再到多句，在格式上變化；第三、金庸小說的詩詞回目在過去有改進的趨向。

金庸小說的詩詞回目，對於一般讀者而言，未有太大的影響。相信普羅大眾不會深究金庸小說的回目到底寫得好還是不好，甚至對於回目意思結構也不甚瞭解。當然，對於有一定知識背景的讀者而言，詩詞回目寫得好不好，絕對影響對小說整體的觀感和評價。如果單從金庸小說本身而言，詩詞回目的作用，在於渲染中國傳統小說氛圍比實際意義大得多。因此筆者無意在此評價金庸小說的詩詞回目，金庸小說的詩詞回目，作用不在於填補或說明每回內容，而在於滿足格式上的合理期望。所謂合理期望，是指作為表現中國傳統色彩的武俠小說，以分章分回的體裁進行敘事，如果欠缺回目詩詞的成份，終究難有體面。金庸自己曾在《天龍八部》的後記中說：「作詩填詞我是完全不會的，但中國傳統小說而沒有詩詞，終究不像樣。這些回目的詩詞只是裝飾而已。」[4] 雖然說話帶有謙詞，但說明了中國傳統小說帶有詩詞的既有框架。自「五四」以來，中國小說已擯棄使用明清流行的章回體寫作，而改以西方小說的不分回目寫作，方便複雜的敘事方法。讀者不會因回目而影響瞭解小說敘事的時間和空間。在中國傳統小說中，回目代表敘事的時間軸，很

4　金庸：《天龍八部》，香港：明河社出版有限公司1978年版，第2126頁。

多時同時代表故事的時間軸，回目的摒棄，令我們的小說有更大的發揮空間。如魯迅的《祝福》，運用不同的時序與角度敘事，先交代第一敘事者「我」的感想，後用第三人稱敘事倒敘交代祥林嫂的遭遇，最後重提「我」對魯鎮的感受，以加深小說的層次與感染力。金庸小說是很特別的作品，它既有西方的表現手法，但骨子裡表現的是中國文化的東西，而形式上又用上中國傳統小說的架構，令讀者在固有的閱讀期望中超出期望，如《雪山飛狐》的時間敘事，根本是不理會分章回的固有意義，假如我們刪去小說中的章回，其實是不影響我們理解故事的情節發展的，甚至會更清晰。可以說，金庸小說的詩詞回目，其實是一種形式上的東西，是為加強中國傳統元素而設的，對於故事表達幫助不大。對 20 世紀 50 年代的小說而言，金庸小說已有不少破新，為了保留傳統文風，詩詞回目可以算是一個重要工具，不然，就會像古龍小說一樣，很難令人看得出有傳統文化的味道。

二、善惡有報的傳統觀念

「報」在中國傳統文化中，是很重要的元素。每多在武俠小說中表現俠客的報恩或報仇的思想與行為。很多時候，小說以主人公報仇作為故事的開展，《雪山飛狐》的胡斐為報父仇挑戰苗人鳳，從而產生大大小小的矛盾。《神雕俠侶》的楊過一直尋找殺父仇人，以致黃蓉處處對他顧忌三分。《碧血劍》的袁承志希望推翻昏庸的明朝，為父親袁崇煥報仇。《倚天屠龍記》的張無忌因父母被江湖六大派所害，故

視之為仇敵；小時候受玄冥神掌之苦，故對玄冥二老恨之入骨。可以說，報是構成武俠小說的重要元素。中國傳統小說有關報仇最著名的例子必然是〈豫讓傳〉。豫讓為替智佰報仇，欲殺趙襄子，不惜自殘身體，最後假借擊打其衣三次，以示殺之，完成報仇任務後自殺去了。因為古時候的俠客，最大的生存價值都只在於報仇或報恩。報仇和報恩可以賦予主人公方向和目標，從而展開故事。

　　另一方面，小說的結局大多體現善惡有報的傳統道德倫理觀，主人公必可手刃仇人，因此離不開「邪不能勝正」的基調。這樣創作的目的是滿足讀者的期望要求，中國傳統小說總是以「大團圓結果」作結。基本上，沒有「邪能勝正」的結果，再者，主人公永遠是不會在故事中死掉的。當然，這是指大部份的中國傳統小說而言。因為它們都具有教化意義，「文以載道」不單是唐代盛行的文風，歷代文學作品中只不過對「道」的釋義有差別而已，文學大抵上仍然保留這種目的。歷代小說反復傳遞「善有善報，惡有惡報」的觀念給讀者，導人向善。新文學時期，「文以載道」的思想被學界大加鞭撻，如果太注重道的表現，則認為會影響文學本身的價值。這一點相信不會有甚麼異議。然而，武俠小說的功能主要在於娛樂大眾，以善惡有報的形式建構故事，無非是滿足大眾的期望，從而獲得心靈的滿足。金庸小說的教化成份很少，大抵是因為以娛樂大眾為先的結果。那麼，為甚麼大眾喜歡閱讀善惡有報的小說結果？這是由於中國傳統孔孟思想所帶來的結果。儒家思想一直教導我們重視忠恕之道、仁義之道、孝悌之道、中庸之道。重人倫、重人之道德價值

觀與行為。結合由天主宰的所謂「報應」，便很自然出現善
惡有報的故事結果。假如人物作好事，自然得到好的結果；
反之亦然。然而，有趣的是，主人公在故事開始時未有作好
事，仍然會得到好處，如奇遇。這種不勞而獲的情節，是讀
者乃至人的心理渴望。楊聯陞的《中國文化中「報」、「保」、
「包」之意義》提及，「報」在中國人的社會十分重要，
特別注重人的來往關係，是構成社會的重要元素。古時候孔
子說「不報無道」，意思是對於敵人的來犯，我們是不予回
報的。[5] 發展到後來，漸漸演變成「有仇必報」、「有恩必
報」的思想。然而我們發現，過去的俠義小說或武俠小說，
總離不開報仇與報恩的思想，如《水滸傳》有武松為兄（武
大郎）報仇，當眾審問潘金蓮，然後將之殺死的情節。又如
《三國演義》有孔明為報答劉備三顧茅廬的知遇之恩，而與
蜀國共存亡的描寫。歷代關於「報」的意義相當複雜，這裡
無意逐一解說。這裡想要說明的是，武俠小說中的「報」，
不論是「報恩」抑或是「報仇」，都特別重視個人的成長。
意思是「報」對於武俠小說的主人公的作用，主要在於推動
他的成長。當中包括鼓勵他學藝和建立江湖上的人脈關係。
前者如楊過、胡斐；後者如令狐沖和韋小寶，從而達到預設
的目的。唐代佛教的傳入，對於中國文化的影響是相當之大
的。至於佛教的報應、輪回等思想，對於武俠小說有多大的

5　楊聯陞：《中國文化中「報」、「保」、「包」之意義》，香港：香
港中文大學出版社 1987 年版，第 7 頁。

影響。我們可以從《天龍八部》中得到一些啟示。陳平原曾指出，20 世紀中國文學中，因佛學在社會和文化中失去功能，因此除了蘇曼殊和許地山的作品外，極少有相關的描寫。反而在通俗的武俠小說中找到相關的文化表述。[6] 這一點說明了武俠小說對於中國傳統小說在文化上的承傳，填補了「五四」以來，現代小說在佛學上的缺失。金庸小說在這方面的表現十分全面和成熟，如《天龍八部》中各人有各人的欲望和煩惱，段譽對王語嫣的傾慕、慕容復渴望復興燕國的大計、蕭峰對自我身份的尋找與認同等等，最後通通得到相應的結果。又如《飛狐外傳》中寫胡斐與袁紫衣的一段感情，完全體現佛教中捨離的概念。另外，武俠小說又承繼了中國傳統文學所重視的「天理」、「天人感應」的觀念。歷代文學中有很多這樣的例子，如元雜劇《竇娥冤》中，主人公行刑前立了三個誓言，血往白練、夏天下雪、楚州旱災，如能一一應驗，便能證明自己屬清白。故事最後害人者都得到正法。

第二節　吸收西方文藝的表現手法

新派武俠小說對比舊派武俠小說在語言、佈局、表達上的革新，幾乎是公認的事實，然而金庸小說的敘事技巧較

6　陳平原：《千古文人俠客夢——武俠小說類型研究》，臺北：麥田出版有限公司 1995 年版，第 289 頁。

同期同類小說成熟得多，不單有多線並行結構（《天龍八部》）、電影長短鏡頭（《鹿鼎記》），還有角色心理活動等。對 50 年代的通俗文學來說，可謂是出類拔萃的。金庸利用電影手法以及從西方文學中學會的技巧化入小說之中，有別於過去舊派武俠小說，不再以單線的平鋪直敘方式表達故事，而是採用從一個大故事中化分成多個單元小故事，各自發展，而又互有關連。這種表現手法在中國通俗武俠小說中是不常見的，回顧過去的如王度盧的《臥虎藏龍》、向愷然的《江湖奇俠傳》等，結構工整，故事嚴謹，但敘事的方法略欠創新，少了一份金庸小說獨有的懸念，吸引讀者追看下去。

試看《倚天屠龍記》開首部份，懸疑感十足，吸引著讀者追看。以下為第三回「寶刀百煉生玄光」的其中一段：

這才想到：「我在錢塘江上中了七星釘和蛟須針的劇毒。」只聽得兩個人在說話。一人聲音宏大，說道：「閣下高姓？」另一人道：「你不用問我姓名，我只問你，這單鏢接是不接？」俞岱岩心道：「這人聲音嬌嫩，似是女子！」

那聲音宏大的人怫然道：「我們龍門鏢局難道少了生意，閣下既然不肯見告姓名，那麼請光顧別家鏢局

　　去罷。」[7]

　　讀者光看這一段，已被角色的對話內容吸引，當中產生了不少懸念，例如說話的女子是誰？跟俞岱岩甚至武當派有甚麼關係？為甚麼有如此能力卻委託他人來押鏢？所押的鏢又是甚麼？當然讀者越讀下去，謎團將一路解開。讀者由俞岱岩的主觀視覺，慢慢轉為全知的客觀視覺，直到第十回「百歲壽宴摧肝腸」才透過殷素素的聲音來解開所有謎團。這種由第一身到第三身，再重點描寫俞岱岩發現當日指使送鏢的就是五弟媳殷素素時的表情與反應的手法，令讀者起初受到不知的故事而吸引，然後知悉內情，故事中的角色則蒙在鼓裡，這種結合西方偵探小說（讀者未知）和中國傳統公案小說（讀者全知）的手法，既可在開首吸引讀者，又令在中段不致未知故事因由而感覺沉悶。金庸小說的獨特處，是在於它有很強的連貫性，縱使相差很多回目，情節仍然能緊扣在一起，正如上文所舉的例子一樣，相差了差不多七回的情節，作者埋的伏筆足足佔去整個小說的五份之一，可見作者的刻意經營。

　　陳平原曾在《中國小說敘事模式的轉變》中提到中國小說的敘事手法，並引用西方小說敘事研究來把敘事手法分作三類，分別是「全知敘事」、「限制敘事」、「純客觀敘

7　金庸：《倚天屠龍記》，香港：明河社出版有限公司 1976 年版，第 101-102 頁。

事」。他又說：「在二十世紀初西方小說大量湧入中國以前，中國小說家、小說理論家並沒有形成突破全知敘事的自覺意識。」[8] 金庸小說正如上文提及的《天龍八部》，可算是通俗文學中，結合限制敘事和純客觀敘事的先鋒。小說以限制敘事和純客觀敘事表現故事，包括人物的心理和性格，推進情節發展，及至故事結尾，人物角色和讀者同時對事情的突破發展有了突如其來的感覺。相比以往中國通俗小說只運用全知敘事來說，吸引性增加了不少，讀者代入感亦較高。

金庸小說由 1955 年寫到 1972 年，如果說 17 年的漫長寫作過程沒受到西方現代主義影響是站不住腳的，何況 60-70 年代的香港文壇，是現代主義的全盛時期。劉以鬯在《香港短篇小說選（50-60 年代）》的「前言」提到：「六十年代中期，香港的文藝雜誌呈現了一片蓬勃的景象，在本地成長的作者受著各種文藝思潮的影響和衝擊，他們一方面接受中國傳統文化和五四新文學感時憂國的精神的薰陶，一方面也被西方現代主義的新奇和多樣化所吸引。」[9] 此段說話可以印證 50-60 年代香港文壇是中國傳統以及西方現代主義表現手法並存的立論。因為西方文學的引入，西方文藝不論是現代還是古代的，都對中國小說產生了很大程度的影響。金庸小說完全體現這一點。除了如前文所述，有部份角色由西方小

8　陳平原：《中國小說敘事模式的轉變》，上海：上海人民出版社 1998 年版，第 66 頁。

9　劉以鬯：《香港短篇小說選（50-60 年代）》，香港：集力出版社 1985 年版，第 3 頁。

說引發靈感外，金庸小說所受人稱許的，就是西方小說的表現技巧，例如是心理描寫、插敘、雙線平衡等。除了金庸，其餘兩位新派武俠小說代表人物梁羽生和古龍同樣受著西方現代主義影響，例如在梁羽生的〈凌未風·易蘭珠·牛虻〉中，就指出其《七劍下天山》的人物角色「凌未風」，實出自英國女作家伏尼契的《牛虻》中的「牛虻」。[10] 而古龍的眾多小說，都是移植西方小說的表現手法的，如心理描寫和環境氣氛的構建。不單金庸與梁羽生，新派武俠小說中齊名的古龍同樣挪用西方及日本的小說筆法來入文，自成一格。古龍從西方的小說的行文短句及日本的偵探小說佈局得到啟發，開創了至今獨有的古龍體，對武打場面不仔細描寫，而是透過哲理警句（多用短句），以及營造懸疑氛圍，來吸引讀者。可以說，香港文壇的多樣性，中外兼收的取向，令武俠小說以此為大展拳腳的舞臺，讓金庸小說得更多機會可以發揮。

一、多線並行

《天龍八部》以結構複雜見稱，採用三線並行的敘事方式。以蕭峰、段譽、虛竹為首的三個故事各自展開，但又互有關連。蕭峰牽涉江湖與國家的瓜葛之中，又要處理自身的

---

10 梁羽生：〈凌未風·易蘭蛛·牛虻〉，梁羽生、金庸、百劍堂主：《三劍樓隨筆》，上海：學林出版社 1997 年版，第 6 頁。

漢遼身份危機；段譽需要面對父親多情所帶來的煩惱，同時要處理對王語嫣所產生的思慕情結；虛竹要面對靈鷲宮主人與少林寺和尚兩者身份所產生的矛盾，又同時要處理與西夏公主所產生的情跟自身信仰所產生的衝擊，還需要思考如何解決親生父母因江湖身份地位的複雜性所帶來的麻煩。以每日刊載一千字的報紙連載小說而言，做到如此結構，實屬奇葩。特別是小說以契丹人蕭峰和父親蕭遠山，以及前大燕王朝慕容復及慕容博父子二人的明爭暗鬥的描寫，寫得詳略有致，處處埋有伏筆。整篇小說的人物都在宋、遼、大理的國族爭鬥下進行，描寫各人在背負種種國仇家恨的糾結複雜的心理之下，所作出的人生抉擇以及解決方法。蕭峰和慕容復一直是故事的兩大主人公，江湖上有所謂「南慕容、北喬峰」，他們可謂故事的「浮現」人物，讀者顯而易見。相反，他們父親蕭遠山和慕容博都在故事中被描寫成作古之人，在讀者及故事人物的心目中，他們已然不存在，可是故事接近尾聲時，兩人同時出現，把「潛藏」人物一時間變為「浮現」人物，不單讀者驚訝，小說人物同時感到意外，這種雙重震撼是別樹一幟的。原來蕭遠山和慕容博二人一直匿藏於少室山之中，靜候機會重振遼和燕，因此弄得滿城風雨，令江湖矛盾日增。

　　事實上，中國傳統小說中亦有多線並行的故事結構，但都不算是一種固定模式。因為例子罕見，而且手法不高明。例子有宋元話本小說〈蔣興哥重遇珍珠衫〉，故事講述蔣興哥、巧兒、陳商、平氏、吳傑的三男二女的感情瓜葛，並以信物「珍珠衫」貫穿人物關係。蔣興哥本與巧兒為鴛鴦夫

妻，卻因工作關係，蔣興哥要離開巧兒一年半載的時間。此時，本與平氏為夫妻的陳商，卻因工作關係巧遇巧兒，巧兒因寂寞難耐而紅杏出牆，後來因陳商回鄉的關係，需要短暫離開巧兒。巧兒則送贈蔣興哥的祖傳之物「珍珠衫」予他。最巧妙的地方是，陳商在途上與蔣興哥相遇，蔣興哥因見「珍珠衫」而回家休了巧兒；陳商回家後又因「珍珠衫」而與妻子鬧翻，最後得病而死。蔣興哥休了巧兒後，經媒人介紹娶得平氏；巧兒則嫁予地方縣令吳傑。後因蔣興哥遇上官司，重遇巧兒，吳傑成人之美，後來官運亨通。結果是巧兒重投蔣興哥懷抱，做第二夫人。如此一個說教式的善惡有報的故事，在中國傳統小說中是常見的。然而故事的緊密度，以及人物關係的複雜程度都是鮮見的，屬於一個不簡單的傳統故事。故事運用了多線並行的表現手法，通過幾個小故事的同時進行，而達到更貼近現實時空的效果。可是作者只單純運用上文所說的「全知敘事」手法，令讀者失去「驚喜」，故事性大減。正如陳平原在《中國小說敘事模式的轉變》中說：「儘管有個別文言小說家偶爾採用倒裝敘述，直到 19 世紀末，藝術成就較高、在中國小說史上佔主導地位的長篇章回小說，仍然沒有把《左傳》的『凌空跳脫法』付諸實踐。因此，可以這樣說，到 20 世紀初接觸西洋小說以前，中國小說基本上採用連貫敘述方法。」[11] 這樣，更充份解釋西方

11　陳平原：《中國小說敘事模式的轉變》，北京：北京大學出版社 2003 年版，第 36 頁。

小說的敘事手法對金庸小說的影響，因為在中國傳統小說中
的若干例子，並不足以說明中國小說有多線或複雜的敘事方
法存在。

　　金庸小說的創作發生，與西方現代小說的關聯，我們可
以參考金庸的散文而得到一些線索。金庸對莎劇情有獨鍾，
在其創作的散文中，有不少篇幅是談及莎士比亞的創作的。
再者，他熱愛西方電影，必然受到電影「蒙太奇」的剪接手
法所影響，金庸小說中的場景調度與跳躍敘事，相信是受到
以上兩者所影響的。《金庸散文》於 2007 年由香港的明河
社所出版，收集金庸於 1955 至 1976 年在《明報》和《大公
報》發表的文章，當中有部份當年被編入《三劍樓隨筆》之
中。52 篇文章分作 9 個部份，有「讀史」6 篇、「文趣」5 篇、
「博覽」7 篇、「品棋」4 篇、「考古」4 篇、「觀影之一：
西方文學」6 篇、「觀影之二：莎士比亞」11 篇、「看戲」
7 篇、「遊記」兩篇。「博覽」屬於雜談，分不了類的文章
皆入此類，如〈耶誕節雜感〉、〈攝影雜談〉。不算此類，
佔最多篇幅的分別是 11 篇的「莎士比亞」和 7 篇的「看戲」，[12]
可見金庸受這兩方面影響之深。再者，20 世紀 30 年代開始，
是莎士比亞研究進入形式主義批評的重要時期，當時學界特

12　不計「博覽」的話，數量較多的就是佔六篇的「觀影之一：西方文
　　學」，內有提到《凱撒大帝》電影的文章，此電影當時膾炙人口。
　　在當時報紙不時見到電影宣傳廣告，而亦有不少人在報章討論此電
　　影。如1954年1月14日的《文匯報》第六版、2月12日的《大公報》
　　第八版。可見金庸十分喜歡電影，亦留意大眾流行讀本。

別是以英國的劍橋大學為首，幾乎一致以敘事、意象、象徵等方法來對莎劇進行分析研究。金庸鍾情莎士比亞的作品，又在散文中每多引述學界對此的學術批評見解，不難想像他就此受到很大程度的影響。

　　莎士比亞的多線敘事，是作品中常見的技巧。如《李爾王》和《哈姆雷特》就以穿插喜劇情調於悲劇情調之中而著稱，以喜襯悲，更見戲劇性。如《哈姆雷特》其中的一幕，敘述奧菲利亞下水被淹死的一節，悲劇感極重，但之後加入兩個掘墓者在墓地插科打諢的場面，營造出調笑的效果，用意在於以喜襯悲。又如《李爾王》中的李爾王被女兒冷落時，作者刻意加入歡樂氣氛的歌謠，其作用與前述一致。過去，已有不少論者就早期莎劇中的雙線平行敘事作了肯定，如20世紀初有以研究莎劇著稱的德國慕尼克大學教授爾夫‧克勒門，他著有《莎士比亞的獨白》、《莎士比亞的戲劇藝術》等專書。他的學術理論在於確立莎士比亞的早期喜劇注重修辭、強調造作的風格上、形式上的對稱，以及情節上多用兩條平行線索。[13] 莎士比亞等西方文藝多元的表現手法，豐富了金庸小說的創作技巧，《天龍八部》在金庸小說中以複雜結構見稱，《雪山飛狐》則以獨特的表現手法為人所稱道。故事以不同大大小小的故事夾雜而成，而這些故事都出自不同的人物之口，形成了有趣的局面。讀者需要用心思考

13　辛雅敏：《20世紀莎士比亞批評研究》，吉林大學，比較文學與世界文學，2013年，博士學位論文。

到底哪一個人物所說的故事屬真，哪一個屬假；而又通過聯想拼湊，把不同的故事放在一起，從而得出小說的真正佈局。故事中的寶樹、苗若蘭、平阿四，都是說故事的核心人物，目的是借他們的口敘說上一代胡苗兩家的恩怨，以及各江湖好手尋找寶藏時你爭我奪的過程。

二、心理描寫

在西方小說中，有很多關於心理描寫的表現手法，如19 世紀雨果的《悲慘世界》，小說的心理描寫所佔的篇幅很多，尤其是描寫小說人物內心的道德掙扎。又如奧地利小說家斯蒂芬‧茨威格的《家庭女教師》，通過小說人物的心理描寫，表達小孩對成年人的所作所為的不解。而隨著19世紀末至 20 世紀初對於西方翻譯小說的大量引介，現代文學中亦有不少心理描寫的運用，這是中國文學對西方文學吸收和借鑒的結果。當中如巴金的〈寒夜〉，描寫人物如汪文宣和曾樹生如何觀察其他人物的表情和行為，而所產生的複雜心理。又如張愛玲的〈紅玫瑰與白玫瑰〉，描寫佟振保如何演繹心理學中的本我、自我、超我，並在不同情節中把三者展示開來。文學中的心理描寫，從文學批評的理論角度來說，就是強調了「文學即人學」。作品的重點從以往放在情節故事上，轉而放在人物角色之上。從而令小說變得更為寫實，令人物變得更「人性化」。這一點，完全切合周作人〈人的文學〉中所強調的「人道主義」思想。不難發現，中國文學自 20 世紀初受西方文學的帶動，而進行了不少形式與

表現上的革新。

金庸小說的創作發生始於 50 年代，對「五四」時引入的心理描寫技巧應該不會不受到影響，再者 60 年代香港受西方文藝思潮影響，馬朗的《文藝思潮》（創刊於 1956 年）和崑南的《好望角》（創刊於 1963 年）成為重要的引入媒介，這對同期發生的金庸小說有借鑒和吸收方面的影響。金庸小說中有很多心理描寫場面，如《飛狐外傳》中，程靈素初識胡斐，引領他見毒手藥王，實際是跟同門師兄姐會面。小說寫他們躲在叢林中，靜候對方到來，小說寫道：「突然之間，想到了袁紫衣：『不知她這時身在何處？如果這時在我身畔的，不是這個瘦瘦小小的姑娘而是袁姑娘，不知她要跟我說甚麼？』一想到她，便伸手入懷，去摸玉鳳。」[14]這是最基本的心理描寫的例子，描寫胡斐的心理獨白，在小說中隨處可見。比較特別的，是不刻意注明心理獨白的心理描寫，如後來的：「他不自禁的轉頭向身旁程靈素望了一眼，但見她一雙朗若明星的大眼在黑暗中炯炯發光。難道這個面黃肌瘦的小姑娘竟有這般能耐？」[15]小說由主觀視覺的描寫，轉而人物的心理感觀，流暢自然。然而，最特別的莫過於胡斐身中劇毒，程靈素捨命相救時的心理描寫，把心理獨白推向多個層次，小說寫道：「『其實，她根本不必這

14　金庸：《飛狐外傳》，香港：明河社出版有限公司 1977 年版，第 355-356 頁。

15　金庸：《飛狐外傳》，香港：明河社出版有限公司 1977 年版，第 360 頁。

樣，只須割了我的手臂，用他師父的丹藥，讓我在這世界上
再活九年。九年的時光，那是足夠足夠了！我們一起快快樂
樂的度過九年，就算她要陪著我死，那時候再死不好麼？』
忽然想起：『我說「快快樂樂」，這九年之中，我是不是真
的會快快樂樂？二妹知道我一直喜歡袁姑娘，雖然發覺她是
個尼姑，但思念之情，並不稍減。那麼她今日寧可一死，是
不是為此呢？』」[16] 這段賺人熱淚的心理描寫，可以說是金
庸小說在心理描寫上的顯例。這裡寫胡斐的心理是一層一層
遞進的，合乎真實人物「意識流」的情況，同時切合胡斐
中毒後的昏亂思緒。他一方面感懷身世，自小流浪江湖，無
父無母，父仇又未得報；一方面感激程靈素的捨命相救，又
想制止她這樣做，可惜身子動不了；一方面想念袁紫衣，明
知跟她不能修成正果，卻魂牽夢縈，至死方休。金庸製造程
靈素捨身相救胡斐的情節，可以表現程靈素對胡斐的一往情
深，同時表現胡斐對袁紫衣的傾慕之心，最重要是表現了胡
斐對程靈素的感情，由始至終都只在於友情或親情，絕不是
愛情。從胡斐的心理描寫，可以加強此節的感染力，從胡斐
的主觀角度敘事，令讀者感受胡斐當時欲哭無淚的感慨，既
覺得辜負了程靈素，同時又帶點感激；而又遺憾未能與袁紫
衣一起，及報父仇。可見，金庸小說的心理描寫是相當成熟
的，相信是西方文學的影響所致，而結合中國傳統小說的敘

16　金庸：《飛狐外傳》，香港：明河社出版有限公司 1977 年版，第
　　775-776 頁。

事方式，令小說的創作讓人有耳目一新的感覺。金庸小說的
心理描寫未達到真正「意識流」的標準，可能是為了顧及讀
者的層面，或是作者不願意或沒有能力去寫。但不論如何，
以武俠小說的標準而言，金庸小說的水準已經相當之高，這
是由於作者借鑒了不少西方文學的表現技巧所致。

第三節　情節與主人公的創造與配合

有不少論者說，金庸武俠小說，或大部份武俠小說的主
人公（通常是男主人公）都面對父親缺席的故事起點。例如
宋偉傑在《從娛樂行為到烏托邦衝動──金庸小說再解讀》
中說：「金庸筆下的男主人公，其『生身父親』往往在其成
長過程中成為一個缺席，而其武功上的師父雖然必須代行父
職，但他們對『子一代』的影響也是好壞皆具，錯綜複雜
的。」[17]筆者基本上同意此點，原因是在父親缺席的情況下，
作者較容易塑造角色，少了家庭的牽絆，無需交代枝節。
因此，筆者進一步認為，大部份金庸筆下的武俠小說的主人
公，不單只父親缺席，同時面對母親缺席，甚至可以說是無
家庭關連的。縱使父母親在世，關係也不見得等同於中國傳
統儒家三綱五常那一套模式。

17　宋偉傑：《從娛樂行為到烏托邦衝動──金庸小說再解讀》，南京：
　　江蘇人民出版社 1999 年版，第 97-98 頁。

較具代表性的男主人公的家庭背景如下：

人物	作品	生父	生母	代生父母
楊過	《神鵰俠侶》	楊康	穆念慈	歐陽鋒、郭靖、小龍女、趙志敬
張無忌	《倚天屠龍記》	張翠山	殷素素	謝遜、小昭、趙敏、周芷若
韋小寶	《鹿鼎記》	不詳	韋春花	茅十八、陳近南、
令狐沖	《笑傲江湖》	不詳	不詳	岳不群、風清揚、任我行
狄雲	《連城訣》	不詳	不詳	戚長發、丁典、血刀老祖
袁承志	《碧血劍》	袁崇煥	不詳	穆人清、金蛇郎君夏雪宜
虛竹	《天龍八部》	玄慈	葉二娘	無崖子、天山童姥、李秋水

　　父母親缺席令整個故事模式變得個人化，意思是故事情節只需集中主人公的前行的步履便可，不用衍生上一代或涉及家庭的枝節。當然，故事本身如需涉及上一代父母的恩怨情仇則另作別論，如《倚天屠龍記》講述主人公張無忌的

成長歷程，故事開首涉及其父母親的敘述也佔頗大篇幅（比較其他同類武俠小說而言），原因是帶出故事背景，明教與六大派的對立框架，以及解釋令江湖掀起波浪，又是此故事的主題的兩大兵器——屠龍刀與倚天劍的下落。又如《射雕英雄傳》開首時有部份篇幅交代「靖康之難」，同時帶出主人公郭靖的父親郭嘯天與楊康父親楊鐵心（嚴格來說是養父）的淵源。又如《雪山飛狐》屬《飛狐外傳》的前傳，講述胡斐之父胡一刀與苗人鳳之恩恩怨怨，在眾多金庸小說之中，可以說是父親位置最重要的一部。除此以外，金庸小說中的父親往往在主人公出場前已不在人世或從未有交代，比較極端的例子是《鹿鼎記》中的主人公韋小寶，其成長於揚州名妓院麗春院，母親韋春花是名妓女，其父親乃是其母之客人，但確實是誰則無從稽考，由於恩客眾多，甚至連韋春花也不知道其父是誰。又如《笑傲江湖》的令狐沖，本是孤兒，被華山派岳不群夫婦所養，如此則比較容易發展主人公的江湖歷程，又可營造主人公的浪子形象。這同時解釋了令狐沖對岳不群的愚孝，因為其師父角色，同樣是其養父角色。縱使令狐沖知道其師父立心不良，其身不正，並加害自己，也沒有對之起殺念。當令狐沖在華山思過崖跟從風清揚學習獨孤九劍時，聽到風清揚對岳不群言語上稍有失敬，便即起責言，可見岳不群在令狐沖心中的地位是何等地高，充滿敬意。最重要的是，把令狐沖寫成生父缺席，同時保留著養父師父身份的岳不群的角色，可合理解釋為何兩者在品性上有天壤之別，而又凸顯令狐沖孝道的一面。

金庸其他的小說如《連城訣》的狄雲、《俠客行》的石

破天等，都是缺少家庭羈絆的角色，也是一貫武俠小說的敘事模式。這種模式，除了方便建構故事情節，令主人公在江湖成長歷程中少了束縛，不用交代其餘枝節，作者可集中發展主人公在江湖中所遇所見所感。同時，缺少家庭背景，令主人公的「俠客」形象更容易塑造出來。因為在家庭的位置中，主人公在父親母親的教導下，某程度影響了主人公在江湖上學習的單一性，因為江湖的所見所遇是影響主人公成長的重要因素，同時也是決定其價值觀的一項重要因素。如果主人公的價值觀和性格在家庭的環境和父母親的教導中已經成型的話，故事的發展則將不僅無甚可觀，而且會有變成教化式的家庭小說的危險。《天龍八部》的虛竹生於長於少林寺，後被揭發乃少林寺方丈玄慈與四大惡人其一的葉二娘所生之子。父母身份被揭發乃故事情節的發展之一，用意在揭發兩人之關係以及解釋虛竹留在少林寺的原因。重要的是兩者雖有父母之名而無父母之實，使虛竹得到啟蒙的乃是靈鷲宮的一眾人物。

　　在金庸小說眾多的主人公之中，在論述家庭因素時，《神鵰俠侶》的主人公楊過是比較值得留意的角色。小說中既有交代其生父母，又出現缺席情況，同時有不同的重要角色充當其「代生父母」，影響其成長。最重要的是其「俠」的形象沒有受到生父母及多位養父母的影響而遭到破壞，反而是借其與養父母的交往而得以強化。《神鵰俠侶》乃「射鵰三部曲」之一，是《射鵰英雄傳》的後續與《倚天屠龍記》的前續。故事講述主人公楊過的成長歷程，由寂寂無名的小夥子，如何巧遇江湖上的奇人怪事，加上自身努力，最

終成為「北狂」。[18] 楊過自幼喪父，由母親穆念慈養育，後來遇上歐陽鋒、郭靖黃蓉夫婦、趙志敬、小龍女等引導其成長的角色。而這些人物正是擔當教導楊過成長的「師父」以及「父親」的角色，當中有諄諄善誘，苦口婆心的，如郭靖知悉楊過乃結拜兄弟楊康之子後，視之如己出（雖然郭靖已有兩女一子）。可是由於性格不合，加上楊過對他的誤會，他們沒有持續保持「父子」的關係。因此在小說靠前的部份，郭靖已下定決心把楊過送到終南山全真教。後來楊過所遇到的「父親」，小說都寫得沒那麼正直，略帶點邪氣，反而對楊過影響較大。例如自小成長於古墓中，冷若冰霜的小龍女，對楊過起初不帶有半點感情，只為兌現孫婆婆臨死前的承諾。半瘋半顛的歐陽鋒是小說中最先接觸楊過的「父親」角色，楊過因年少無知及好奇心的驅使下，誤觸赤煉仙子李莫愁的冰魄銀針，幸得遇見逆練九陰真經的西毒歐陽鋒，誤認楊過為其兒子，教曉其解毒方法，楊過的性命才得以保存。在與小龍女真心相愛之前，在楊過的心目中，歐陽鋒對待楊過似乎是最好的了。楊過在小龍女身上懂得了何謂男女之愛；在歐陽鋒身上感受到了何謂父親之愛；在趙志敬身上明白了何謂人心險惡；在郭靖身上學會了寬恕與堅忍（楊過學成之後，沒有向郭家作出一點報復行為，郭家中的

---

18 《射雕英雄傳》中，江湖有所謂「東邪西毒南帝北丐中神通」，是江湖上 5 大頂尖高手。故事亦圍繞其中發展。《神雕俠侶》最後部份有所謂「東邪西狂南僧北俠中頑童」，由楊過、郭靖和周伯通補上了已不在世的「西毒」歐陽鋒、「北丐」洪七公及全真教的王重陽。

黃蓉因楊過生父問題而處處提防、郭芙一氣之下令楊過失去一臂，楊過反而助郭靖保家衛國，對抗韃靼），可見在楊過的成長過程中，縱便生父楊康缺席，然而其他角色都能充當「父親」職能，對之以教育。此亦是武俠小說的永恆模式，然而金庸寫得比較自然和合理。以同期較為人知的武俠小說比較，如古龍及梁羽生的武俠小說中的主人公，同樣是父親缺席的情況，但欠缺合理的交代以及未有如金庸小說般，塑造出一個或多個「後父」角色，好讓主人公得以成長。如古龍《多情劍客無情劍》的李尋歡和亞飛，梁羽生《白髮魔女傳》的武當傳人卓一航，在小說中都十分輕描淡寫地交代身世，甚至乎沒有交代，只述說主人公異常孤獨寂寞，獨自闖蕩江湖。而最重要的是，有別於金庸筆下的男主人公，他們往往在江湖的歷練中，沒有遇上「後父」角色，因此可以說主人公沒有經歷成長和學習的過程，只屬於西方小說評論家佛斯特的《小說面面觀》中所謂的「扁平人物」。書中說：「扁平人物在十七世紀叫『性格』人物，現在他們有時被稱為類型或漫畫人物。在最純粹的形式中，他們依循著一個單純的理念或性質而被創造出來……」[19] 這類人物的好處是易記，但欠缺生命力。在許多武俠小說家筆下的主人公，大多屬於這種類型的角色。可是，金庸的武俠小說的主人公恰恰是一個例外，別出一格。金庸筆下的主人公雖則跟其他武俠

19　【英】佛斯特：《小說面面觀》，廣州：花城出版社 1981 年版，第55 頁。

小說家筆下的主人公一樣，都被描寫成「父親缺席」，然而不失於江湖中學習成長的元素，如上文所述的「後父」或「師父」的角色，當然這些角色的作用不單單對主人公施以「武功」上的傳授，同時對其人格或價值觀取向等都予以了重大影響。《笑傲江湖》的華山名宿風清揚在思過崖傳授令狐沖獨孤九劍絕學，讓他獨步武林；《射雕英雄傳》的北丐洪七公傳授郭靖降龍十八掌絕學（洪七公視黃蓉為親女兒一般，此舉就像把絕學傳授予「女婿」一樣）；《碧血劍》的華山掌門穆人清用 20 年時間傳授華山武藝予袁承志，讓他闖蕩江湖。近似的例子不勝枚舉。這些「代父」或我們可以稱為「啟蒙導師」的角色，在金庸小說中屢見不鮮，他們無條件地傳授絕學予主人公，更會在思想上對他們作出啟蒙，例如教曉做人處世的道理等。因此，過往的武俠小說作者大多單純地以「代父母」的角色來對主人公傳授武藝，但影響單一。而金庸小說則不同，這些「代父母」們既在武藝上有所影響，在做人處事上亦有一套價值觀改變著主人公的思想。一般而言，沒有成長元素的主人公正是最為讀者印象深刻的角色，即上文所說的扁平人物；但是，金庸筆下的主人公正好相反，是屬於圓型人物的一類，即隨著故事發展而在性格或價值觀等有所改變，這種類型的人物一般不易為讀者所記憶；可是大眾對金庸小說筆下的角色如楊過、小龍女、郭靖、令狐沖、張無忌、韋小寶……無不印象深刻，恍如活人物一般，這是為甚麼呢？原因在於金庸在塑造這類人物角色時，把故事情節以及其他角色的關連都寫得合情合理，把遙不可及的江湖事件與讀者的距離拉近了，讀者就像看著張無忌、楊

過、狄雲、石破天等人物成長，因此留下了深刻印象。甚至一些在小說中只不過是二三流的角色，也花了不少筆墨來寫他們的改變，例如《笑傲江湖》的林平之，由單純、正直變為狡詐、惡毒，使得整部小說變得更立體化及真實化。對比50年代同期的新派武俠小說家，其筆下主人公或角色大多鮮有經歷學習與成長的過程，一般的情況是，主人公出場時已身懷絕技，例如古龍《武林外史》的沈浪、《絕代雙驕》小魚兒和花無缺、《楚留香傳奇》系列的楚留香、梁羽生《七劍下天山》的楊雲驄和辛龍子、《雲海玉弓緣》的金世遺等。當然，這種情況並非一概而論，金庸筆下也有部份角色，特別是二線角色，是以扁平人物形式出現的，出場時已身懷絕技，且多數是反派人物，如《笑傲江湖》的左冷禪、《書劍恩仇錄》的張召重等。金庸把精神和心力都花在圓型人物的主人公身上，其中的《書劍恩仇錄》的主人公陳家洛在故事開首和結尾在性格和心智上都未有太大的變化，這很大程度上是由於金庸在寫《書劍恩仇錄》時，仍處於摸索和試驗階段，尚未能脫離舊派武俠小說的固有模式。相比後期的如《倚天屠龍記》中的張無忌，《鹿鼎記》中的韋小寶，都顯得金庸筆下角色變得生動了不少，更顯得有血有肉。

　　金庸小說縱使仍局限於男性沙文主義思想的影響，例如以男性為主人公，主人公為眾多女角色所傾慕，女性角色普遍處於弱勢、往往受男性保護或愚弄，但仍然吸引了不少女性讀者支持。原因在於情節的吸引，以及其所具有的獨特之處。金庸小說的女性角色，雖以襯托男主人公為目的，但都有著獨特的個性和各自的優點，例如小龍女、黃蓉、香香公

主、趙敏、周芷若、王語嫣……雖有相似點，但又不盡相同。

就人物塑造而論，金庸筆下的最後一部小說《鹿鼎記》裡的韋小寶可算是武俠小說當中的異數，時至今日仍沒有人能夠大膽如斯地創造出一個地痞流氓作為武俠小說的主人公。過去不少論者都認為韋小寶是反英雄的人物，藉以作為金庸封筆之作的人物，用以說明最高修為的「武」並非指拳腳上的造詣，而是指人際關係上的練達。這種論調正好指出《鹿鼎記》實際已脫離武俠小說的行列，變為一種現實的、非「成人童話」式的社會小說，只是以清代仍為敘事背景而已。書中強調一個人在社會上出人頭地不需要用高強的武藝，而是靠機靈的頭腦，以及高超的說話技巧。書中武藝高強者如陳近南、鰲拜、神龍教教主洪安通、九難師太等，都曾先後被不懂武藝的韋小寶玩弄於股掌之中。嚴格來說，韋小寶只跟九難師太學過「神行百變」輕功，算不上武功，頂多屬一門逃跑技，切合韋小寶滑頭的性格。值得留意的是，韋小寶父親缺席的安排，除了如上所述，是為了讓主人公無所牽掛地闖蕩江湖，實際上從民族主義的角度來看，父親的缺席還抵消了漢滿遼等民族主義的矛盾。誠如潘國森所言：「細看金庸前期與後期的小說，可見作者的民族觀略有改變。起初是一面倒的宣揚民族大義，到後來經過深入的反省，愛國愛民的情懷並未有滅，但卻理智得多，對盲目的民族大義，與其衍生的愚忠思想作出了質疑。」[20] 韋小寶父親

20　潘國森，《話說金庸》，香港：明窗出版社有限公司1998年版，第97頁。

的身份空白，既不知是漢人，抑或是滿人，對於自我身份認同的矛盾，少了份沉重的包袱，相比蕭峰、陳家洛、張無忌等，韋小寶少了很多束縛。其他人物在這方面也起了不少作用，小說主角的父親或母親缺席，除了如上所述，少了羈絆與束縛，能夠自由自在地在武俠世界穿梭，最重要是把思鄉或回鄉的情節留白。在 50 年代的香港，受港英政府的管治，南來文人或本土居民對中國大陸的鄉根情結越見消減，這是很自然的被殖民現象，提出有關「殖民論述」的梅爾（Albert Memmi）認為殖民所造成的最重要傷害，是使殖民者從他的歷史和社群中被徹底根除，使被殖民者對自己的生活方式、記憶與語言，產生遺忘與憎恨的情緒，因此形成一種殖民者與被殖民者間優／劣、上／下的二元對立。[21] 小說的人物與被殖民者的身份處境不謀而合，小說人物的父母缺席令其置身「江湖」之中顯得特別渺小而孤苦，但同時又是其向前勇闖，敢於求變的最大動力；香港人本身的家國思念很容易受到殖民者千方百計的干擾和處心積慮的消解，於是產生自我身份認同危機，因此一方面感到迷失，一方面又會把精力投放於工作和經濟之上。另一方面，正是因為殖民的情況，香港人對中國文化的渴求只能從武俠小說中得到滿足。同時間，作者金庸在撰寫武俠小說的過程中，同樣得到了滿足，遙寫中國文化正是對鄉土產生思念的感情。俄國作家托爾斯泰曾說：「文學把自己體驗過的感情傳達給別人，使聽眾為

21　廖炳惠：《關鍵字 200》，臺北：麥田出版 2003 年版，第 44-45 頁。

這些感情所感染，也像他一樣體驗到這些感情。」[22] 可以說，如果金庸非南來作家，絕對寫不出一系列富有中國文化特色的作品。

不只一位論者在批評武俠小說時，以《千面英雄》的原型來解構其敘事模式。坎伯在《千面英雄》一書中，指出英雄歷險的固定模式，順序是英雄召喚、拒絕召喚、超自然助力、跨越界限。[23] 不論是舊派或新派武俠小說，當中的主人公都一直充當著「英雄」的角色。當然，在金庸的小說中，正如上文所述，有很多人物並非一開始就已身懷絕技、武藝高強，而是在江湖歷練中慢慢成長的。在金庸小說中，有很多主人公都是從非英雄走向英雄的。故事開首的主人公甚至只是寂寂無聞的人物，如《連城訣》中的狄雲、《笑傲江湖》中的令狐沖等。這樣的情節安排，目的是把角色的形象與讀者的距離拉近，變得並非遙不可及，變得更有血有肉，從而加強小說的感染力，讓讀者覺得從無名小子變成英雄並非遙不可及的事情。這對於 50 年代一大批南來的港人和戰後已定居的港人來說，無疑是一種鼓舞。50 年代的香港普通大眾，不論是「南來」的或是「本土」的居民，生活條件都不算富裕，甚至有很多面對著糊口生計的問題。這是因為香港 50 年代的民生經濟等在 1945 年戰後只有短短幾年的

22　【俄】托爾斯泰：《藝術論》，北京：人民文學出版社 1958 年版，第 46-47 頁。

23　【美】喬瑟夫・坎伯：《千面英雄》（朱侃如譯），臺北：立緒文化事業有限公司 1997 年版，第 34 頁。

復原時間，不足以解決一系列社會問題，更何況 1950 年前
後又有大批南下人士，進一步加重了香港的負擔，可以說當
時的港人正生活在一個屬於極度貧困的階段。當時的通俗小
說，特別是連載於大眾能負擔的報紙上的武俠小說，顯然是
大眾的一種精神食糧，武俠小說的情節建構和角色塑造對大
眾的心理素質產生了強烈的影響。以這種「千面英雄」模
式來書寫的情節，可謂是給予當時大眾一種精神上的出人頭
地的希望，這種希望是正面而積極的，間接推動港人積極上
進的心。當時要「出人頭地」的方法，隨了經商致富，就
是學好英文，考入當時唯一的大學──香港大學。畢業後進
政府當政務官，從此踏上青雲路，改善全家生活質素。因
此當時的大學生都被認為是「天之驕子」。另一方面，《千
面英雄》又提到，「單一神話的複合英雄乃是天賦異稟的人
物。他常常為他的社會所尊崇，也常常不被認同或被誣衊。
他和（或）他身處的世界遭受到象徵性的缺乏之苦。」[24] 有
很多金庸小說的主人公，都有著同樣的描述。例如《天龍八
部》的主人公蕭峰，他本是江湖第一大幫丐幫的幫主，武藝
高強，深得群雄信任，但小說中段筆鋒一轉，把蕭峰的身
世寫成為漢人的大敵契丹人，蕭峰頓時成為江湖人士唾棄的
人物，更在聚賢莊以一手絕學降龍十八掌以寡敵眾。又例如
《神雕俠侶》中的主人公楊過，本身不被人所愛，以孤兒身

---

24 【美】喬瑟夫‧坎伯：《千面英雄》（朱侃如譯），臺北：立緒文化
事業有限公司 1997 年版，第 35 頁。

份寄養在郭靖一家之中，可謂受盡欺凌，縱便長大成人，仍舊被郭氏一家所欺侮，如郭芙砍其一臂，直到後來度過種種歷練，身懷絕學玄鐵劍法和黯然銷魂掌，為大宋江山抵禦外侮，成為英雄。由此可見，兩個簡單例子的人物都符合坎伯指出的英雄歷練模式，只是有的時候是從寂寂無名的小子變為英雄人物，有的則次序相反，然而模式一致。這種寫作設定除了是因應 50 年代香港極需要一種「出人頭地」或改變現狀的考慮，同時也是大眾期望的一種反映，讀者能在小說當中找到一種陳平原所說的中國文人自古而有之的「桃花源情結」。[25] 中國人自古以來都對歸隱山林，避跡江湖有著強烈的欲望，閱讀武俠小說可以讓讀者在想像的世界裡暫別令人不滿的生活現實，為自己找到喘息和休整的空間。

一、從俗套中尋找出路

早在 1980 年，沈恩登借用魯迅用以形容西方童話故事的「成人童話」一語來形容武俠小說，用以說明武俠小說的故事情節和人物角色都是成年讀者的童話世界的塑造。研究武俠小說的臺灣學者林保淳曾進一步指出，武俠小說的本體是成人的童話故事，並會隨著讀者群的期望來改變或影響作者對故事的情節建構和角色塑造，他又以《格林童話》和日

25　陳平原：〈武俠小說、大眾潛意識及其他〉，《陳平原小說史論集》
　　（下），河北：河北人民出版社 1997 年版，第 1453 頁。

本作家桐生操所著的《令人戰慄的格林童話》作說明。[26] 由
此可見，歷來的「童話故事」都是依據大眾的主觀期望來對
作品內容加以增刪的，何況 50 年代的金庸小說走的是通俗
讀物的路線，目的是吸引讀者的支援，增加報紙的銷量，特
別是金庸在 1959 年創辦《明報》之後，更以武俠小說為增
加報紙每日銷量的賣點。這反映 50 年代金庸小說的創作與
社會民生加上讀者期望之間的關係。金庸小說的出現雖晚於
梁羽生的作品，但最終卻能吸引當時的大批讀者爭相捧讀，
其中成功的要訣，就在於情節的推陳出新，而且佈局巧妙。
跟同期的其他武俠小說不同，大多數讀者讀過金庸的武俠小
說，都會被其情節所吸引，以致不能掩卷，究其原因，是由
於金庸小說的情節有如偵探小說一般，在情節發展的同時，
總是有著多種謎團未解，吸引讀者追看下去。例如《天龍
八部》中的主人公蕭峰的身世，便成為這部小說的一大吸引
點。小說在情節發展上，不停地強調契丹人與漢人的對立，
同時逐漸滲透蕭峰身世背景隱隱然與契丹有關係，讀者會追
看下去，很想知道蕭峰到底是不是契丹人；而當故事發展到
蕭峰被證實為契丹人時，那種自我身份認同意義上的分裂、
矛盾與危機，則形成一股張力，繼續吸引著讀者。又如《神
雕俠侶》中的楊過與小龍女的關係。當小龍女因怒極楊過而
出走，至絕情谷中遇上谷主公孫止，並改姓為柳姑娘後，讀

26　林保淳：〈成人的童話世界——武俠小說的「本體論」〉，《政大中
　　文學報》，2008 年 6 月，第 189-212 頁。

者的視覺與觀感跟楊過一樣，不知道面前的柳姑娘是否就是小龍女。再如《倚天屠龍記》中，趙敏的言行，包括假扮張無忌的動機，身邊高手如雲又涉嫌向武當七俠之一的俞岱岩施以毒手，這些都令讀者不到最後關頭是摸不著頭腦的。這種新派的現代小說表現手法，在金庸小說中隨處可見，讀者所持的不再是全知視覺，而是跟角色一樣，只看到小說的其中一面而已，直到情節後端，才打破時間軸，交代出角色或讀者看不到的那一部份。這種跨越時間敘事的表現方式，在西方小說常見，在中國小說則不常見，尤其是武俠小說。以往舊派武俠小說或清代公案俠義小說大多只按時間順序來敘事，並以全知視覺作為故事的敘事角度。

　　金庸小說的結局往往令讀者感到意外，在《飛狐外傳》中，金庸採用了開放式的結局，胡斐最後到底有沒有向苗人鳳劈下那一刀，胡斐的心情是矛盾而複雜的，面前是殺父仇人，同時又是愛人苗若蘭的父親，有沒有痛下殺手任由讀者自己去猜想。這種結局方式在 50 年代的中國小說中，是相當前衛的。開放式的結局令小說留白，給予讀者更大的空間去想像，當然，50 年代的中國讀者群，未必都能接受這種小說的新嘗試，據說，當年就有不少信函寄往報館，詢問金庸有關《飛狐外傳》的結局。我們很容易發現，金庸較為前期的小說，其情節框架都較趨於傳統，發展到後來的《天龍八部》，也包括《鹿鼎記》，其中的情節構想，往往是有所突破的，能夠給予讀者很大的新鮮感。當 50 年代香港文壇充斥著「左右」陣營對壘的意識形態文學時，我們可以想像一般大眾讀者對充滿希望與想像的武俠小說是何等的渴求。

有別於充滿政治意識形態的文學，通俗的武俠小說以一種新穎的表現手法面世，無疑是相當吸引讀者的。尤其是金庸小說沿用「千面英雄」式的情節建構，增強讀者的投入感，潛意識幻想著有眾多出人頭地的機會。在實際的社會生活和工作中，讀者當然知道這些「江湖」式的情節是不大可能會出現的，但是作為「成人童話」的武俠小說，依然有著其不可替代的獨特魅力，它們可以撫慰、緩解，乃至紓解人們由於現實挫折和困頓而產生的精神苦悶。加之，金庸小說在這種框架下又能有所突破，加入多樣新的敘事元素，為小說增添了不少色彩。武俠小說當中的俠骨柔情、兒女情長，都令不少讀者為之情迷神往。雖然近乎完美的說教式結局，令讀者的驚喜感有所降低，但總體而言不會讓素來喜愛善惡有報的傳統讀者的失望。金庸小說相較其他通俗小說而言，其結局或情節算是較多帶有悲劇元素的。例如作家的第一部小說《書劍恩仇錄》，在小說最後，香香公主為救陳家洛而死，致使生者終日鬱鬱寡歡。[27] 又如《飛狐外傳》，胡斐得知自己鍾情的袁紫衣原來早已皈依佛門，法號圓性，俗家打扮只為方便江湖上的行走，以及毒手藥王的小徒弟程靈素之捨命相救，這些都為這部小說帶來很強烈的悲劇意識和佛學味道。悲劇意識和佛學味道是《飛狐外傳》的主要命題，過

---

27 香香公主為了給陳家洛報信，只好在神聖的廟堂中以刀自殺，以警示乾隆的不懷好意。《飛狐外傳》某種程度是《書劍恩仇錄》的後續，當中紅花會以及福康安等人的言行，都承繼著前者。書中所描寫的陳家洛是滿懷心事、眉頭深鎖的書生模樣。

去卻鮮有人提及或作深入研究。清末民初的大學者王國維，以叔本華的西方哲學思想，來分析和評論《紅樓夢》，得出了不少精彩的結論。《飛狐外傳》中的哲學味道雖然寫得比較淡，但就通俗的武俠小說的角度而言，能夠寫出悲劇的意味和佛學的韻味，同時又能拿捏得恰到好處，不可不謂是一種突破了。《飛狐外傳》中，胡斐與袁紫衣的感情和關係，可以算是經歷了愛情的無限悲痛。袁紫衣受到對師父歸皈佛門的承諾的約束，雖對胡斐動了凡心，卻只能自我約制和懺悔；胡斐對以俗家裝扮出現的袁紫衣動情，後來卻驚覺其為法號圓性的出家人，法號圓性；加上對以兄妹相稱，而又對自己動情兼捨命的程靈素所產生內疚情感，那種莫名的悲痛，已經從愛情的層面，進入到另一重境界，進入到思考人生與人性的境界之中，並非只糾纏於單純的世俗男女感情之中。

　　金庸小說一向被人視為通俗小說。可是，袁良駿曾說：「在祖國內地和寶島臺灣，都不存在『通俗文學』與『嚴肅文學』的尖銳對立，甚至連文學批評界也不大運用『通俗』和『嚴肅』的概念。《小二黑結婚》、《李有才板話》、《呂梁英雄傳》、《新兒女英雄傳》、《青春之歌》、《紅旗譜》以至八九十年代的一系列小說作品，究竟是『通俗』還是『嚴肅』？誰說得清？誰注意過？再說，何謂『通俗』？何謂『嚴肅』？區別何在？然而，在香港小說和香港文學界，『通俗文學』與『嚴肅文學』卻成了一對勢不兩立的矛

盾，成了香港文學研究中無法回避的一對概念。」[28] 這一番話說明了甚麼？這說明了通俗文學跟嚴肅文學根本沒有一條明顯的界線，近代的張愛玲、張恨水，較遠的《水滸傳》、《金瓶梅》，其實走的都是從通俗文學到嚴肅文學的道路。實際上，沿用《鄭振鐸說俗文學》中對「俗文學」的定義，我們可以把金庸小說定為「俗文學」，筆者相信沒有甚麼異議，因為「俗文學」並非與「純文學」或「嚴肅文學」作二元對立區分的專用詞，而是基於歷時性的考慮，可以把同一文學作品以不同角度作分析，或從中作探究，得出不同的結果，當中包括社會對作品的接受改變。《鄭振鐸說俗文學》把「俗文學」是甚麼說得很清楚，他把「俗文學」歸納出幾個特質，第一、俗文學是大眾的；第二、俗文學是無名的集體創作；第三、俗文學是口傳的；第四、俗文學是新鮮而粗鄙的；第五、俗文學的想像力是奔放的；第六、俗文學勇於引進新的東西。[29] 很明顯，鄭振鐸這裡的歸納是針對古典的平話、話本、章回小說而言的，但是撇除第二及第三點，其餘各點都可放在金庸小說去看。

　　其實，小說不論屬於哪個文類或主題範疇，迴響必不會出現一面倒的情況。在心理學的層面來看，有所謂「逆反心理」，即是如果某部作品被社會大眾所稱許，很容易會換來少數者的反對和批評，反之亦然。大部份金庸小說，特別是

28　袁良駿：《香港小說史》，深圳：海天出版社 1999 年版，第 7 頁。

29　鄭振鐸：《鄭振鐸說俗文學》，上海：上海古籍出版社 2000 年版，第 3-4 頁。

中前期的，都廣受大眾歡迎，然而卻被學院派所鄙視；相反，最後一部小說《鹿鼎記》不為大眾讀者熱捧，卻反而成為學院派主要集中的研究對象。誠然，金庸小說引來的爭論熱議，實際是對其的一種提升與開創，能在熱議聲中流轉過來，金庸及其小說的價值都越見備受肯定。誠然，金庸寫的武俠小說的確通俗，又的確意味深長，因為我們可以分為至少三個層次的讀者群。第一是低下層的普羅大眾，意即低下階層，只要有小學程度，不難理解金庸小說的情節以及人物描寫，原因是小說沒有艱深的文字與及過於複雜的情節，大多是平鋪直敘式的，縱使有跳躍敘事或多線並行，往往都以文字帶領著讀者閱讀下去。第二同樣是一般的普羅大眾，但跟第一類不同的是，這類讀者屬資深讀者，對作品或武俠小說有一定程度的閱讀要求，以及有一定程度的學歷。他們對情節佈局以及敘事方法都能夠掌握，而從中欣賞金庸筆下的風花雪月、武功招數。第三是學者或研究人士，視武俠小說為研究對象，不單單視為消閒讀物，這點跟前兩者不同。加上這類讀者群對同類型作品，以致中外文學都有一定的掌握程度，能夠從中比較鑒賞。因此，金庸小說既能夠做到大眾化，又能夠進入學術殿堂，可謂雅俗共賞。這也是金庸小說的成功之處，因為文學作品做到通俗不難，做到高雅也不太難，但合兩者於一身，可算十分之難。

這個情況，我們當然可以比照過往的經典巨著的演化，中國的《紅樓夢》、西方的《基度山恩仇記》，都是從通俗走向高雅的。從讀者的接受程度來看，我們知道，受歡迎的作品不等於永遠都是通俗的作品，很多時候只是未被發掘

出當中的內涵而已。越是通俗的作品，越是見其影響力；越
是通俗的作品，越能發見當中折射出的讀者群的思想和意識
形態。因此通俗文學也稱民間文學，雖然武俠小說的內容背
景與角色都跟現代社會有一段差距，然而對民族情結的追求
都是一樣的。通俗文學甚至更能直接反映大眾心底的民族傾
向，因為讀者群的追捧與支持，就是對小說意識形態的最大
肯定。當然這種民族傾向正如史書美引述黃錦樹對金庸小說
如何反映中華文化時所言，是一種海外角度（從香港）的視
覺，金庸小說裡的醫相星卜、琴棋書畫，並非中華文化的整
個面貌。[30] 但對於置身於殖民時期的香港而言，金庸小說無
疑是少數載有中華文化，而又具備引人入勝的元素的讀物。
畢竟，讀者和作者的十分清楚各自所需所取，亦明白武俠小
說的通俗性質，非如教科書，而是可雅俗共賞的讀物。

　　金庸小說的影響力，早在 1994 年於北京師範大學王一
川教授所編的《二十世紀中國文學大師文庫》中，已看到端
倪。王一川把現代作家的座次依序編為魯迅、沈從文、巴
金、金庸、茅盾、老舍、郁達夫、王蒙、張愛玲、賈平凹，
一反過去通俗武俠小說作家不受大學殿堂重視的傳統。加上
同年北大中文系嚴家炎發表的〈一場靜悄悄的文學革命〉，
對金庸小說的價值更是作出了強而有力的肯定，其後開設武
俠小說課、金庸小說編入中學教科書等，都證明金庸小說地

30　史書美：〈性別與種族座標上的華俠省思〉，吳曉東、計璧瑞編：
　　《2000' 北京金庸小說國際研討會論文集》，北京：北京大學出版社
　　2002 年版，第 372-385 頁。

位超然，是唯一進入學術界的武俠小說。證明了武俠小說不是只活在通俗文學的框架之中，進一步說，文學沒有通俗嚴肅之分，只要是影響力足夠，都足以傳世。再者，文學實不應有雅俗之分，觀乎 20 世紀初梁啟超提倡「新小說」的概念，便教過去的「士」（知識份子）所不能想像了。過去幾百年的文學史中，未嘗有「小說」入流的觀念，「小說」一向只是「小道」，跟經史等「大道」地位相距甚遠。明清的章回小說展開了時人對小說體的重視，也彰顯了其價值，然而仍在文學批評中的下游位置，直到「五四」前後，承新政治的風氣，「小說」才得以入流，為大眾重視。因此，文學不應分高低，今之雅俗小說對立，好比古之經史與小說，其實不同文類反映不同文學價值而已。

金庸小說的過人之處，其中是恰當地處理「武」和「俠」的比重，這是它比舊派武俠小說和同期武俠小說成功的原因之一。武俠小說離不開「俠客」，「俠客」作為武俠小說的中國文化符號，同時是武俠小說的母題。《韓非子‧五蠹》早有關於「俠客」的敘述：「儒以文亂法，俠以武犯禁」，[31]可是這只是對俠最初步的觀感和定義，純粹依法家的角度來解釋儒和俠如何與中央為敵。值得注意的是，這裡提及「俠」與「武」的關係，我們所謂「武俠小說」，似乎社會認定「武」和「俠」是有不可割裂的關係。試想，如果「俠」

---

31 王先慎：《韓非子集解‧五蠹》，北京：中華書局 1998 年版，第456 頁。

欠缺「武」的元素，很容易就落入「儒」的範疇了。試問
如果沒有「武」和「文」，又以甚麼來跟中央對抗，用甚麼
來伸張正義呢？所謂「俠」者，後世多有解釋，有略有詳，
許慎《說文解字》只謂「俠，俜也，從人夾聲」，[32] 段注：「作
威福，結私交，以立強於世者，謂之遊俠」，[33] 似乎「俠」
的定義仍是比較貶義，形象仍是比較負面的，就像社會上不
安份守己、糾黨滋事的人一樣。到了司馬遷的《史記‧遊俠
列傳》，開始對「俠」有比較正面的評價：「今遊俠，其行
雖不軌於正義，然其言必信，其行必果，己諾必誠，不愛其
軀，赴士之厄困」。[34] 這說明「俠」乃守信，捨身，為人解
決問題之士。可見「俠」的地位和形象，都會在不同時間帶
給人有不同的觀感，並且是越見正面的。

　　以上說明了兩點，第一、「俠」與「武」的關係；第
二、「俠」的定義。這兩點其實可以結合來分析，在早期的
金庸小說中，其主要人物角色都是「武俠」一類，即是需要
用「武」來表達對社會不滿，用以伸張正義的。例如《書
劍恩仇錄》的紅花會各人，每人都武藝高超，以反抗乾隆朝
為立會宗旨，但並非每個都是完人，六當家笛子秀才余魚同
就因為情感問題對文四嫂駱冰產生情愫。這是金庸寫得比較

32　王貴元：《說文解字校箋》，上海：學林出版社2002年版，第331頁。

33　段玉裁：《說文解字注》，上海：上海古籍出版社 1988 年版，第 373
　　頁。

34　司馬遷著、馬持盈注：《史記今注》，臺北：商務印書館 1991 年版，
　　第 6 冊，卷 124，第 3219 頁。

現實的一點，令人物性格變得真實，亦不違「俠」的定義。又例如《碧血劍》的袁承志，師從華山派的穆人清，下山時已身懷絕技，可謂獨步武林。故事背景為明末，袁承志對於殺死自己父親，忠臣袁崇煥的崇禎帝是深痛惡絕的，當然故事結尾當看清楚李自成登基後的醜惡又是另一個問題了。可見金庸早期小說的角色對反抗朝廷的參與度是十分高的，而且主要是依靠武藝高強這一點來發揮的。金庸小說發展到中期，「俠」的社會參與度仍高，但已不純是對中央作出反抗的單線模式了。最重要的是，「俠」不再單純以「武」來作為自己的力量，而是加入了關心社會大眾的元素。所謂「為國為民，俠之大者」，此話成為金庸中期小說《射鵰英雄傳》中反復出現的母題。主人公郭靖自小師從江南七怪，後跟全真教修習內功，又從北丐洪七公身上習得武林絕技「降龍十八掌」，可謂內外雙修，雖天資不佳，但勤力專注，終習得一身好武藝。但最重要的是他純樸老實、憂國憂民的性格，不單令他身為「俠」，又令他抱得美人歸，娶得聰慧美麗的黃蓉為妻。小說中的「俠」非單純以「武」服人，更吸引人的地方是他有著為國家社會犧牲的性格。而小說故事又不單純以對抗朝廷為骨幹，反而是幫助北宋如何免得被金遼入侵，同時自小在蒙古長大的郭靖又要面對種種糾結矛盾的身份問題。另一例子是《天龍八部》中的蕭峰，小說本身需要處理有關家國以及「俠」的身份問題，情節內容相當複雜。蕭峰身懷絕技，以「降龍十八掌」獨步天下，這是武俠小說的一貫前設。然而小說敘述他對家國感情的瓜葛，以及個人身份的迷失，才是引人入勝的地方。當他發現自己非

漢人而是契丹人身份的時候，小說的高潮正式展開。對於家國與民族利害的權衡，是他作為「俠」必須要處理的問題。很容易發現，《天龍八部》中，對於「武」的比重已經減少，小說側重點似乎是身份認同、家國與民族情感、「俠」對社會大眾的責任等方面。

在後期的金庸小說中，「俠」的定義和塑造，已經跟前期風格大為不同，亦是跟傳統武俠小說有很大分別，例如其封筆之作《鹿鼎記》，主人公韋小寶完全不懂武功，最多只能說是曾跟九難師太習得輕功「神行百變」的皮毛，算不得是真功夫。但有趣的是韋小寶卻能先後成為天地會白龍堂堂主、康熙身邊的大紅人兼封為一等公爵、九難師太的徒弟等，位極人臣，靠的不是高超的武功，而是腦筋和口才，加上韋小寶行事不見光明正大，每每利用小計謀和拍馬屁來得到利益，一反「俠」的傳統形象，所以有不少論者認為《鹿鼎記》並非武俠小說。另一方面，小說中處理身份與家國的問題同樣複雜，故事背景為康熙朝，面對的問題除了明末遺將、退守臺灣的鄭氏後人、外族羅剎國，還有到底是社會民生重要還是誰當家作主重要的關乎「反清復明」意旨的複雜問題。可以說，金庸小說在處理「俠」的形象從早期到晚期，是由重視「武」，到認為「武」不是小說關鍵，到認為「武」是可有可無，甚至是毫無建樹的。另外，對於「俠」的定義從為社會抱不平，到關心家國大事，到只要是有良心的人便可。反映「武」和「俠」在金庸從 1955 年到 1972 年這 17 年寫作過程中，從偏重到輕化的過程，這也是有人認為《鹿鼎記》非武俠小說的原因。然而，《鹿鼎記》雖不以

「武俠」作重點，但其他角色仍是保留著「武俠」色彩的，如天地會總舵主陳近南、九難師太等，江湖武俠味道仍然濃烈。值得注意的是，此小說在「儒以文亂法」方面反而作了相關描寫，例如在開首時以歷史人物、明末鴻儒「呂留良」跟「黃宗羲」、「顧炎武」的對話來道出清朝對漢人的高壓統治手段，亦同時暗示了清廷對文人的迫害以及文人如何對朝廷表達不滿。

其實，所謂「俠」，除了從古先賢的論著定義尋得線索，最重要的是，把金庸小說與50年代社會狀況合併討論。陳平原對此早有先見之明，他比較劉若愚《中國之俠》、侯健《武俠小說論》、田毓英《西班牙騎士與中國俠》，以及崔奉源《中國古典短篇俠義小說研究》各書對於「俠」的定義之後，發現各人從不同的切入點去詮釋「俠」，得出了不同的分析結果。因此，他對「俠」的結論很值得我們參考，他說：「武俠小說中，『俠』的觀念，不是一個歷史上客觀存在的、可用三言兩語描述的實體，而是一種歷史記載與文學想像的融合、社會規定與心理需求的融合、以及當代視界與文類特徵的融合。關鍵在於考察這種『融合』的趨勢及過程，而不在於給出一個確鑿的『定義』。」[35]「俠」在中國文化裡面既有一定的意涵，代表著正直、反抗、自由等，同時須切合時代背景去審視其確實所指。50年代香港人從《書

---

35 陳平原：《千古文人俠客夢——武俠小說類型研究》，臺北：麥田出版有限公司1995年版，第19-20頁。

劍恩仇錄》、《碧血劍》找到對「俠」的滿足感，以及得到「武」所帶來的刺激。小說中陳家洛與袁承志高超的武藝都是吸引讀者的地方，而人物正直善良、愛抱不平的性格，亦能符合讀者對「俠」的理想期望，同時消解了讀者心中對於社會不公等諸多不滿的情緒。順應著這個趨勢，後來的《連城訣》、《倚天屠龍記》中的狄雲、張無忌都表現著面對生活困迫、家庭巨變時應採取的態度，對中國文化強調的克己與堅忍起了一個很好的示範作用。到了後期的《鹿鼎記》中的韋小寶，雖不懂武功，但能周旋於眾多英雄豪傑之間，更是八面玲瓏，說得上加官晉爵，步步高升，靠的是腦筋與口才，跟香港人有著眾多相似點，同時跟中國文化中儒家所謂「君子不器」的概念呼應。

武俠小說離不開中國文化的元素，如儒釋道、五行八卦、六藝等。金庸小說的創作，用糅合的方式而非硬套的方式呈現上述元素。很多武俠小說把五行元素用於武器或武功之中，如《蜀山劍俠傳》的「五行神雷」、「土木神雷」、「石火神雷」、「癸水神雷」等。金庸小說則只有極少這樣的例子，如《射雕英雄傳》的金輪法王所運用的武器，有金輪、木輪、水輪、火輪、土輪五輪。

五行在金庸小說中主要不在武器或武功之上，而是在行軍佈陣方面。最精彩的當數黃藥師、周伯通、郭靖、一燈大師等人聯手抗蒙古軍入侵的描寫。小說寫道：「這五行大轉，是謂火生土、土生金、金生水、水生木、木生火。宋兵雖只四萬人，但陣法精妙，領頭的均是武林好手、而宋兵人人對郭靖夫婦感恩，決意捨命救其愛女，是以蒙古人雖然

人數多了一倍，竟也抵擋不住。」[36] 一般的武俠小說都寫角
色如何打鬥，以拳腳掌風比拼。金庸卻更上一層樓，把戰事
場面加入小說之中，豐富小說的場景。同時借情節描寫，帶
出行軍佈局的精妙在於戰術的運用。縱使武林上叱吒風雲的
人物，很多時候在戰場上都顯得無能為力，而只能靠人力及
計謀取勝。黃藥師深諳五行及奇門遁甲之術，其桃花島就是
利用術數而布下巧妙機關，令外人不容易進出此島。

　　另外，《倚天屠龍記》中有赫赫有名的明教，其轄下有
五行旗組織，分別為厚土旗、巨木旗、洪水旗、銳金旗、
烈火旗，各有特點，例如烈火旗旗眾人人有持火水石油，
利用火槍作為一種武器、銳金旗對打造精鋼武器別有一番功
夫，甚至連武林至尊屠龍寶刀也可接續、厚土旗對鑽掘地道
別有一番能耐，如此種種，在書中後半部，講述群雄力抗元
軍時多有闡述，五行旗的角色不可或缺，是明教中對抗元軍
的一支重要隊伍。書中講述烈火旗與銳金旗聯手接續屠龍刀
一幕尤見精彩，小說寫道：「吳勁草將屠龍刀的半截刀頭牢
牢砌在爐中，斷截處對準火孔。烈火旗諸般燃料均是現成，
頃刻間便生起一爐熊熊大火。吳勁草右臂已斷，只剩下一條
左臂。他身旁放著十餘件兵刃，目不轉睛的望著爐火，每
見爐火變色，便將兵刃放入爐中試探火力，待見爐火自青變
白，當下左手提起鋼鉗，鉗起半截屠龍刀，和刀頭的半截拼

36　金庸：《神鵰俠侶》，香港：明河社出版有限公司 1976 年版，第
　　1618 頁。

在一起，在火焰中鎔燒。他上身脫得赤條條地，火星濺在
身上，恍如不覺，直是全神貫注，心不旁騖。」[37] 兩旗人馬
相互配合，才能重新打造能號召武林群雄的至尊屠龍寶刀，
金庸在描寫鑄刀的過程描寫得既緊張又生動，亦算是合情合
理，又能利用兩旗人的特色。雖然在五行關係上未能做到深
入闡述，但畢竟能令讀者對其屬性以及中國鑄劍古風有一定
的認識。這一種類型的描寫，在武俠小說中並不常見。因為
沒有武打場面，很容易令讀者感到沉悶，然而糅合精彩的寫
法及五行的特色，卻令讀者刮目相看。以上引文以火與金為
骨幹，配合對小說十分重要的屠龍刀及明教寶物聖火令，難
得把五行元素放在小說中得以發揮。明教分光明左右使、四
大護法、五散人、五行旗，分工組織仔細。在小說其他部份
並未對五行旗的特色與功用詳加描寫，有的都是寫木旗如何
探挖地道，未如以上引文般，能盡顯火及金兩旗的特色與功
用。金庸小說把五行放在情節之中放大，而不是只放在武器
或武功上作表面描寫。

37　金庸：《倚天屠龍記》，香港：明河社出版有限公司 1976 年版，第
　　1601-1603 頁。

二、脫離世俗的完人

　　這裡希望借金庸小說的人物，來說明為甚麼金庸小說能夠歷久不衰。綜觀金庸筆下的主人公，幾乎清一色是不怕危難、面對厄困時都採取積極和樂觀的態度而面對的。而故事的發展每每基於他們的這種心態而得到正面的回應，當中可以是貴人的扶助、自身的救贖、惡人的伏法等。《倚天屠龍記》的張無忌、《笑傲江湖》的令狐沖、《射雕英雄傳》的郭靖、《連城訣》的狄雲、《鹿鼎記》的韋小寶，都是有著這種特徵的。《倚天屠龍記》的張無忌面對父母雙失兼身患不治之症（身中玄冥神掌毒），以及為謝遜匿藏處守秘，後來又面對各式各樣的危機，幸而命不該絕，機緣巧合下習得九陽神功、乾坤大挪移兩大絕學，又得到奇女子趙敏及明教聖女小昭的輔助，最終化險為夷，登上明教教主寶座，與明朝開國君朱元璋一同起義。《笑傲江湖》的令狐沖是孤兒，得華山派掌門岳不群夫婦養育成人，後遭逢巨變，無辜捲入江湖的腥風血雨之中。青梅竹馬的師妹岳靈珊對他不理睬，後戀上野心極大、城府極深的林平之；向來尊敬的師父岳不群因想當武林盟主的利益關係而加害他，令其背負著偷學林家「辟邪劍法」的罪名而被逐出師門。當然，令狐沖在失意的時候沒有灰心，沒有自暴自棄，反而以平常心看待之。所謂有所失必有所得，令狐沖從華山派名宿風清揚身上習得可獨步天下的「獨孤九劍」，又遇上日月神教前教主任我行之女任盈盈，又無意中習得吸星大法、易筋經，甚至出任五

岳派中的恆山派掌門之位。這些都基於令狐沖的自信以及因
緣際會下的種種巧合。《射鵰英雄傳》的郭靖忠誠老實，如
果不是遇到聰明的黃蓉的話，肯定會吃江湖上的大虧。他自
小在蒙古長大，有青梅竹馬的華箏相伴，江湖風浪未算多，
直到江南七怪慘遭毒手，兇手一度懷疑是東邪黃藥師，產生
了與黃蓉之間的矛盾，才算是遇到了一些波折。基於郭靖的
正面個性以及刻苦耐勞的精神，看似所有好的事情都向他靠
攏。例如聰明絕頂的黃蓉就學不會老頑童周伯通的「左右互
搏之術」，反而是心地樸實的郭靖學會了，情況就像《神鵰
俠侶》中的心如止水的小龍女能學會，楊過則不能一樣。《連
城訣》的狄雲是金庸小說筆下最慘的角色，角色的設定在
「後記」中可見。[38] 狄雲這個角色的設定，其實與金庸童年
相遇的事件有關。雖然狄雲所遇的不幸很多，但故事結尾不
單學曉絕學血刀刀法、神照經，還可抱得美人歸（水笙），
同樣是先失後得的故事結構。

　　接著談的是《鹿鼎記》的韋小寶，他不算悲劇角色，雖
然他先天條件不好，母親韋春花是揚州麗春院過氣名妓，父
親是嫖客，不知姓甚名誰。他出生低賤，但沒有看貶自己，
母親對他看似愛理不理，實則是愛護有加。某程度來說，金
庸小說寫至《鹿鼎記》，已走出武俠小說之路（歷來多有論

38　小說是根據作者小時候家中傭人的悲慘遭遇改編而成的。（金庸：《連
　　城訣》，香港：明河社出版有限公司 1977 年版，第 417-420 頁。）

者如是說），[39] 甚至是走出金庸小說之路，有違過去的一貫
模式。主人公不再是遇上挫敗然後得到機遇作為補償（該補
償往往大於角色本身所有的），而是透過描寫主人公的應世
之道來把江湖事件化險為夷。當然，此小說仍是保留著主人
公從弱到強的特色，主人公本身不懂武功、也沒有金錢及地
位，但透過種種人生歷練以及拍馬屁、廣交朋友的手段，竟
成為康熙的知己、爵爺、神龍教白龍堂堂主、天地會香主，
更從九難師太處學會上佳的逃跑功夫——神行百變。最重要
的是最後抱得七位美人歸。似乎韋小寶是金庸小說中，受苦
難最少而又得益最多的一位。小說用意在於不武之武，最高
深的武藝不在拳腳，不在心法，而是在人際關係。這可謂體
現了佟碩之（梁羽生）所說：「我以為在武俠小說中，『俠』
比『武』應該更為重要，『俠』是靈魂，『武』是軀殼。『俠』
是目的，『武』是達成『俠』的手段。與其有『武』無『俠』，
毋寧有『俠』無『武』。」[40]「俠」比「武」重要，更值得

---

39 歷來多有論者認為《鹿鼎記》為金庸小說中的突破或異類，走的風
格路線與過去大相徑庭，強調的不再是拳腳上的功夫，而是與人相
處的應世之道。如呂宗力：〈人間何處無小寶？——試談《鹿鼎記》
中的粗口與韋小寶的形象塑造〉，王秋桂主編：《金庸小說國際學術
研討會論文集》，臺北：遠流出版事業股份有限公司 1999 年版，第
237-270 頁。羅立群在《中國武俠小說史》則認為韋小寶跟金庸筆下
其他的角色不同點，在於韋小寶比郭靖、楊過、狄雲等來得有血有
肉，與讀者距離接近。（羅立群：《中國武俠小說史》，瀋陽：遼寧
人民出版社 1990 年版，第 308-309 頁。）

40 佟碩之（梁羽生）：〈金庸梁羽生合論〉，《梁羽生及其武俠小說》，
香港：偉青書店 1980 年版，第 96 頁。

人推崇，更是在江湖上得以求存的「技藝」，韋小寶雖被寫成小滑頭，非正人君子的人物，但總帶有俠氣。他對康熙、陳近南等固然交心用情，對其他正派人物都未曾加害。《鹿鼎記》中的天地會總舵主陳近南、神龍教教主洪安通、一代勇士鰲拜、九難師太，一一都栽在韋小寶手上。他們雖然位極人臣，武藝高強，但欠缺靈活多變的腦袋，因此往往被韋小寶擺弄。這就是香港人的特色，靈活變通，凡事都用最適合的方法去解決，因應對象和環境而處理，所謂適者生存，就是這個道理。

比較寫成於 70 年代的《鹿鼎記》與 50 年代的《書劍恩仇錄》，最後一部與首部武俠小說，金庸筆下的主角——韋小寶與陳家洛的分別可算十分之大。韋小寶的處世之道，在於隨機應變，不拘泥於無謂的世俗禮法，讀者雖在韋小寶身上較難找到傳統的俠士身影，但在陳家洛身上也不見得能夠找到武俠小說中常見的我行我素的俠客形象。讀者閱讀陳家洛的言行時，經常感到不甚痛快，是由於陳家洛受到紅花會的規條及信眾所制，同時受到自我身份、滿漢民族大義等制約，以及糾纏在霍青桐與香香公主兩姊妹之間的感情的漩渦之中。在大是大非、決策當下時，陳家洛既沒有決定果斷的領袖風範，也沒有明確舍小取大的犧牲精神。在《書劍恩仇錄》尾聲部份，紅花會及少林群雄在圓明園與乾隆和白振對峙，明明已佔優勢，卻感情用事放虎歸山。因方有德以徐天宏骨肉為脅，群雄均束手無策，小說寫道：「群雄眼見乾隆已處在掌握之中，就是天下所有的精兵銳甲一齊來救，也要先把皇帝殺了再說，那知忽然出來一個手無寸鐵、不會武

藝的老人，懷抱一個嬰兒，就把眾人制得束手無策。」[41] 群
雄在這緊張時刻，等待陳家洛發出最終號令，最後卻是霍青
桐較為果斷，出口作決定，又或許是霍青桐猜度得到陳家洛
的決定，卻由她開口作結。姑勿論何者屬答案，以上事件皆
明確顯示了陳家洛的優柔寡斷。在感情上，同樣顯示出其膽
小，欠承擔的性格。陳家洛本身喜歡霍青桐，卻誤會霍已移
情於女扮男裝的李沅芷，因此心灰意懶，又怯於開口，最後
自己移情香香公主。在回族慶典大會上，卻不欲多解釋。相
反，金庸後來寫的男主角都少了這些缺點，而是敢愛敢恨、
敢作敢為的。楊過反全真教、反郭靖黃蓉、反世俗禮教；韋
小寶不遵世俗禮教、盡使小滑頭手段；但楊過與韋小寶在大
是大非面前，有其果斷的作風，以及秉持俠應有的道德感。
楊過救陸無雙等不消說，在民族大義前，把斷臂之仇擱下，
與郭靖黃蓉並肩對付韃子，已是最好明證。韋小寶對康熙的
是忠，對天地會陳近南的是義，對白龍教的是信，基本上他
沒有出賣其中一方，可以說是八面玲瓏，面面俱圓。在神龍
島上，各人都動不了之際，韋小寶沒乘人之危，體現俠之風
骨。可以說，陳家洛是紙上英雄，充滿傳統文士的氣質，只
不過加入了俠的元素，可見人物不全真實；相反，楊過、韋
小寶等，是充滿真性情的俠，既沒有文人的迂腐，也沒有文
人的酸氣，只有憑一顆赤子之心來推動其所作所為。

41　金庸：《書劍恩仇錄》，香港：明河社出版有限公司 1976 年版，第
　　860-861 頁。

在人物的描寫方面，主人公都顯得很正氣，這是因為他們都能夠體現「義」的精神。正如嚴家炎所指出的，中國文化中的「義」在金庸小說中發揮得淋漓盡致，他舉了《書劍恩仇錄》的紅花會眾當家營救文泰來一事、《雪山飛狐》的苗人鳳與胡一刀如何惺惺相惜等例子作說明，最重要的是他引了金庸的說話：「中國人講義氣，是中華民族能夠保存下來而且發展壯大的一個重要因素。」[42] 他又說明韋小寶同樣是表現著、發揮著「義」的代表人物，例如因救天地會各人而被迫捅了好友兼清官多隆一刀，更為此流淚。[43] 韋小寶在江湖中跟山林好漢稱兄道弟，跟康熙帝猶如知己，都關乎一個「義」字，他可以為朋友放棄金錢、美女、仕途，因為在他眼中，這些都不是最重要的，他出身低下，是揚州青樓妓女韋春花的兒子，父親是一個不知姓名背景的恩客，自小在青樓插科打諢。他的「義」在小說開首已有交代，江洋大盜茅十八被朝廷追捕，幸得肝膽相照、一見如故的韋小寶仗義救之。當中最能突顯「義」的情節，在小說開首的第2回，就是茅十八跟吳大鵬比武時，突然殺出史松等13個軍官。本來可置身度外的吳大鵬，因為與茅十八有比武約定，識英雄重英雄，又敬重茅十八對天地會（吳大鵬乃天地會中人）必恭必敬，便聯同茅十八一同對付史松等人。吳大鵬表現的正是把「義」置於自身生命、前途之上，而所涉的「義」

---

42 嚴家炎：《金庸小說論稿》，北京：北京大學1999年版，第36頁。

43 嚴家炎：《金庸小說論稿》，北京：北京大學1999年版，第36頁。

純是對擁有同樣價值觀的人的一種執著的同生共死。

　　「武俠」文化中的「俠」與「義」兩種重要元素，在「亂世」中尤其重要，因為在社會動盪不安之時，大眾心理更需要「俠」的出現來抱打不平。而「義」在中國人社會亦是十分常見的，特別是 50 年代香港人在港英殖民政府管治底下，更易產生同鄉互助精神，一同面對上流社會的英國人的欺壓。50 年代香港人生活困苦是不爭的事實，過去已有不少論著說明此點。論者周永新在《見證香港五十年》中，就提到：「香港戰後初期，大部份家庭這麼窮，原因不用深究亦非常明顯：首先，除少數從上海來的大亨外，其他逃來香港的，多一窮二白，身無長物。」[44] 加上 50 年代的不少照片都能見證當時的困苦狀況，例如小童排隊輪候食水，即取即飲。然而有趣的是，縱使生活艱難，低下階層與上流社會從未有任何大的階級衝突，他們各安本份，明白上流社會白人與華人的位置，是自己不能超越的，最多只能依靠下一代努力讀書，尤其是學好英語，以此出人頭地、爬上高位。這種包容的性格，是基於中國傳統文化的基因。羅香林在《香港與中西文化之交流》中說：「唯中國民族具有其『自我存在』之傳統性格，故其所在與所至必自保其崇先報本之習，凡固有之語言風格，與祖傳之家禮家訓，以至先聖昔賢之

44　周永新：《見證香港五十年》，香港：明報出版社有限公司 1997 年版，第 5 頁。

遺言遺籍等，皆必挾以演進，累世不絕。」[45] 此段話用以說明 50 年代香港人的文化融入是最適合不過的了。中國人的傳統文化是講求包容與融入，50 年代香港人對西方文化正處於學習期，對自身文化又不抱著摒棄的態度。在保存自我文化與適應西方文化之間，尋找著緩衝與融和。香港人對於中國文化的保留與眷念，都能借助金庸小說中的文化內涵得到調解與滿足。相信很多人都會認同，武俠小說承載著中國文化，單以「武」和「俠」來說，已可作洋洋大觀。而金庸小說中所承載的中國文化蓋不止於此，它所涉及的是廣而深的，對愛情的堅執與忠誠、儒佛道的處世哲學、師徒家庭的倫理觀、琴棋書畫的藝術層面，都令讀者認識或是加深對中國文化的瞭解。同時，這反映了 50 年代讀者群的口味與喜好，亦反映了從 50 年代到 70 年代讀者對小說的接受程度。可以說，金庸小說中的中國文化元素不單是對當代人的心靈慰藉，同時肩負著中國傳統文化的傳承責任。這種可以說是戀舊或懷舊的心態，在殖民地上是十分常見的，大眾對過去生活在祖國的歷程產生了莫名的眷戀，所有回憶都是正面而愉快的，正如宋偉傑說：「『懷舊』有『美化過去』的功能，在個體的回憶過程中，美好而且愉悅的內容得以肯定並獲玩味，令人傷感、羞愧、痛苦的片段則被遮蔽或者忽略；

45　羅香林：《香港與中西文化之交流》，香港：中國學社 1961 年版，第 258 頁。

因此，懷舊本身具有一定的過濾作用。」[46] 金庸小說甚至武俠小說，是俠文化以至中國文化傳承的載體，金庸小說在香港的流行，跟大眾在殖民地底下生活，有著強烈的懷舊意識有關。

中國文化離不開宗教。這裡所指的宗教是指古時傳統對「道」的膜拜或追隨。「形而上者謂之道，形而下者謂之器」[47]。道器合一是中國傳統文化的源流，往後慢慢演化出儒道思想，而開始強調道，輕視器，最後加入五行及佛家思想。羅香林在《中國民族史》中有詳細分析，在此不必細說。[48] 儒佛道及五行都是中國傳統文化，在金庸武俠小說中都常見這些重要元素。光看《天龍八部》的命名，已經知道取自佛經語。金庸在《天龍八部》的《釋名》寫道：「『天龍八部』這名詞出於佛經。」[49] 雖然金庸沒有再說明「天龍八部」跟小說情節的關係，甚至連「後記」也沒有進一步交代，但我們從人物角色及情節建構都能夠知道此小說的題旨離不開「業報」。主角蕭峰、段譽、虛竹都有不同的性格和經歷，但情如手足，肝膽相照。蕭峰在小說中是英雄豪傑，受江湖人士景仰，但因身份問題，糾結於民族大義之前，

46　宋偉傑：《從娛樂行為到烏托邦衝動——金庸小說再解讀》，南京：江蘇人民出版社 1999 年版，第 227 頁。

47　孔穎達疏：《周易正義》，卷七，〈繫辭上〉，北京：北京大學出版社 2000 年版，第 344 頁。

48　羅香林：《中國民族史》，香港：中華書局有限公司 2010 年版，第 80-102 頁。

49　金庸：《天龍八部》，香港：明河社出版有限公司 1978 年版，第 5 頁。

內心無限痛苦，加上錯手殺了喬裝的愛人阿朱，內心悔恨不已，最後走上自殺之路。因偏執與仇恨，令自身所受之苦報更深。段譽癡戀王語嫣，其本性善良，並無野心，因本性及所作所為都為善的緣故，最後終得有情人與王語嫣共諧連理。虛竹心境澄明，與世無爭，卻意外破得珍瓏棋局，得到無涯子 70 年的深厚功力，獨步武林。又成為靈鷲宮主人，得到美人歸（西夏公主），如此種種，都是無心插柳所得。但是虛竹身為出家人，對「色欲」執迷過深，所受之報是父母得以相認卻又雙亡。當然，佛家的業網並非簡單指對等的因果報應，因為因因果果所牽連的不止於目前當下的所指，而應涉及過去、將來、個人、集體。宏觀地看，可以說，《天龍八部》裡的各個人物，都離不開命運的播弄，外力比自力更強，體現佛家思想。金庸小說的絕學很多，穿插於《射鵰英雄傳》、《神鵰俠侶》、《倚天屠龍記》這三部曲的《九陰真經》，內文實取自道家經典——老子的《道德經》的意念，「天之道，損有餘而補不足，是故虛勝實，不足勝有餘。其意博，其理奧，其趣深。天地之象分，陰陽之侯烈，變化之由表，死生之兆章。」、「弱之勝強，柔之勝剛，天下莫不知，莫能行。」不難從《道德經》原文找到相似句子，試看第 79 章：「天之道，猶張弓者也，高者印之，下者舉之，有餘者損之，不足者補之。故天之道，損有餘而益不足。人之道則不然，損不足而奉有餘。孰能有餘而有以取奉於天者乎？唯又道者乎？是以聖人為而弗又，成功而弗居

也。若此，其不欲見賢也。」[50] 金庸擇而改之，其大意總離不開說明天地物化自然屬互補定律，跟人與人之間的非互補定律不同，而聖人（或小說中的俠者）則能捨己為人（甚至為國）。金庸刻意以富有道家思想的《九陰真經》來說明強弱、自然物化等道理是很明顯不過的。人世間並非武功最強，地位最高就能掌握一切，人是受得很多不同的限制的，更最要的是人很多時候只能順應天意而為，被動、至柔的理念都在書中反復出現。《笑傲江湖》的令狐沖就是自由的化身，獨孤九劍的要義在於被動，觀察對手之破綻而攻之，入之有間。書中講述風清揚在華山思過崖傳授令狐沖劍法時說：「一切須當順其自然。行乎其不得不行，止乎其不得不止，倘若串不成一起，也就罷了，總之不可有半點勉強。」[51] 其意跟道家之順態自然不謀而合，此道取乎自然而不矯揉造作，無招勝有招，致使令狐沖能獨步武林。令狐沖的心態甚至是金庸的書寫用意，大多跟道家所謂「守柔，不爭，小國寡民」的觀念相配合，亦都是金庸小說主角表現俠風的一種最好明證，他們往往淡泊名利，有出世之傾向。

　　《神雕俠侶》的楊過之所以為俠，是因為有退出江湖以及不與世相爭之心，反觀小說的前半部，極力描寫楊過的不安現狀，致力發掘江湖的新鮮奇趣。關於這一點，小龍女也有所察覺，小說寫道：「師徒倆日間睡眠，晚上用功。數

50　老子：《道德經》，哈爾濱：黑龍江人民出版社2004年版，第217頁。

51　金庸：《笑傲江湖》，香港：明河社出版有限公司1980年版，第398頁。

月過去，先是小龍女練成，再過月余，楊過也功行圓滿了。
兩人反複試演，已是全無窒礙，楊過又提入世之議。小龍女
但覺如此安穩過活，世上更無別事能及得上，但想他留戀紅
塵，終是難以長羈他在荒山之中⋯⋯」[52] 直到楊過人生有了
閱歷，經歷過斷臂、失散、習武等事情，看破紅塵，一切
看法皆變，甚至連對小時候欺負他、看輕他的黃蓉，都以德
報怨。楊過廣邀群雄，為郭襄祝壽，細心的黃蓉得悉是楊過
暗中安排時，只道他是來報仇的。黃蓉在《射雕英雄傳》中
表現聰慧機智，在《神雕俠侶》時已人到中年，加上愛女深
切，顯得較為愚頓。同時金庸有意藉此來反襯楊過的心胸之
廣和智慧之高。楊過同時體現儒家「仁」的「克己復禮」
的精神。金庸小說所體現的儒家思想是顯然的。不那麼受關
注的短篇《鴛鴦刀》，說的意旨就是「仁者無敵」，相傳天
下無敵的鴛鴦刀，原來背後刻有此四字，用以警醒世人。小
說開首寫道：「『鴛鴦刀一短一長，刀中藏著武林的大秘密，
得之者無敵於天下。』『無敵於天下』這五個字，正是每個
學武之人夢寐以求的最大願望。」[53] 小說以江湖人士爭奪「鴛
鴦刀」為主線，最後發現「仁」之重要性，說教味甚濃，
跟金庸其他小說的含蓄風格有別。天地君親師、三綱五常，
在金庸小說裡的傳統世界都不難找出。

52　金庸：《神雕俠侶》，香港：明河社出版有限公司 1976 年版，第 272
　　頁。

53　金庸：《雪山飛狐》，香港：明河社出版有限公司 1976 年版，第 255
　　頁。

在《雪山飛狐》中，胡一刀和號稱「打遍天下無敵手」的苗人鳳比武決鬥，使出獨步天下的胡家刀法，在作者解說刀法的竅門之時，亦有提及「天地君親師」的傳統，小說寫道：「這單刀功夫，我也曾跟師父下過七八年苦功，知道單刀分『天地君親師』五位：刀背為天，刀口為地，柄中為君，護手為親，柄後為師。這五位之中，自以天地兩位為主，看那胡一刀的刀法，天地兩位固然使得出神入化，而君親師三位，竟也能用以攻敵防身。」[54] 加上冷狐沖對岳不群的忠孝；郭靖對江南七怪的孝義；蕭峰、段譽、虛竹之間的手足之義；韋小寶對康熙的忠君思想、對天地會的忠義氣節兩性的夫妻情深，不單是指郭靖黃蓉、楊過小龍女等人而言，甚至引申至通曉人性追隨郭靖黃蓉的兩頭大雕，雄性死，雌性也跟隨自殺。如此種種，都體現傳統中國文化之一面。一對一的愛情觀，執子之手，至死相隨，從中國第一部詩歌集《詩經》已可窺其宗旨，《倚天屠龍記》的開首，講述郭襄為尋楊過去向，流浪江湖三年，於河北少林寺山腳巧遇何足道，起惺惺相惜之情，並刻意夾雜地引《詩經》等句。[55] 綜觀金庸各小說，男主角都是多情專一的，縱受到眾多女伴所迷，仍是專情於一的。令狐沖之於任盈盈、楊過之於小龍女、袁承志之於溫青青、倚天屠龍記之於趙敏、蕭峰

---

54 金庸：《雪山飛狐》，香港：明河社出版有限公司 1976 年版，第 95 頁。

55 金庸：《倚天屠龍記》，香港：明河社出版有限公司 1976 年版，第 45 頁。

之於阿朱，都可為明證。[56] 可見金庸小說殖根了中國儒家五
倫的思想。父子關係猶如師徒關係，有傳承與模仿的作用，
師父的武藝與做人的方式，都深深影響徒弟的往後人生歷
程。例如令狐沖受華山派岳不群表面的君子作風影響，做人
處事都帶有同理心。而令狐沖其後受到華山派前輩風清揚點
撥，學會「獨孤九劍」，令他幾次死裡逃生。夫婦關係如小
說的各男女主人公，雙方一往情深。君臣關係像門派宗師與
徒弟的關係，徒弟對掌門需絕對服從，掌門有無上的權力與
威信。長幼關係就像門派中的各人身份。可見，武林中的門
派就像一個家，每人充當不同的身份。朋友關係在武俠小說
中十分重要。沒有朋友則主人公難以在江湖上行走。《水滸
傳》的綠林俠義作風，一向被視為全書的焦點與骨幹。這跟
現代新派武俠小說一樣，人在江湖行走，必先建立「義」。
所謂「義」，是指建立朋友圈。《水滸傳》中，建立朋友
圈的方式十分簡單而明確，就是結拜。結拜後，對方有危難
時，自己必須營救，不然，便是有違「義」了。這樣便很
容易解釋韋小寶與茅十八結拜、丁典與狄雲結拜等主人公的
一貫行為了。

56　韋小寶娶有七位美人，當屬例外，切合角色不循正軌的處事作風。

結語

　　金庸小說的封筆之作乃是《鹿鼎記》，終於 1972 年。
這年後，可以說是金庸再沒有撰寫武俠小說了，其後的寫作
都主要是散文一類，硬要說是跟武俠小說有關的，就只能說
是對新版的修訂了。1999 年，金庸開始其武俠小說的第三次
修改工作，並陸續完成，至 2006 年完成最後的《鹿鼎記》。
金庸以差不多 80 歲高齡，對其小說作了仔細的審閱和修改，
所花的精神和時間都不可計量的。可以說，如無意外這是金
庸小說最後的一次修改，在修改前後，綜觀文學界中的武俠
小說作家，都似乎未見有能與金庸匹敵之輩，更遑論是超
越。當然，以文學評論或讀者的角度來看，這絕非一件好
事。但由此可證明，金庸小說的地位暫時也不見動搖，這是
因為金庸小說寫得太好了。當中的風土人情、哲學文化、意
境，無一不是精妙絕倫的。因此，自金庸小說面世以來，坊
間有不少改編作品，界別涵蓋電影、電視劇、漫畫，甚至是
遊戲電玩。[1]

　　金庸小說自香港 50 年代開始，從橫向層面來看，影響

1　詳參附錄金庸小說改編作品清單。

著全球讀者，當中不單是華人，金庸小說的不同外語版本，早在 90 年代已獲授權出版。除了小說，衍生的電影、電視劇、遊戲等，都同步影響著不同層面的受眾。從縱向層面來看，金庸小說的受眾年齡層也是十分之廣，由 50 年代開始追捧金庸小說的年長讀者，到 90 後從次媒介（電影、電視劇、遊戲等）認識金庸小說的，亦不計其數。金庸小說的影響力在過去 60 年有著高低起伏，可以說，50 至 70 年代其是光輝期，80 年代稍為黯然，90 年代隨國家開放帶來的衝擊，加之金庸小說正式編入內地高校教材，再次產生波瀾壯闊的影響。金庸小說的魅力可以是劃時代的，因為每個人心目中都有俠義、正義的元素，無分國族、種族；每個人心目中都有遠離是非、逃避繁囂的潛在欲望；每個人心目中都有衝破黑暗、所有問題都自然迎刃而解的烏托邦式心理。正是由於金庸小說以俗的手法表現深的哲理，因此它是入世的哲學，也是它可以流行數十年的原因。綜觀中國通俗小說史，金庸小說確有元曲、《紅樓夢》、《水滸傳》的風範，從俗到雅，屬入世的文學巨著。從接受美學的角度來看，民國鴛鴦蝴蝶派的徐枕亞、周瘦鵑、張恨水、包笑天、李涵秋合稱為「五虎將」，經歷過自我矮化到自我／大眾認同的過程。隨著社會氛圍的改變與大眾對俗文學的接受程度的提高，金庸小說在短短數十年已躍身成為華語文學世界的代表作品。在坊間、在高等學府，金庸小說無處不在、無孔不入，它更是歷久不衰，甚至影響力有擴大延伸之勢，這是由於跟金庸小說有關的媒介更為廣泛的緣故，從小說到電視劇、電影、電子書、電腦遊戲、手機遊戲等，不同年齡層的受眾都在受到

金庸小說的影響。這是基於大眾心底下的正義心，以及對神仙幻境、俠骨柔情的心理憧憬所致。

以最普及的版本（即本書的研究對象）而論，雖流傳於坊間多年，但仍有一些缺失的地方，可是在新修版中仍未有修訂。例如小說的前半部份，在武當山上，張三豐目睹愛徒張翠山自殺身亡，聽得張無忌一聲大叫，忙躍身出窗，把脅持張無忌的韃子兵押進殿中，反脅迫其把張無忌交回殷素素手中。後來殷素素自殺等擾攘，令該韃子兵乘機逃脫。試問在武功登峰造極的張三豐手中，又有誰人可以神不知鬼不覺地逃去？小說寫道：「張三豐愛徒慘死，心如刀割，但他近百年的修為，心神不亂，低聲喝道：『進去！』那人左足一點，抱了孩子便欲躍上屋頂，突覺肩頭一沉，身子滯重異常，雙足竟無法離地……各人悲痛之際，誰也沒留心那蒙古兵，一轉眼間，此人便走得不知去向。」[2] 雖然金庸只以一句交代韃子兵如何能從張三豐手上逃去，但相信不少讀者都認為說法較為牽強。

總括而言，瑕不掩瑜，金庸小說洋洋大觀，偶有錯漏在所難免。何況當年每天趕在每日報紙付梓前完成，雖有後來的修訂，但已屬難得的極品。金庸小說在取得天時地利人和等因素下，開創出香港獨有的新派武俠小說風潮，影響所及，以文類而言，跨越電影、電視劇、廣播劇等類；以地

2　金庸：《倚天屠龍記》，香港：明河社出版有限公司 1976 年版，第 389-393 頁。

域而言，遍佈全世界；以時代而言，橫跨幾代人；從評論的角度而言，從通俗大眾走向大學文學殿堂。近百年中國文學作品中，未見有像金庸小說般，既可通俗，又可高雅；對於 50-60 年代的香港低下階層而言，它是消解思鄉愁懷的良品；對於專家學者如陳世驤、馮其庸、嚴家炎等，則它所含的中國文化元素是十分之豐富的，以至從不同文學理論分析其文學價值都會有所得。本書從金庸小說的發生學研究出發，試圖從各方面探討金庸小說的創作與發生。本書嘗試拋磚引玉，相信金庸小說研究日後一定會取得更大的發展。

參考文獻

一、作品類：

張忠：〈向紅旗宣誓〉，《大公報·文藝》，1950年1月1日。

勞夫：〈文藝的認識〉，《星島日報·文藝》，1950年7月3日。

路易斯：〈後記〉，《火花》，香港海濱書屋1951年版。

艾青：《我們多麼幸福》，《大公報·文藝》，1952年12月14日。

金庸：《碧血劍》，香港：明河社出版有限公司1975年版。

金庸：《雪山飛狐》，香港：明河社出版有限公司1976年版。

金庸：《神雕俠侶》，香港：明河社出版有限公司1976年版。

金庸：《倚天屠龍記》，香港：明河社出版有限公司1976年版。

金庸：《書劍恩仇錄》，香港：明河社出版有限公司1976年版。

金庸：《飛狐外傳》，香港：明河社出版有限公司1977年版。

金庸：《連誠訣》，香港：明河社出版有限公司1977年版。

金庸：《俠客行》，香港：明河社出版有限公司1977年版。

金庸：《射雕英雄傳》，香港：明河社出版有限公司1978年版。

金庸：《天龍八部》，香港：明河社出版有限公司1978年版。

金庸：《笑傲江湖》，香港：明河社出版有限公司1980年版。

金庸：《鹿鼎記》，香港：明河社出版有限公司 1981 年版。

劉以鬯：《香港短篇小說選（50-60 年代）》，香港：集力出版社 1985 年版。

侶倫：《窮巷》，香港：香港三聯書店有限公司 1987 年版。

平江不肖生：《江湖奇俠傳》，湖南：嶽麓書社 1988 年版。

還珠樓主：《蜀山劍俠傳》，湖南：嶽麓書社 1989 年版。

張恨水：《中原豪俠傳》，山西：北嶽文藝出版社 1993 年版。

梁羽生、金庸、百劍堂主：《三劍樓隨筆》，上海：學林出版社 1997 年版。

劉以鬯：《香港短篇小說選（五十年代）》，香港：天地圖書有限公司 1997 年版。

胡適：《胡適文集》，北京：北京大學出版社 1998 年版。

姜義華編：《毛澤東卷》，香港：商務印書館有限公司 1999 年版。

金庸：《金庸散文集》，北京：作家出版社 2006 年版。

金庸：《金庸散文》，香港：明河社出版有限公司 2007 年版。

二、著作類：

【俄】托爾斯泰：《藝術論》，北京：人民文學出版社 1958 年版。

羅香林：《香港與中西文化之交流》，香港：中國學社 1961 年版。

魯迅：《中國小說史略》，北京：人民文學出版社 1973 年版。

【德】叔本華：《叔本華論文集》（陳曉南譯），臺北：志文出版社 1973 年版。

朱光潛等編：《歌德談話錄》，北京：人民文學出版社 1978 年版。

佟碩之（梁羽生）：《梁羽生及其武俠小說》，香港：偉青書店 1980 年版。

【英】佛斯特：《小說面面觀》，廣州：花城出版社 1981 年版。

山東師範學院等編：《外國作家談創作經驗》（下冊），濟南：
　　山東人民出版社 1982 年版。

鄭振鐸：《中國俗文學史》，上海：上海書店 1984 年版。

芮和師等編：《鴛鴦蝴蝶派文學數據》，福州：福建人民出版社
　　1984 年版。

黃維樑：《香港文學初探》，香港：華漢文化事業公司 1985 年版。

魯言：《香港掌故》（第 11 集），香港：廣角鏡出版社有限公
　　司 1987 年版。

羅龍治等：《諸子百家看金庸》（三），臺北：遠流出版事業股
　　份有限公司 1987 年版。

林辰等編：《世界 100 位作家談寫作》，上海：上海文化出版社
　　1987 年版。

錢谷融、魯樞元主編：《文學心理學教程》，上海：華東師範大
　　學出版社 1987 年版。

楊聯陞：《中國文化中「報」、「保」、「包」之意義》，香港：
　　香港中文大學出版社 1987 年版。

王海林：《中國武俠小說史略》，山西：北岳文藝出版社 1988
　　年版。

元邦建：《香港史略》，香港：中流出版社有限公司 1988 年版。

葉靈鳳：《香島滄桑錄》，香港：中華書局有限公司 1989 年版。

王劍叢：《香港作家傳略》，廣西：廣西人民出版社 1989 年版。

李家園：《香港報業雜談》，香港：三聯書店有限公司 1989 年版。

謝常青：《香港新文學簡史》，廣州：暨南大學出版社 1990 年版。

李叢中：《文學與社會心理》，昆明：雲南教育出版社 1990 年版。

羅立群：《中國武俠小說史》，瀋陽：遼寧人民出版社 1990 年版。

裴斐：《文學原理》，北京：中央民族學院出版社 1990 年版。

王劍叢：《臺灣香港文學研究述論》，天津：天津教育出版社 1991 年版。

史文鴻：《史文鴻的大眾文化批判》，香港：次文化有限公司 1992 年版。

梁秉鈞編：《香港的流行文化》，香港：三聯書店有限公司 1993 年版。

潘亞暾、汪義生：《香港文學概觀》，廈門：鷺江出版社 1993 年版。

鄭樹森：《大眾文學‧敘事‧文類——武俠小說箚記三則》，臺北：三民出版社 1994 年版。

冷夏：《金庸傳》，臺北：遠景出版事業公司 1995 年版。

張寶琴、邵玉銘、瘂弦主編：《四十年來中國文學》，臺灣：聯合文學出版社有限公司 1995 年版。

冼玉儀編：《香港文化與社會》，香港：香港大學出版社 1995 年版。

陳墨：《金庸小說與中國文化》，南昌：百花洲文藝出版社 1995 年版。

王劍叢：《香港文學史》，南昌：百花洲文藝出版社 1995 年版。

周蕾：《婦女與現代性：東西方之間閱讀記》（陳順馨等譯），臺北：麥田出版社有限公司 1995 年版。

陳平原：《千古文人俠客夢——武俠小說類型研究》，臺北，麥田出版有限公司 1995 年版。

童慶炳：《文學創作與文學評論》，北京：中央廣播電視大學出版社 1995 年版。

童慶炳：《文學理論要略》，北京：人民文學出版社 1995 年版。

費勇、鐘曉毅：《金庸傳奇》，廣州：廣東人民出版社 1995 年版。

【德】馬克思：《馬克思恩格思選集》，第 2 卷，北京：人民出版社 1995 年版。

易明善：《香港文學簡論》，成都：四川大學出版社 1995 年版。

王國維：《宋元戲曲史》，北京：東方出版社 1996 年版。

魯言等：《生活縱覽──反貪、時裝、食住行》，北京：海天出版社 1996 年版。

費勇、鐘曉毅：《梁羽生傳奇》，廣州：廣東人民出版社 1996 年版。

費勇、鐘曉毅：《古龍傳奇》，廣州：廣東人民出版社 1996 年版。

王劍叢：《20 世界香港文學》，濟南：山東教育出版社 1996 年版。

張清華：《中國當代先鋒文學思潮論》，南京：江蘇文藝出版社 1997 年版。

袁勇麟：《20 世紀中國雜文史》，福州：福建教育出版社 1997 年版。

張檸：《敘事的智慧》，濟南：山東友誼出版社 1997 年版。

古遠清：《香港當代文學批評史》，漢口：湖北教育出版社 1997 年版。

陳清僑編：《文化想像與意識形態──當代香港文化政治論評》，香港：牛津大學出版社 1997 年版。

陳昌鳳：《香港報業縱橫》，北京：法律出版社 1997 年版。

周永新：《見證香港五十年》，香港：明報出版社有限公司 1997 年版。

張學仁、陳寧生：《香港百年──從歷史走向未來》，北京：中國言實出版社 1997 年版。

汪亞曒、汪義生：《香港文學史》，廈門：鷺江出版社 1997 年版。

夏春平：《香港文化色彩》，惠州：龍門書局 1997 年版。

【美】喬瑟夫・坎伯：《千面英雄》（朱侃如譯），臺北：立緒
　　文化事業有限公司 1997 年版。

陳平原：《陳平原小說史論集》（下），石家莊：河北人民出版
　　社 1997 年版。

沈本瑛、馬漢生：《世界出版業：港澳卷》，北京：世界圖書出
　　版公司 1998 年版。

艾曉明：《從文本到彼岸》，廣州：廣州出版社 1998 年版。

劉紹銘、陳永明主編：《武俠小說論卷》（上下卷），香港：明
　　河社出版有限公司 1998 年版。

鐘曉毅：《在南方的閱讀：粵小說論稿（1978-1996）》，廣州：
　　廣東人民出版社 1998 年版。

羅大勝：《報紙副刊探析》，貴陽：貴州民族出版社 1998 年版。

劉蜀永：《簡明香港史》，香港：三聯書店有限公司 1998 年版。

金庸、池田大作：《探求一個燦爛的世紀》，香港：明河社出版
　　有限公司 1998 年版。

潘國森，《話說金庸》，香港：明窗出版社有限公司 1998 年版。

潘亞暾：《臺港澳暨海外華文文學大辭典》，廣州：花城出版社
　　1998 年版。

陳平原：《中國小說敘事模式的轉變》，上海：上海人民出版社
　　1998 年版。

施建偉、應宇力、汪義生：《香港文學簡史》，上海：同濟大學
　　出版社 1999 年版。

張京媛主編：《後殖民理論與文化批評》，北京：北京大學出版
　　社 1999 年版。

嚴家炎：《金庸小說論稿》，北京：北京大學 1999 年版。

陳墨：《孤獨之俠──金庸小說論》，上海：三聯書店 1999 年版。

曹惠民：《百年中華文學史論（1898-1999）》，上海：華東師範

　　　大學出版社 1999 年版。

袁良駿：《香港小說史》，深圳：海天出版社 1999 年版。

王秋桂編：《金庸小說國際學術研討會論文集》，臺北：遠流出
　　　版事業股份有限公司 1999 年版。

宋偉傑：《從娛樂行為到烏托邦衝動──金庸小說再解讀》，南
　　　京：江蘇人民出版社 1999 年版。

黃萬華：《文化轉換中的世界華文文學》，北京：中國社會科學
　　　出版社 1999 年版。

王秋桂主編：《金庸小說國際學術研討會論文集》，臺北：遠流
　　　出版事業股份有限公司 1999 年版。

許翼心：《香港文化歷史名人傳略》，深圳：名流出版社 1999
　　　年版。

湯哲聲：《中國現代通俗小說流變史》，重慶：重慶出版社 1999
　　　年版。

劉蜀永：《香港史話》，北京：社會科學文獻出版社 2000 年版。

曹惠民：《臺港澳文學教程》，上海：漢語大詞典出版社 2000
　　　年版。

鄭振鐸：《鄭振鐸說俗文學》，上海：上海古籍出版社 2000 年版。

張圭陽：《金庸與報業》，香港：明報出版社有限公司 2000 年版。

李谷成：《香港報業百年滄桑》，香港：明報出版社有限公司
　　　2000 年版。

林保淳：《解構金庸》，臺北：遠流出版社 2000 年版。

劉再復、張東明編：《金庸小說與二十世紀中國文學國際學術研
　　　討會論文集》，香港：明河社出版有限公司 2000 年版。

柳蘇編：《香港的人和事》，瀋陽：遼寧教育出版社 2001 年版。

劉以鬯：《暢談香港文學》，香港：獲益出版事業有限公司 2002
　　　年版。

張美君、朱耀偉編：《香港文學＠文化研究》，香港：牛津大學出版社 2002 年版。

香港電影資料館節目組：《五、六十年代流行文化與香港電影》，香港：香港電影資料館 2002 年版。

吳曉東、計璧瑞編：《2000′北京金庸小說國際研討會論文集》，北京：北京大學出版社 2002 年版。

吳俊雄、張志偉編：《閱讀香港 普及文化 1970-2000》，香港：牛津大學出版社 2002 年版。

陳鎮輝：《金庸小說版本追昔》，香港：匯智出版有限公司 2003 年版。

陳平原：《中國小說敘事模式的轉變》，北京：北京大學出版社 2003 年版。

陳德錦：《文學面面觀》，香港：獲益出版有限公司 2003 年版。

傅國湧：《金庸傳》，北京：北京十月文藝出版社 2003 年版。

趙稀方：《小說香港》，北京：三聯書店 2003 年版。

廖炳惠：《關鍵字 200》，臺北：麥田出版 2003 年版。

張清華：《境外談文：中國當代文學中的歷史敘事》，石家莊：花山文藝出版社 2004 年版。

孔慶東《金庸評傳》，鄭州：鄭州大學 2004 年版。

鄭樹森：《縱目傳聲》，香港：天地圖書有小公司 2004 年版。

王嘉良、顏敏：《中國現當代文學史》，上海：上海教育出版社 2004 年版。

王劍叢：《香港澳門文學論集》，北京：中國科學文化出版社 2004 年版。

陳鳴：《香港報業史稿》，香港：華光報業有限公司 2005 年版。

王德威：《如此繁華》，香港：天地圖書有限公司 2005 年版。

孔慶東：《金庸評傳》，鄭州：鄭州大學出版社 2005 年版。

【俄】普洛普：《民間故事形態學》，賈放譯，北京：中華書局
　　2006年版。

楊劍龍主編：《中國現當代文學簡史》，上海：華東師範大學出
　　版社2006年版。

黃萬華：《中國現當代文學》，濟南：山東文藝出版社2006年版。

楊匡漢：《20世紀中國文學經驗》，上海：東方出版中心2006
　　年版。

黃念欣：《晚期風格——香港女作家三論》，香港：天地圖書有
　　限公司2007年版。

湯哲聲：《中國當代通俗小說史論》，北京：北京大學出版社
　　2007年版。

艾曉明：《女權主義理論讀本》，桂林：廣西師範大學出版社
　　2007年版。

王宏志：《本土香港》，香港：天地圖書有限公司2007年版。

朱棟霖、朱曉進、龍泉明主編：《中國現代文學史：1917-2000》
　　（上下冊），北京：北京大學出版社2007年版。

計紅芳：《香港南來作家的身份建構》，北京：中國社會科學出
　　版社2007年版。

雷啟立：《傳媒的幻象：當代生活與媒體文化分析》，上海：上
　　海書店出版社2008年版。

袁良駿：《香港小說流派史》，福州：福建人民出版社2008年版。

錢虹：《文學與性別研究》，上海：同濟大學出版社2008年版。

梁羽生：《梁羽生散文》，臺北：遠流出版事業股份有限公司
　　2008年版。

艾曉明：《20世紀文學與中國婦女》，天津：天津人民出版社
　　2008年版。

張健主編：《新中國文學史》，北京：北京師範大學出版社2008
　　年版。

張檸：《中國當代文學與文化研究》，北京：北京師範大學 2008年版。

童慶炳：《童慶炳談文學觀念》，開封：河南大學出版社 2008年版。

童慶炳主編：《文學理論教程》，北京：高等教育出版社 2008年版。

趙稀方：《後殖民理論》，北京：北京大學出版社 2009 年版。

何巽權：《論本土小說中的香港社會》，香港：明報出版社有限公司 2009 年版。

朱耀偉、陳英凱、朱振威：《文化研究 60 詞》，香港：匯智出版有限公司 2010 年版。

羅香林：《中國民族史》，香港：中華書局有限公司 2010 年版。

趙小琪：《當代中國臺港澳小說在內地的傳播與接受》，北京：中國社會科學出版社 2010 年版。

周子峰：《圖解香港史（一九四九至二〇一二年）》，香港：中華書局 2012 年版。

古遠清：《當代臺港文學概論》，北京：高等教育出版社 2012年版。

梁秉鈞、黃淑嫻編：《痛苦中有歡樂的時代——五〇年代香港文化》，香港：中華書局 2013 年版。

黃淑嫻、沈海燕、宋子江、鄭政恆編：《也斯的五〇年代——香港文學與文化論集》，香港：中華書局 2013 年版。

陳國球總主編，陳智德副總主編：《香港文學大系》（一九一九——九四九），香港：商務印書館 2014 年版。

三、論文類：

張恨水：〈武俠小說在下層社會〉，《週報》，1945 年 11 月。

柳蘇：〈你一定要看董橋〉，《讀書》，1989 年 4 月。

嚴家炎：〈一場靜悄悄的文學革命〉，《明報月刊》，香港：明
　　報出版社有限公司，1994 年 12 月。

【美】韓倚松：〈淺談金庸早期小說與五十年代的香港〉（何鯉
　　譯），《明報月刊》，1998 年 8 月。

李蕾：〈專欄小品與香港報業文化的關係〉，《考功集》二輯（嶺
　　南大學中文系畢業論文集），1998 年。

趙稀方：〈評香港兩代南來作家〉，《開放時代》，1998 年 6 月。

顧慶：〈胡適與現代文學新觀念〉，《陝西師範大學學報》（哲
　　學社會科學版），2000 年 9 月。

陳才俊：〈20 世紀的香港出版業〉，《東南亞研究》，2001 年第
　　1 期。

袁良駿：〈還珠樓主《蜀山劍俠傳》的成敗得失〉，《黃河科技
　　大學學報》，2002 年 12 月。

陳素雯、馮志弘：〈《笑傲江湖》的政治諷喻與《明報》的轉型
　　（1962-1969）〉，《興大中文學報》，2007 年 12 月。

林保淳：〈成人的童話世界——武俠小說的「本體論」〉，《政
　　大中文學報》，2008 年 6 月。

黃志江：〈從侶倫《窮巷》看戰後的香港社會〉，《文學評論》，
　　香港：香港文學評論出版社，2010 年 12 月。

邱健恩：〈自力在輪回，尋找金庸小說經典化的原始光譜——兼
　　論「金庸小說版本學」的理論架構〉，《蘇州教育學院學
　　報》，2011 年 01 期。

陳智德：〈左翼共名與青年文藝——1947 至 1951 年的《華僑日報》
　　「學生週刊」〉，《政大中文學報》，2013 年 12 月。

區肇龍：〈五十年代的香港書寫——舒巷城小說析論〉，《文學論衡》，香港：香港中國語文學會，2014 年 12 月。

湯聲哲：〈論還珠樓主《蜀山劍俠傳》的文學史價值〉，《文藝爭鳴》，2015 年 5 月。

四、經典文獻類：

陳鼓應注譯：《莊子今注今譯》，北京：中華書局 1983 年版。

張舜徽：《漢書藝文志通釋》，湖北：湖北教育出版社 1990 年版。

司馬遷著、馬持盈注：《史記今注》，臺北：商務印書館 1991 年版。

王先慎：《韓非子集解》，北京：中華書局 1998 年版。

孔穎達疏：《周易正義》，卷七，〈繫辭上〉，北京：北京大學出版社 2000 年版。

老子：《道德經》，哈爾濱：黑龍江人民出版社 2004 年版。

五、工具書類：

《香港年鑒》，香港：華僑日報 1952 年版。

《香港年鑒》，香港：華僑日報 1962 年版。

段玉裁：《說文解字注》，上海：上海古籍出版社 1988 年版。

王貴元：《說文解字校箋》，上海：學林出版社 2002 年版。

六、影像類：

《根蹤香港》（武術篇）（上、中、下）（亞洲電視本港臺製作，
　　2002 年 3 月 2、9、16 日）。

附錄

附錄　金庸小說改編作品清單

書名	電影	電視劇	漫畫	遊戲電玩
				《金庸群俠傳》（臺灣智冠科技；1996年）、《金庸群俠傳 Online》（Chinesegamer；2001年）¹

---

1 風靡一時而據金庸小說改編的電玩遊戲。《金庸群俠傳》（單機版）於1996年發行，直到2000年仍有電玩迷樂此不疲。電玩中以金庸15部小說的情節、人物、武功，以至信物來改編重寫，可謂第一部集大成的電玩遊戲，吸引不少青年玩家。

作品	電影	電視	其他
《書劍恩仇錄》	峨眉電影公司（主演：張瑛、紫羅蓮；1960年）邵氏電影公司（主演：狄龍；1981年）（製作公司不詳，導演為許鞍華）（主演：達式常、鄭雷；1987年）（分上下半部，下半部易名為：《香香公主》）	香港電視廣播有限公司（主演：鄭少秋、汪明荃；1976年）臺視（主演：游天龍、森森；1984年）香港電視廣播有限公司（主演：彭文堅、羅慧娟；1987年）林伯川製作（主演：何家勁、沈孟生；1992年）中央電視臺（主演：黃海冰、王菁華；1994年）上海唐人電影製作有限公司（主演：趙文卓、關詠荷；2002年）中國湖南電廣傳媒股份有限公司（主演：鄭少秋、喬振宇；2009年）	新世少年出版社，何志文執筆；2005年
《碧血劍》	峨眉電影公司（主演：曹達華、吳楚帆；1958年）邵氏電影公司（主演：郭追、文雪兒；1981年）永盛電影公司（主演：元彪、李修賢；1993年）（易名為：《新碧血劍》）	香港佳藝電視（主演：陳強、文雪兒；1977年）香港電視廣播有限公司（主演：黃日華、莊靜而、苗僑偉；1985年）香港電視廣播有限公司（主演：鄭伊健、羅嘉良；1992年）香港電視廣播有限公司（主演：林家棟、江華；2000年）華夏視聽環球傳媒有限公司、江蘇省廣播電視總臺（主演：竇智孔、黃聖依；2007年）	

《射雕英雄傳》	峨眉電影公司（主演：曹達華、林鳳；1958年） 邵氏電影公司（主演：傅聲、恬妞；1977年） 邵氏電影公司（主演：傅聲、姐妞；1978年） 邵氏電影公司（主演：傅聲、姐妞；1981年） 學者有限公司（主演：張國榮；1993年）（易名為：《射雕英雄傳之東成西就》） 學者有限公司（主演：張國榮、林青霞；1994年）（易名為：《東邪西毒》）	香港佳藝電視（主演：白彪、米雪；1976年） 香港電視廣播有限公司（主演：黃日華、翁美玲；1983年） 中國電視公司（主演：黃文豪、陳玉蓮；1988年） 香港電視廣播有限公司（主演：鄭伊健、羅嘉良、梁藝玲；1992年）（易名為《中神通王重陽》） 香港電視廣播有限公司（主演：張智霖、姜大衛；1993年）（易名為《射雕英雄傳之九陰真經》） 香港電視廣播有限公司（主演：鄭伊健、魏駿傑；1994年）（易名為：《射雕英雄傳之南帝北丐》） 香港電視廣播有限公司（主演：張智霖、朱茵；1994年） 中國大陸慈文傳媒有限公司（主演：李亞鵬、周迅；2003年） 上海電影（集團）公司、上海步升大風音樂文化傳播有限公司、上海唐人電影製作有限公司（主演：胡歌、林依晨、袁弘；2008年）[2]	明河（創文）出版有限公司，李志清執筆；1998年-2001年 玉郎出版社，黃玉郎執筆；2005年

2 2015年開拍由華策影視主導的新版本。

| 《神雕俠侶》 | 峨冒電影公司（主演：謝賢、南紅；1960年）
邵氏電影公司（主演：傅聲、郭追；1982年）
邵氏電影公司（主演：張國榮、翁靜晶；1982年）
天幕製作有限公司（主演：劉德華、梅豔芳；1991年）（易名為：《91神雕俠侶》） | 香港佳藝電視（主演：羅樂林、李通明、米雪、白彪；1976年）
香港電視廣播有限公司（主演：劉德華、陳玉蓮；1983年）
香港電視廣播有限公司（主演：古天樂、李若彤；1995年）
新加坡電視機構（主演：李銘順、范文芳；1998年）
臺視（主演：任賢齊、吳倩蓮；1998年）
日本動畫公司、翡翠動畫（2003年）
北京慈文影視製作有限公司（主演：黃曉明、劉亦菲；2006年）
華夏視聽、于正工作室（主演：陳曉、陳妍希、張馨予；2014年）3 | 遠方出版社，黃展鳴執筆；1998年
玉皇朝出版社，黃玉郎執筆；1999年 | 《神雕俠侶》（智冠科技；1998年）
《神雕俠侶》（臺灣英旗互動娛樂有限公司；2013年） |

3 筆者發現，關於楊過斷過左臂還是右臂之說，舊版金庸小說寫為楊過斷過左臂；新版則為右臂。只有2006年的電視劇版本，是據新版而成；其他版本則一概據舊版而成。

《雪山飛狐》	峨眉電影公司（主演：江漢、石堅；1964年）	香港佳視（主演：羅樂林、米雪；1977年）香港電視廣播有限公司（主演：呂良偉、趙雅芝、曾華倩；1985年）臺視（主演：孟飛、龔慈恩；1991年）香港電視廣播有限公司（主演：黃日華、陳錦鴻、尜詩曼；1999年）香港亞洲電視廣播有限公司（主演：聶遠、黃秋生；2007年）	博信出版社，何志文執筆；1998年
《飛狐外傳》	邵氏電影公司（主演：錢小豪、郭追；1980年）邵氏電影公司（主演：黃日華、萬梓良；1984年）（易名為：《新飛狐外傳》）嘉禾電影公司（主演：黎明、張敏、李嘉欣；1993年）		

			東立出版社，馬榮成執筆；1998年
《倚天屠龍記》	峨眉電影公司（主演：張瑛、白燕；1963年） 峨眉電影公司（主演：林家聲、陳寶珠；1965年） 邵氏電影公司（主演：張翼、鄭佩佩；1967年）（易名為：《神劍震江湖》） 邵氏電影公司（主演：爾冬陞、余安安；1978年） 永盛電影公司（主演：李連傑、黎姿；1993年）（易名為《倚天屠龍記之魔教教主》）	香港電視廣播有限公司（主演：鄭少秋、汪明荃、趙雅芝；1978年） 臺視（主演：劉德凱、劉玉璞；1984年） 香港電視廣播有限公司（主演：梁朝偉、鄭裕玲、任達華；1986年） 臺視（主演：馬景濤、葉童；1994年） 香港電視廣播有限公司（主演：吳啟華、佘詩曼；2001年） 亞視影音（主演：蘇有朋、賈靜雯、高圓圓；2003年） 華誼兄弟傳媒股份有限公司、華夏視聽環球傳媒（北京）有限公司（主演：鄧超、安以軒；2009年）	
《連城訣》	邵氏電影公司（主演：吳元俊、廖麗玲；1980年）	香港電視廣播有限公司（主演：郭晉安、黎美嫻；1989年） 內蒙古電視臺（主演：吳樾、何美鈿；2004年）	

《天龍八部》	邵氏電影公司（主演：李修賢、悟賢；1977年） 邵氏電影公司（主演：梁小龍、惠天賜；1982年）（易名為：《幫規》） 香港新世紀影業公司（主演：徐少強、湯鎮業；1984年）（易名為：《新天龍八部》） 永盛電影製作有限公司（主演：林青霞、林文龍；1994年）	香港電視廣播有限公司（主演：梁家仁、黃日華、湯鎮業；1982年） 中國電影公司（主演：宋岡陵、關禮傑、惠天賜；1990年） 香港電視廣播有限公司（主演：黃日華、陳浩民、樊少皇；1997年） 江蘇廣播電視總臺、九洲音像出版公司（主演：胡軍、林志穎、高虎；2003年） 華策影視、東陽大千影視（主演：鐘漢良、鄧衍成、劉國暉；2013年）	玉皇朝出版社，胡紹權執筆；1997年
《俠客行》	邵氏電影公司（主演：郭追、文雪兒；1982年）	臺灣中華電視公司（主演：莫少聰、趙家蓉；1985年） 香港電視廣播有限公司（主演：梁朝偉、鄧萃雯；1989年） 內蒙古電視臺（主演：吳健、鄧家佳；2002年） 張紀中製片（主演：蔡宜達、張嘉倪；2015年）	玉皇朝出版社，林業慶執筆；2002年

| 《笑傲江湖》 | 邵氏電影公司（主演：汪禹、施思；1978年）
金公主電影製作有限公司（主演：許冠傑、葉童；1990年）
金公主電影製作有限公司（主演：李連杰、林青霞；1992年）
金公主電影製作有限公司（主演：林青霞、王祖賢；1993年） | 香港電視廣播有限公司（主演：周潤發、陳秀珠；1984年）
臺視（主演：梁家仁、劉雪華；1985年）
香港電視廣播有限公司（主演：呂頌賢、梁艷；1996年）
楊佩佩工作室（主演：任賢齊、袁詠儀；2000年）
新加坡影視（主演：馬景濤、範文芳；2000年）
中央電視臺（主演：李亞鵬、許晴；2001年）
華夏視聽環球傳媒（北京）有限公司、上海強勝影視文化傳媒有限公司、湖南廣播電視臺、天視衛星傳媒股份有限公司、雲南雲視文化有限公司、東陽歡娛影視傳媒集團有限公司、安虹尚文化傳播有限公司、于正工作室（主演：霍建華、陳喬恩；2013年） | 明河（創文）出版有限公司，李志清執筆；2002年-2004年 | 《笑傲江湖》（智冠科技；1993年）
《笑傲江湖之日月神教》（呈泉國際；2000年）
《笑傲江湖Online》（完美時空；2013年） |

| 《鹿鼎記》 | 邵氏電影公司（主演：汪禹、劉家輝；1983年）
永盛電影公司（主演：周星馳、張敏；1992年）
寰亞綜藝集團（主演：梁朝偉、張偉健；1993年）（易名為：《韋小寶93摩登如韋情闕》） | 香港佳藝電視（主演：文雪兒、程思俊；1977年）
香港電視廣播有限公司（主演：梁朝偉、劉德華；1984年）
中國電視公司（主演：李小飛、周紹棟；1984年）
香港電視廣播有限公司（主演：陳小春、馬浚偉；1998年）
香港電視廣播有限公司、八大電視（主演：張衛健、譚耀文；2000年）（易名為：《小寶與康熙》）
中國華誼兄弟電視節目事業有限公司（主演：黃曉明、鐘漢良；2008年）
中國華策影視（主演：韓棟、張檬；2014年） | 陶林出版社，林政德筆；執筆；1991年 |

附錄 《遐邇貫珍》（1853 年 8 月第一號）

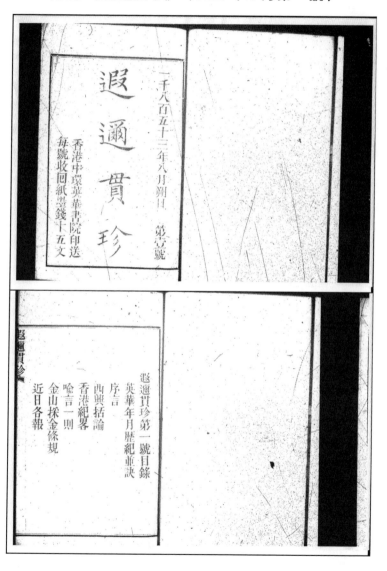

附錄《文匯報》（1954 年 1 月 14 日第六版）

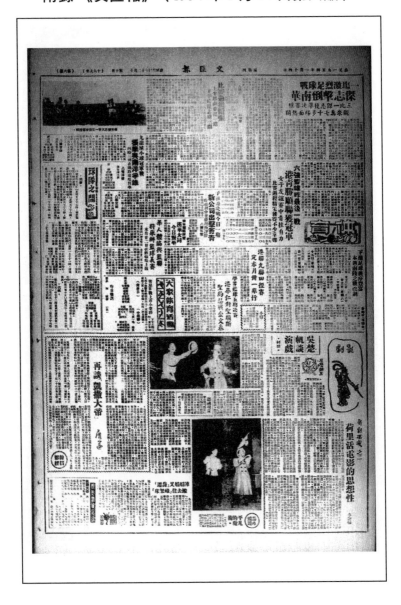

附錄　《文匯報》（1954 年 1 月 17 日第四版）

附錄 《文匯報》（1954 年 1 月 18 日第四版）

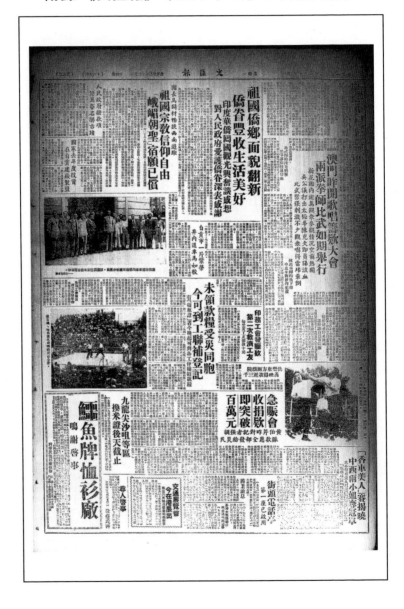

附錄 《大公報》（1953 年 11 月 24 日第六版）

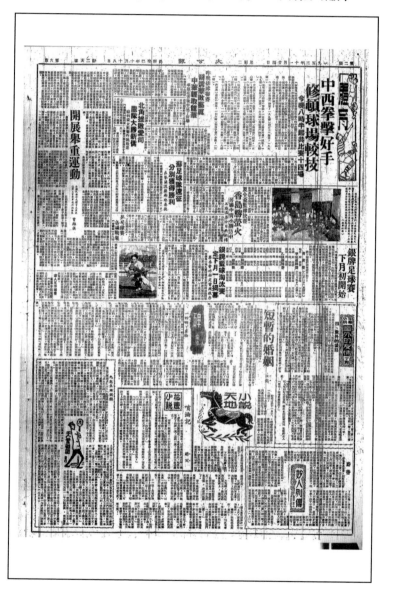

附錄 《大公報》（1953 年 12 月 1 日第四版）

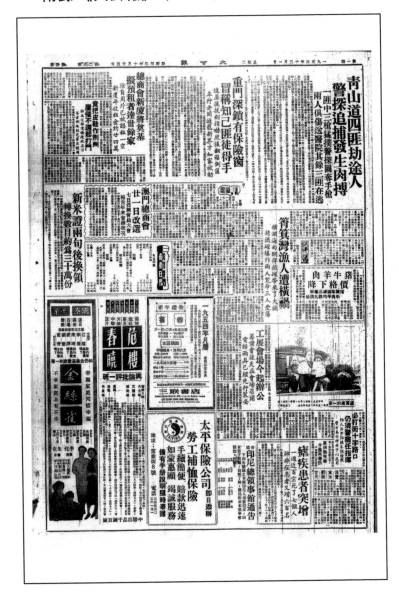

附錄 《大公報》（1953 年 12 月 3 日第四版）

附錄 《大公報》（1953 年 12 月 6 日第四版）

附錄 《大公報》（1954 年 1 月 16 日第四版）

292

附錄 《大公報》（1954 年 1 月 17 日第四版）

附錄 《大公報》（1954 年 1 月 18 日第四版）

294

附錄 《大公報》（1954 年 2 月 12 日第八版）

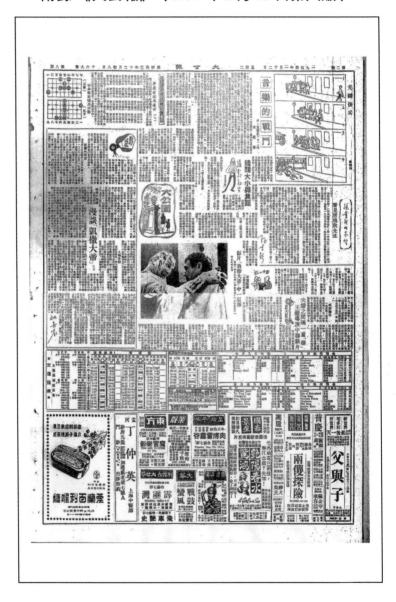

附錄 《星島日報》（1954 年 1 月 10 日第九版）

附錄《星島日報》（1954 年 1 月 16 日第十版）

附錄《星島日報》（1954 年 1 月 17 日第一版）

附錄 《星島日報》（1954 年 1 月 17 日第九版）

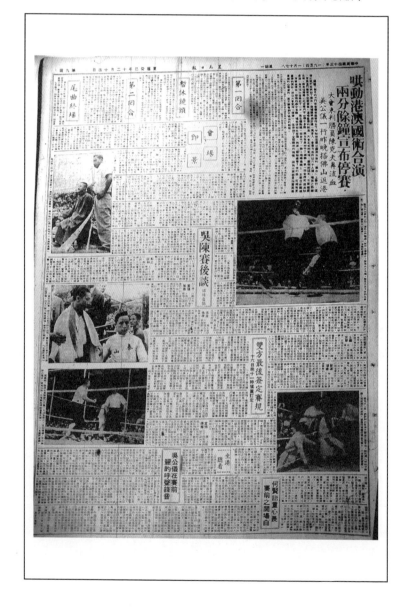

附錄 《星島日報》（1954 年 1 月 17 日第十一版）

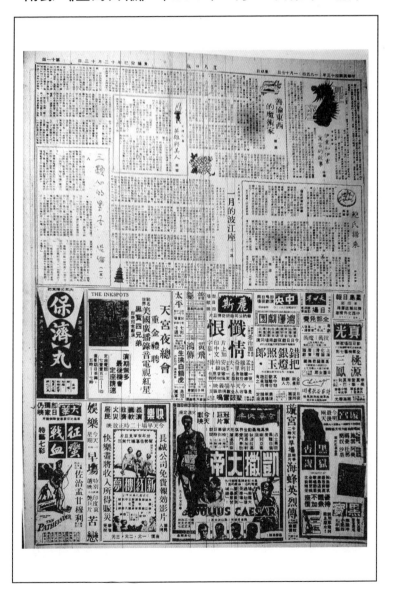

附錄《星島日報》（1954 年 1 月 19 日第二版）

附錄 《星島日報》（1954 年 1 月 19 日第四版）

302

附錄 《星島日報》（1954 年 1 月 20 日第六版）

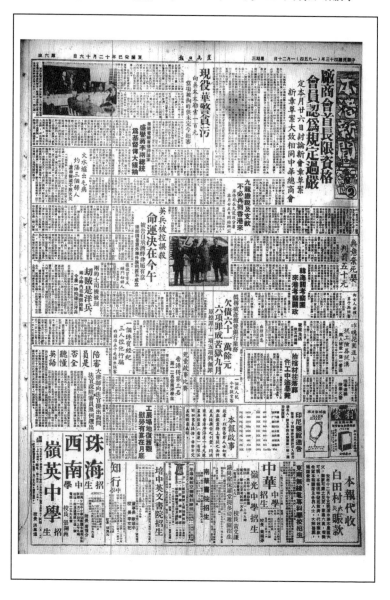

附錄 《星島晚報》（1954 年 1 月 8 日第三版）

附錄 《星島晚報》（1954 年 1 月 8 日第八版）

305

附錄　《星島晚報》（1954 年 1 月 17 日第一版）

附錄 《星島晚報》（1954 年 1 月 17 日第四版）

附錄 《星島晚報》（1954 年 1 月 18 日第二版）

附錄 《星島晚報》（1954 年 1 月 18 日第四版）

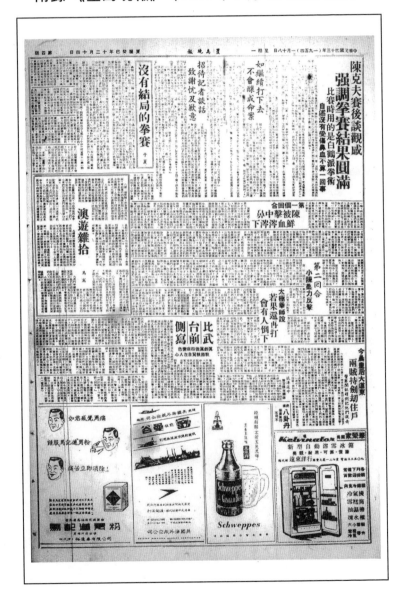

附錄 《明報》（1961 年 4 月 30 日）

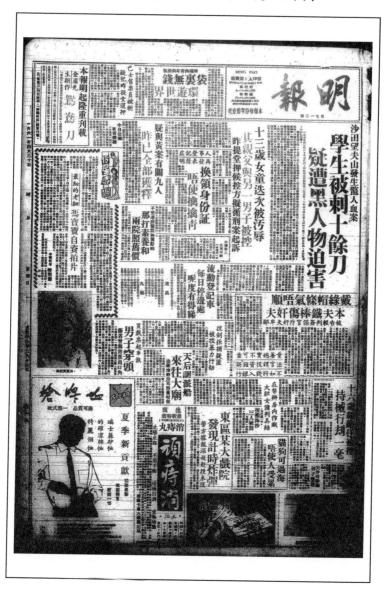

附錄《明報》（1961 年 7 月 4 日）

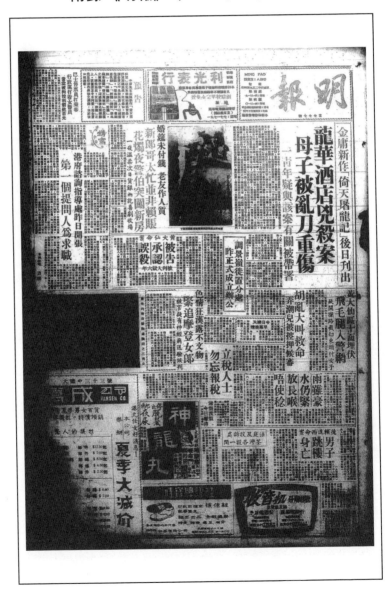

附錄 《明報》（1961 年 11 月 2 日）

附錄 《明報》（1961 年 11 月 3 日）

附錄 《明報》（1961 年 11 月 5 日）

314

附錄 《明報》（1961 年 11 月 6 日）

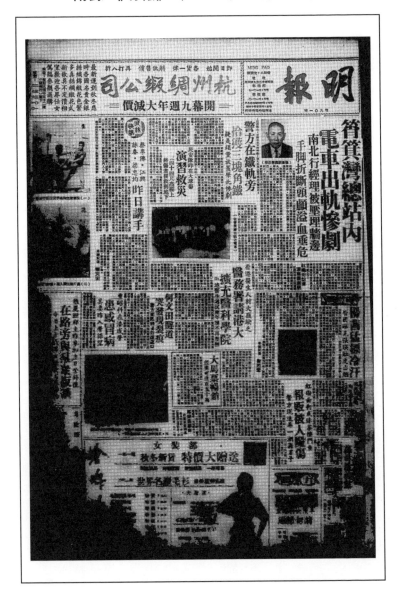

附錄《倚天屠龍記》始刊，《明報》（1961 年 7 月 6 日）

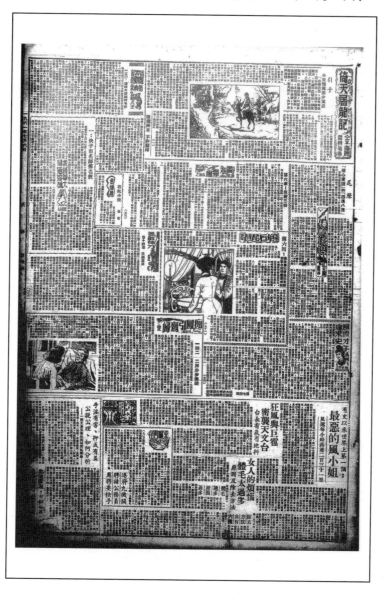

附錄《天龍八部》始刊，《明報》（1963年9月3日）

附錄《笑傲江湖》始刊，《明報》（1967年4月20日）

附錄《鹿鼎記》始刊，《明報》（1969 年 10 月 26 日）

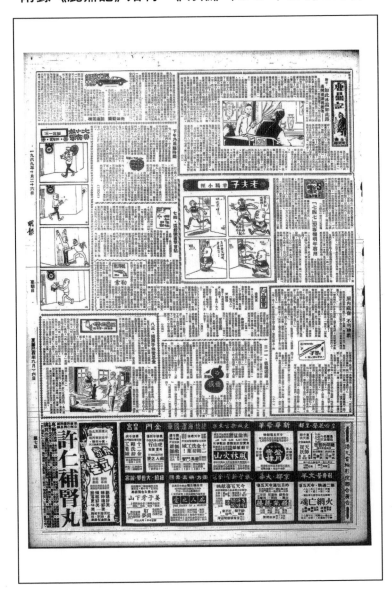

後記

想不到我的第一本書終於出版了。

本書由我的博士論文改寫而成,畢業已有五年的光景,今次幸得香港藝術發展局的資助,以及初文出版社的配合,本書才得以順利出版。

非常感謝藝發局的韓穎恒小姐,及初文出版社的黎漢傑先生,在籌備本書的出版過程中,兩位都付出了很多,又對我作出包容。

在此特別鳴謝北京師範大學的張健教授,他是我的論文指導老師,他的勸勉和教導,我一直緊緊牢記。另一位是張檸教授,他是我的授課導師,亦是我論文答辯委員會的委員,讀博的幾年,多得他的無私幫助,令過程變得順利。另外,我也要感謝同樣是論文答辯委員會委員的張清華教授,他為我的論文給了很多寶貴的意見。而過去一直提點我的師長余文章博士和譚志明博士,我也一併致謝。

另外,感激前輩鄭吉雄教授樂意為我寫序,之前可以與他一起工作是我的榮幸。

我又要提及我的父母和親友,多謝他們一直對我默默支持。

最後,我要特別感謝內子李熙敏女士。在讀博的那幾個年頭,她都一直陪著我頻繁的往返香港與北京兩地,每一趟的旅程都為我倆留下了深刻的回憶。每一次我回校學習,她都緊張的為我張羅一切,為我苦苦等待,不辭勞苦地鼓勵我完成學業。2016年中,大腹便便的她,懷著緊張、興奮、擔心等百感交集的心情,鼓起勇氣踏上航班,帶著我們的小生命趕赴我的畢業典禮,見證人生中的一個重要時刻,為我的學業劃上完美的句號。

謹以此書獻給內子李熙敏女士及小女區悠。

初文叢刊 03

香港故事：金庸小說的誕生（修訂版）

作　　者：區肇龍
責任編輯：黎漢傑
助理校對：鄺星浩
封面設計：Kaceyellow
內文排版：多　馬
法律顧問：陳煦堂　律師

出　　版：初文出版社有限公司
　　　　　電郵：manuscriptpublish@gmail.com

印　　刷：陽光印刷製本廠

發　　行：香港聯合書刊物流有限公司
　　　　　香港新界荃灣德士古道 220-248 號
　　　　　荃灣工業中心 16 樓
　　　　　電話 (852) 2150-2100　傳真 (852) 2407-3062

臺灣總經銷：貿騰發賣股份有限公司
　　　　　電話：886-2-82275988　傳真：886-2-82275989
　　　　　網址：www.namode.com

新加坡總經銷：新文潮出版社私人有限公司
　　　　　地址：71 Geylang Lorong 23, WPS618 (Level 6),
　　　　　　　　Singapore 388386
　　　　　電話：(+65) 8896 1946　電郵：contact@trendlitstore.com

版　　次：2021 年 10 月初版
　　　　　2022 年 7 月二版一刷
國際書號：978-988-76254-0-7
定　　價：港幣 108 元　新臺幣 330 元

Published and
printed in Hong Kong